二哈和他的白猫師尊

바보 허스키와 그의 흰 고양이 사존

二哈和他的白猫師尊

바보 허스키와 그의 흰 고양이 사존

육포부흘육 장편소설

7권

BLab

二哈和他的白猫師尊

목차

167장 사존, 제1 금지 술법이에요

"남궁서!"

자리를 떠나지 않은 사람들 중 나이가 좀 있는 이들이 화들짝 놀라 외쳤다.

"어떻게 그가?"

"남궁서로군……."

"오래전에 죽은 거 아니었나?"

"그때 라풍화가 직접 그를 죽였는데…… 그가 어떻게…… 어떻게 아직도 살아 있지?"

큰 충격을 받은 엽망석의 수려한 얼굴이 창백하게 질렸다. 그녀는 우물거리며 한참 동안 눈물을 글썽이다가 고개를 저으며 뒷걸음질 쳤다.

"아버지……."

서상림이 엽망석을 보며 미소 지었다.

"엽아, 내 옆으로 오거라. 너는 해치지 않을 거다."
"그녀를 건들 생각은 하지도 마!"
갑자기 누군가 고함치며 엽망석의 손목을 낚아챘다. 남궁사였다. 깊은 고통으로 가득한 그의 눈은 피에 젖어 있었다.
"엽망석, 내 뒤로 가 있어."
서상림이 웃었다.
"우리 착한 조카는 성격이 어찌 이리도 아버지와 딴판일까. 딱 네 어머니만 닮았구나."
"닥쳐! 당신은 내 어머니를 입에 담을 자격도 못 돼!"
"왜 안 되지?"
서상림이 태연하게 말했다.
"네 어머니가 가장 좋아했던 사람은 네 아버지가 아니라 나였는데, 몰랐구나?"
"!"
청년의 얼굴이 분노와 역겨움으로 일그러졌고, 눈빛은 광기와 고통으로 번뜩였다. 그러나 서상림은 오히려 즐기는 모습이었다. 그는 뼛속 깊이 맺힌 원한을 먹고 사는 사람처럼 웃음을 터뜨렸다.
"네 아버지가 내 명성을 망치고 내 모든 것을 빼앗았지만, 그게 뭐 대수냐. 유풍문…… 유풍문은 결국 그의 손에서 최후의 날을 맞이하는구나. 날 증오해라, 사야. 날 증오하라고, 형! 하하하하, 당신들은 그때 가여운 남궁서가 그렇게 죽은 줄 알았겠지? 내가 얌전히 무덤에 누워 너희들이 이 세상에서 유유자적 즐기고 사는 걸 지켜볼 줄 알았지?"

그가 갑자기 웃음을 멈추고 짓이기듯 내뱉었다.

"꿈 깨!"

그는 숨이 간당간당하면서도 끈질기게 붙어 있는 남궁류의 앞으로 가서 진흙을 집듯 제 형님의 옷섶을 집어 들었다.

"반짝이던 유풍문이 이딴 쓰레기 손에 들어갔으니 무슨 쓸모가 있겠어? 장문이라…… 큭, 가소롭군! 장문이라면서 그 오랜 시간 동안 내 손에 놀아났지. 내가 말만 하면 개처럼 엉덩이를 흔들며 순순히 나에게 바쳤잖아?"

그는 빙그레 웃으며 남궁류의 피투성이 뺨을 토닥이고는 다정한 미소를 지었다. 그러나 눈빛만은 음침했다.

"형님, 당신은 쓸모없는 겁쟁이야. 등신이지."

옆에 있던 고월야의 장문인 강희가 말했다.

"그대가 원하는 것이 하루아침에 유풍문의 백 년 근간을 무너뜨리는 것인가?"

서상림이 고개를 돌려 눈을 깜빡였다.

"백 년 근간? 그게 뭐라고요. 근간이 무너지면 다시 다지면 되고, 72개 성이 불타 없어지면 다시 세우면 됩니다. 결국 사람의 마음이 죽어야 재가 되어 바람에 흩어져 사라지죠. 그래야 통쾌한 겁니다."

그가 말을 멈췄다가 찬란한 미소를 지으며 다시 말했다.

"나는 모든 사람의 마음을 무너뜨릴 겁니다."

덤덤한 말투와 환희에 가득 찬 얼굴이 어우러져 소름 끼치게 느껴졌다. 다른 사람들은 아무 반응을 하지 못했지만, 남궁사는 더는 참을 수 없었다.

업화로 불타는 남궁사의 눈은 절망의 연기로 가득했다. 두 눈에는 오직 원한과 광기만 존재할 뿐, 삶에 대한 욕구는 조금도 없었다. 옥피리 소리가 울리더니, 세 사람의 키를 합친 것만큼 큰 요랑이 숲에서 긴 울음소리를 내며 바람을 가르고 남궁사 앞에 나타났다. 남궁사가 몸을 날려 등에 탔고, 똑바로 앉기도 전에 둘의 모습이 사라졌다.

"만타, 소환!"

남궁사의 외침에 따라 광채가 번쩍이는 활이 그의 손에 나타났다. 그는 다리에 힘을 꽉 주고 요랑의 등에 탄 채 상반신을 꼿꼿하게 세우고는 자신의 신무인 옥궁 만타의 활시위를 당겼다. 그의 얼굴에 미칠 듯한 원한이 드러났다. 그는 서상림의 급소를 노리며 순식간에 화살 세 발을 연달아 날렸다.

서상림이 웃으며 말했다.

"사야, 장난이 심하구나."

화살 두 발을 피한 후 세 번째 화살은 피하지 못할 것 같았지만, 그는 조금도 당황하지 않았다. 서상림은 흐느적거리는 초주검 상태의 형으로 화살을 막았다.

어쨌든 자기 생부였다. 아무리 남궁사가 무정한 사람이라도 그의 뼛속 깊이 혈육의 정이 새겨져 있었다. 자기도 모르는 사이 온몸이 굳으며 관자놀이가 불끈거렸다. 꽉 깨문 입술에서 피가 흘러나와 입술과 이를 적셨다.

"계속 나와 놀고 싶으냐?"

서상림이 다정하게 웃으며 말했다.

"이 백부가 놀아 주마."

"남궁서! 당신을 죽이고 말겠다!"

"어린놈이 죽이느니 살리느니 뭐 하는 짓이야?"

말은 가볍게 던졌지만 서상림의 손동작은 조금도 가볍지 않았다. 그는 조카와 진짜로 겨루기 시작했다.

몇 수 주고받진 않았지만, 그의 날렵한 동작에 주위에 있던 수사들의 눈이 휘둥그레졌다. 심지어 어떤 사람은 '저러니 남궁류가 장문 자리를 이어받자 동생의 마음이 삐뚤어졌군'이라고 생각했다. 두 형제의 법술과 영력은 하늘과 땅 차이였고, 형은 아우의 발끝에도 못 미쳤다.

"대단한데."

"남궁서가 형님의 법술을 훔쳐 배웠나? 어떻게 저렇게 뛰어난 거야."

"제일 종사와 막상막하로군……."

남궁사를 도와 남궁서를 포위해 공격하려던 사람들은 곧 공격하려던 태세를 접었다. 그중 기민한 자들은 유풍문에 닥친 이번 재난은 이미 손쓸 수 없다고 생각해 혼잡한 틈을 타 도망쳤다. 이런 마음은 금방 전염됐고, 얼마 지나지 않아 남아 있던 수사들도 도망갈 사람은 도망가고 흩어질 사람은 흩어졌다. 바둑돌이 되어 정신이 돌아오지 않은 동문 사형제를 챙길 겨를조차 없었다.

순식간에 사냥터에는 몇 사람 안 남았다. 묵연이 주위를 둘러보니 남은 건 자신과 초만녕, 그리고 엽망석뿐이었다.

아니, 강희도 있었다.

의외였다. 강희는 천하제일 부호인 임령서의 장문이며, 세상에서 장사를 제일 잘하는 사람이자 수진계에서 유풍문 다음으로 제일 큰 문파의 수장이었다.

그런 그가 고생만 있지 남을 거 없는 난장판에 자진해서 남다니.

"강 장문……."

갑자기 들린 미세하게 떨리는 목소리는 묵연을 더 놀라게 했다. 고개를 돌려 보니, 조금 전 미처 보지 못한 귤나무 뒤에 누군가 몸을 숨기고 있었다. 얼굴은 잿빛이고 입술은 파르르 떨렸지만, 애써 버티며 떠나지 않은 것이다.

이무심?

상수진계 밑바닥 문파의 장문인 이무심이 마른침을 삼켰다. 그가 식은땀으로 범벅된 왕겨 같은 누런 얼굴로 자신 없다는 듯 남아 있는 몇 사람을 보며 말했다.

"같이 할까요?"

강희는 바로 대답하지 않고 남은 사람들을 빠르게 훑어보더니 박력 있고 단호하게 말했다.

"이 장주는 나와 가지요. 내가 잠든 바둑돌을 구할 테니 이 장주는 어검술로 그들을 안전한 곳으로 옮기십시오."

"좋아요. 알겠습니다."

"그리고 초 종사와 묵 종사는……."

초만녕이 말했다.

"묵연, 너는 남궁사를 도와라. 나는 천열을 닫고 널 도우러 가겠다."

이번 천열은 채접진 때와 달리 수천 수백의 악귀가 쏟아져

나오진 않았고, 금붉은 색의 지옥 용암만 흘러나오고 있었기 때문에 위험하지 않았다. 다만 찢어진 구멍이 거대했기에 초만녕이 나서는 편이 옳았다.

묵연이 견귀의 만인관을 거둬들이자 바둑돌로 동원된 스무 명 이상의 청년 수사들이 흐느적거리며 땅에 쓰러졌다. 강희가 청색 옷소매를 펄럭이자 금세 엄청난 양의 약 가루가 뿌려졌고, 허약해진 그들의 상태를 안정적으로 만들었다. 그가 고개를 돌려 이무심에게 말했다.

"부탁합니다."

이무심은 고개를 끄덕이고는 푸른빛이 감도는 검을 소환했다. 그가 속으로 주문을 외우자 두세 명만 태울 수 있는 크기의 검이 갑자기 수십 척으로 늘어나 공중에 드리워졌다. 강희는 그들을 한 명씩 검 자루 위로 안아 올렸다. 마지막으로 설몽을 올릴 차례가 됐을 때 이무심의 검에는 더 이상 사람을 태울 수 없었다.

이무심이 말했다.

"더는 안 됩니다. 사람이 너무 많아요. 갔다가 다시 올 테니 기다리시지요."

강희는 한쪽을 흘끗 봤다. 강자들의 교전으로 불꽃이 사방으로 튀고, 점점 더 사나워지는 영류에 주변에 있던 귤나무가 썩은 나무 꺾이듯 잇따라 쓰러지는 모습이 보였다. 아무래도 금방 이곳까지 피해가 번질 기세였다.

그는 고개를 숙이고 역겨운 표정으로 설몽을 보며 말했다.

"됐습니다, 그냥 가시지요. 이 쓸모없는 놈은 내가 데리고 가겠습니다."

그러더니 나지막이 한마디 했다.

"설황, 소환."

강희의 발아래 순식간에 푸른 광채가 흐르는 은으로 된 장검이 나타났다. 패검 '설황'은 매우 정교하고 화려했다. 섬세한 검자루의 문양은 이루 말할 수 없이 정교하고 아름다웠지만, 딱 봐도 무거운 짐을 싣기에는 역부족이었다. 그러나 다행스럽게도 두 사람의 무게 정도는 감당할 수 있었다. 강희는 정신을 잃은 설몽을 가로로 안아 올렸다. 설몽이 자신에게 대들던 모습, 그리고 그가 왕 부인과 설정옹의 아들이라는 것이 생각나자 그는 역겨운 나머지 싫은 티를 감출 수 없었다.

이무심은 그런 강 장문의 모습을 보고, 혹시나 가다가 가장 높은 곳에서 사생지전의 소주를 떨어뜨려 산산조각 내지는 않을까 걱정이 되었다.

"안 가고 뭘 보고 있습니까. 어서 데려다주고 돌아와서 거들어야 합니다."

강희가 어두운 얼굴로 말했다.

"어쨌든 유풍문이 이대로 멸문하게 둘 순 없으니까."

두 신무는 바람을 타고 날아올라 영류가 희미한 청년들을 태우고 멀리 날아갔다.

그때 초만녕은 천열의 마지막 부분을 메꾸고 있었고, 묵연과 남궁사, 서상림의 격전은 최고조를 향해 달려가고 있었다. 묵연의 실력은 가공할 만했고 남궁사는 필사적이었기에, 법술에 통달한 서상림도 두 사람의 협공을 제대로 막을 수가 없었다.

속수무책으로 당하던 서상림이 엽망석에게 외쳤다.

"엽아, 멍하니 뭐 하고 있는 것이냐? 네 아버지가 남의 손에 죽는 걸 보고만 있을 셈이야? 어서 와서 날 도와라!"

엽망석은 주먹을 쥔 채 고통스러운 표정으로 온몸을 미세하게 떨었다. 그는 앞으로 나가는 대신 한 걸음씩 뒤로 물러났다.

"정말 손 놓고 보고만 있을 거냐? 네가 어렸을 때 누가 귤나무 숲에서 데리고 와서 키워 주고 이름을 지어 주었는지 잊은 게야!"

"……아닙니다."

그녀는 무너지기 직전이었다. 하지만 어릴 때부터 굳세게 자란 그녀였다. 장문도 장로도 모두 그녀를 남자아이로 키웠다. 그래서 오늘 이러한 변고에도 그녀는 습관적으로 버텼다. 그녀의 허리는 여전히 꼿꼿했다. 비록 얼굴은 벌겋게 달아올라 있었지만 평범한 여인들처럼 목 놓아 울지는 않았다.

그러나 그녀는 온몸이 뭉개지는 기분이었다. 누가 그녀를 살짝만 건드려도 살가죽이 뼈에서 흐물흐물 떨어질 것만 같았다.

서상림은 그런 그녀의 모습에 속으로 욕을 했지만, 더는 강요하지 않고 고개를 돌려 두 사람과 살벌하게 싸웠다.

챙!

서상림이 들고 있던 패검에서 갑자기 날카로운 파열음이 났다. 곤륜 답설궁의 최상급 무기도 더는 버티지 못하고 묵연의 버드나무 가지에 맞아 산산조각 나서 땅으로 떨어졌다.

묵연이 차갑게 말했다.

"이제 뭐로 싸우실 겁니까?"

서상림은 심상치 않음을 느꼈다. 갑자기 머리 위에서 울리는, 상고 시대에서 넘어온 듯 멀고도 우렁찬 소리에 고개를 들었다. 초만녕이 천열을 완전히 메꾼 덕에 사냥터 상공이 원래 모양으로 돌아가 있었다. 저승의 영류를 잃은 지옥 용암은 순식간에 숲속 반딧불이처럼 금붉은 점이 되어 사방으로 흩어졌다.

별이 가득한 하늘에서 초만녕이 유유히 내려왔다. 그의 짙은 월백색 장포가 세찬 바람에 펄럭이며 하얀 얼굴과 절세의 수려한 얼굴을 더 도드라지게 했다.

그러나 아무리 수려한 얼굴도 온몸으로 내뿜는 살기를 감춰주지 못했다.

"제길."

서상림이 이를 악물고 말했다.

묵 종사만으로도 이미 감당하기 힘든데 초 종사까지 합세하면 수진계에서 누가 그들과 겨룰 수 있을까?

서상림은 뒤로 한 발 물러났다. 그러면서 검으로 자신의 손바닥을 베고 피를 짜내 이마에 낙인을 찍으며 낮게 외쳤다.

"아직도 날 구하러 안 와? 언제까지 끌 셈이냐!"

그가 손을 올려 허공을 움켜쥐자 갑자기 수 척으로 늘어난 손톱이 호수 위에 누워 있는 라풍화의 시체를 푹 찔러 피범벅이 된 그의 영핵을 꺼냈다. 그는 그것을 품속에 넣은 뒤 신속하게 뒤로 달려가 초주검이 된 형님을 잡고 발아래 결계를 제거하곤 감천호로 뛰어들어 호수 바닥으로 내려갔다…….

묵연은 번뜩 정신이 들었다. 호수 아래에는 지옥의 천열을 여는 데 썼던 신무, '불귀'가 꽂혀 있었다!

서상림은 수 속성이 강한 데다 맨발이라 빠르게 헤엄칠 수 있어서 산송장을 끌고 있음에도 금세 호수 안에 있는 새카만 맥도를 잡았다. 그리고 그가 물 밖으로 나오는 순간, 하늘에 또 다시 구멍이 생겼다.

초만녕이 인상을 썼다.

"천열인가?"

그는 확신할 수 없었다. 구멍은 겨우 사람 키만 했고, 일반적인 귀계의 천열과 다르게 안에서 어떠한 음기도 새어 나오지 않았다.

서상림은 물방울을 흩뿌리며 휙 지나갔다. 그의 한 손에는 자신의 형이, 다른 한 손에는 불귀가 쥐여 있었다. 그가 신무의 칼날로 땅을 향해 검기를 날리자, 그를 뒤쫓아 가려던 세 사람의 발걸음이 잠깐 막혔다. 서상림은 그 기회를 틈타 하늘로 뛰어올랐다. 그런데 그때, 작은 구멍에서 아름다운 손 하나가 불쑥 뻗어 나와 서상림의 팔을 꽉 잡았다.

"……시공생사문이다!"

전광석화처럼 뇌리를 스친 생각에 초만녕의 두 눈이 휘둥그레졌다. 진롱기국을 봐도 놀라지 않고 항상 태연자약하던 그의 얼굴에서 핏기가 싹 사라졌다. 그가 믿을 수 없다는 듯 소매 안에서 주먹을 불끈 쥐었다.

묵연은 누가 머리 위에 찬물을 끼얹은 것처럼 놀라 고개를 돌리며 말했다.

"뭐라고요?"

그럴 리가?

그건 3대 금지 술법 중 가장 강했다. 소문에 의하면, 시공간을 찢어 다른 시공간에 사는 사람을 천명을 거슬러 동시에 나타나게 하는 법술이었다. 수진계에게 오래전 사라진 금기 중 금기, 시공생사문이라니!

168장 사존, 너무 더러우니 보지 마세요

눈 깜짝할 사이에 서상림은 시공생사문에서 뻗어 나온 손에 의해 다른 공간으로 끌려갔다. 남궁사는 쫓아가고 싶었지만 불가능했다. 공간의 틈은 서상림이 들어간 순간 바로 닫혔다.

밤하늘에는 아무것도 남지 않았다. 오직 서상림의 옷자락 끄트머리만이 시공생사문이 닫히기 전 제때 들어가지 못해 하늘거리며 적막한 호수 위로 떨어졌다. 하얀 천은 금세 호수 물에 흠뻑 젖어 서서히 깊숙이 가라앉았다.

"이럴 리 없어."

묵연이 중얼거렸다.

"이 세상에 정말 시공생사문에 정통한 사람이 있다고?"

전생의 답선군으로서 그는 세상의 금지 술법 세 가지를 잘 알고 있었다. 진롱기국, 환생비술, 시공생사문.

앞의 두 가지 금지 술법은 습득하기 어렵다고는 해도 수진계에 전대미문의 술법은 아니었다. 예를 들면 전생의 자신이나 회죄대사처럼, 많든 적든 누군가는 그 술법을 구사할 수 있었다.

다만 유일하게 시공생사문에 대한 기록은 매우 드물었다. 가장 최근의 일은 수천 년 전에 대종사가 딸을 잃고 극심한 고통에 몸부림치다가 다른 시공간에 사는 딸을 자신의 세계로 데리고 오기 위해 이 금지된 문을 열었을 때였다.

그러나 그의 행동은 다른 시공간의 자신에게 들켰다. 같은 아버지로서 다른 세계의 '그'가 사랑하는 딸을 빼앗아 가도록 어찌 둘 수 있을까. 두 사람이 목숨을 건 대결을 펼치던 도중 열렸던 시공의 틈이 비틀리며 변형되었고, 결국 그들의 딸은 시공의 틈새에 빨려 들어가 부스러기로 사라졌다.

다시 돌아온 대종사는 실의에 빠졌고, 그 뒤로 금지 술법이 적힌 족자를 염제의 신목 속에 봉인했다. 그렇게 그는 기나긴 세월 속에서 마지막으로 완벽히 '시공생사문'을 익힌 사람이 되었다.

이 금지 술법이 오랫동안 나타나지 않았기에 수사들은 시공왜곡 술법이란 아예 이 세상에 존재하지 않는다고 굳게 믿었다. 다만 전생의 묵연은 법술에 관해선 최고 경지였기에, 손에 넣은 족자 일부를 바탕으로 자신의 힘을 더해 비슷한 시공의 틈새를 열었다.

그러나 그 틈새는, 시공간의 이동은 가능해도 극도로 불안정했다. 묵연이 시험 삼아 토끼 한 마리를 던져 넣어 몇천 리 떨어진 곳으로 보냈는데, 틈새가 불안정해서 전송된 토끼는 완전히 속과 겉이 뒤바뀌고 말았다. 내장이 밖으로 드러나고 가죽은 반대로 안으로 들어가 피범벅이 된 채, 그럼에도 툭 튀어나온 심장은 뛰고 있었다.

그 뒤로도 묵연은 몇 번 더 시도했지만 100번 중 대여섯 번은 이런 상황이 일어났고, 그 광경은 심히 역겨웠다. 몸이 갈라지거나, 산산조각 나거나, 심지어는 머리가 먼저 나타났는데 몸은 반 시진 늦게 튀어나오는 경우도 있었다.

그러나 이 정도로도 수진계에 큰 파문을 일으키기에는 충분했고, 사람들 대부분은 묵연이 '시공생사문'을 복원했으며 심지어 능통하다 생각했다. 그러나 그는 확신이 없었다. 수천 년 전 제1 금지 술법을 본 적은 없었지만, 사료의 기록만 봐도 그가 모방한 법술과 진정한 시공생사문은 엄청난 차이가 있었다.

초만녕이 호수 위로 날아가 서상림이 남긴 천 조각을 건져 올렸다. 그는 눈을 감고 영력을 느껴 보곤 안도의 한숨을 내쉬었지만, 곧 다시 표정이 우울해졌다.

그가 고개를 저으며 말했다.

"이건 완벽한 시공생사문이 아니다. 그자는 반쪽짜리 족자만 손에 넣었을 거야. 천에 남은 영력으로 미루어 보면 이건 공간의 문이지, 시공간의 문이라고는 할 수 없어."

"무슨 뜻이죠?"

"그러니까 이 법술과 진정한 금지 술법은 엄청난 차이가 있다는 것이지."

초만녕이 말했다.

"내가 감지해 보니 영력은 공간에만 남았다. 다시 말해 남궁서는 누군가에 의해 이 공간의 틈새로 순식간에 다른 곳으로 끌려간 것이지."

묵연은 속으로 자신이 전생에 복원했던 시공생사문과 별반 다르지 않다고 생각했다. 정말 고작 그 정도라면 실현이 아예 불가능한 것은 아니었다.

하지만 여전히 찜찜했다.

"만약 진짜로 그것이 제1 금지 술법이라면요? 그걸 시전하면 어떻게 돼요?"

초만녕은 왠지 모르게 표정이 미묘하게 변하더니 잠시 뜸을 들이다가 말했다.

"진정한 시공생사문이라면 시공간 사이의 틈을 만들고 남궁서를 다른 세상으로 데려갈 수도 있다."

묵연은 그 말을 듣고 표정이 미세하게 변했지만 이내 입을 꾹 다물고 묵묵히 있었다.

전생의 그는 학식이 깊지 않았고 수집한 문헌들도 얼마나 믿을 만한지 알 수 없었다. 그래서 소문으로만 전해지던 대종사가 시공의 틈을 열어 다른 세계의 딸을 데리고 오려고 했다는 이야기도 사실 크게 믿지 않았었다.

그러나 초만녕의 입에서 그 말이 나오자 묵연은 완벽히 확신했다. 그리고 이런 확신은 그에게 소름으로 다가왔다.

초만녕이 없었던 오 년 동안 묵연은 경전을 두루 읽으며 자신의 환생에 얽힌 수수께끼가 기괴하고 괴상하다고 어렴풋이 생각했다.

그는 전생에서 진정한 환생술을 본 적이 없었다. 그래서 소위 말하는 '환생'은 자신처럼 죽기 전의 어느 해 어느 날로 돌아가 모든 것을 다시 시작하는 것이라고 생각했다.

그러나 이번 생에서 회죄대사가 직접 이 금지 술법을 시전한 뒤 묵연은 아무리 생각해도 이해되지 않는 부분이 생겼다. 대사의 환생술은 초만녕의 혼백을 저승에서 데려와 아직 썩지 않은, 심각한 부상을 입지 않은 몸으로 돌아가 이 세상에서 계속 살아가게 했다.

자신이 겪은 환생과는 달랐다.

만약 전생에서 자신이 죽은 뒤 누군가 회죄대사와 같은 환생술로 자신을 구했다면 응당 무산전으로 환생해야 했고, 여전히 이름만으로도 간담을 서늘하게 만드는 답선제군이어야 했다. 초만녕, 사매, 백부님과 백모님…… 모두 죽어 곁에 아무도 없어야 했다.

그래서 그는 이 세상에 존재하는 환생술이 한 가지가 아닐 것이라 짐작하며, 그와 초만녕의 환생 방식이 완전히 다른 것이라고 생각했다. 그런데 초만녕이 3대 금지 술법 중 알려지지 않은 '시공생사문'의 존재를 인정하자 문득 매우 무서운 생각이 떠올랐다.

자신은 혹시 환생술에 당한 것과 동시에 시공생사문에 걸려, 원래라면 다른 시공간에서 고통에 시달려야 하는 죄악의 영혼이 시공을 뚫고 모든 것이 일어나기 전으로, 되돌리기에 늦지 않은 그해로 오게 된 것은 아닐까.

만약 그렇다면 배후의 그자가 자신의 모든 행동을 지켜보고 있지 않을까? 자신의 환생을 포함한 모든 것을 그자가 계획한 후 뒤에서 소리 없이 지켜보고 있지 않을까?

묵연은 갑자기 소름이 돋았다.

그러나 그가 깊이 생각할 새도 없이 겁화가 타오르고 있는 먼 곳에서 천지를 뒤흔드는 폭발음이 들렸다.

초만녕이 말했다.

"확인하러 가자."

말이 끝나기도 전에, 유풍문의 72개 성을 활활 태우던 겁화의 불길이 서상림이 떠나기 전 미리 설치해 둔 어떤 기물을 태웠는지, 갑자기 불길이 거세어지더니 하늘에 닿을 정도로 불꽃이 수십 척 높이로 치솟았다!

묵연과 그 일행은 유풍문에서 몇백 리 떨어진 곳에 있었는데도 어두운 밤하늘을 활활 태우는 불길을 볼 수 있었다.

왕 부인을 데리고 불바다에서 벗어난 설정옹도 고개를 돌려 그 불길을 바라보았다. 거대한 불길 두 개가 돌연 뜨겁게 얽힌 두 육체로 변하더니 남자와 여자의 형상이 되었다. 설정옹은 깜짝 놀라 그대로 멍해졌다.

"이게…… 어찌 된 일이오?"

명문가 출신으로 진귀한 기물을 많이 봐 온 왕 부인의 안색이 어두워졌다.

"일종의 기억을 저장하는 그림 족자예요. 이런 그림 족자는 법술이 필요 없어요. 시전자가 미리 설치한 족자에 겁화의 불만 옮겨붙으면 그 안에 봉인된 기억이 불길 속에 나타나죠. 불길이 꺼지지 않으면 그림 족자의 기억은 계속 이어지고요."

"계속 이어진다고?"

겁화가 삼킨 유풍문을 보는 설정옹의 눈에는 연민이 담겨 있었다.

다른 사람이 내막을 폭로했다. 증인 몇 명을 찾아내 함께 나눈 이야기를 들추어냈고, 또 증거까지 내밀었으니 이 일도 거의 마무리된 듯했다.

그렇다면 서상림은? 그자는 미치광이였다. 자신이 곳곳에서 수집한 기억을 몽땅 족자에 담아 하늘 높이 치솟은 불길을 통해 자신의 가문이 얼마나 추잡한지 만천하에 드러냈다. 그는 드넓은 불바다를 화폭으로 삼아 법술로 낯 뜨거운 속삭임을 천둥소리처럼 크게 울리게 만들었다. 귀머거리가 듣지 못해 아쉬울 따름이었다.

"서상림 그놈은 대체 뭘 하려는 거지?"

설정옹은 사람이 앉을 수 있을 정도로 크게 확대한 강철 부채에 앉아 왕 부인과 허공을 날았다. 하늘을 붉게 태우는 불길에 그의 얼굴은 어두워졌다 밝아졌다가를 반복했다. 그가 중얼거렸다.

"설마 유풍문의 구질구질한 속사정을 더 폭로하려는 건가?"

왕 부인은 말이 없었다.

"이젠 충분하지 않소? 그 자식 때문에 유풍문은 벌써 온갖 흠집이 나서 수진계의 조롱거리로 전락했는데 왜 아직도 놓지 않는 건지……."

그런데 한 여인의 목소리가 불바다에 울려 퍼지자 생지옥에서 도망쳐 허공에서 구경하던 수사들이 경악했다.

설정옹도 경악했다.

"류 형, 어쩜 그 나이를 먹고도 이렇게 애처럼 굴어…… 진짜

미워…….”

나른한 신음과 함께 불바다 속 흐릿한 두 형체가 점점 선명해졌다. 유풍문 72개 성을 휘감은 겁화는 실오라기 하나 걸치지 않은 두 육체를 크게 확대했다. 여인의 뽀얀 팔뚝에 새겨진 박쥐 다섯 마리로 이루어진 꽃 문신도 한 층 크기의 누각 정도로 커졌다. 그 위에 그려진 박쥐의 털까지 선명하게 보일 정도였다.

어안이 벙벙해진 사람들의 시선이 일제히 상수진계의 10대 문파 중 하나인 강동당으로 향했다.

강동당 제자들은 경악하여 구리 방울만큼 커진 눈으로 자기 문파의 여자 장문인 척량희를 바라보았다.

자리에 오른 지 얼마 안 된 여 장문은 얼굴이 잿빛으로 변한 채 목석처럼 패검 위에 올라 밤바람 속에 서 있었다.

그녀의 팔에는 박쥐 다섯 마리로 이루어진 꽃 문신이 선명했다…….

그녀가 어찌 생각이나 했을까. 누군가 그녀가 남궁류와 사통하는 장면을 빠짐없이 지켜보고, 심지어 기억 족자로 만들어 이렇게 하나도 숨김없이…….

모두에게 공개할 줄은.

그녀는 순간 정신이 멍해졌다.

멍해진 건 묵연도 마찬가지였다. 허공에 척 장문의 나체 환영이 나타난 순간, 묵연은 초만녕의 눈을 가렸다.

“보지 마세요.”

초만녕은 아무 말이 없었다.

무의식적인 행동이었다. 묵연은 초만녕에게 강한 소유욕을 느꼈다. 한때 그의 몸을 소유하고 싶었고 그의 숨결, 신음, 그리고 잇새로 부서져 나오는 흐느낌을 소유하고 싶었다. 그러나 지금 그는 초만녕의 순결한 마음을 더 갖고 싶었다.

"보지 마세요. 너무 더러워요."

그러게, 정말 더럽구나. 초만녕은 생각했다.

하나 눈을 가린 것이 무슨 소용일까? 귓가에는 여전히 환희에 찬 남녀의 야릇한 신음이 울려 퍼졌다.

초만녕은 묵연이 두 손으로 눈을 가리도록 두며 애써 진정하려고 했지만 얼굴은 자꾸만 달아올랐다.

"아…… 빠, 빨리…… 조…… 조금만 더……. 으음……."

묵연과 초만녕은 할 말을 잃었다.

눈을 가리고 있어서인지 다른 감각들이 더 선명해졌다. 척장문의 가느다랗고 부드러운 목소리는 마치 작은 솜털이 난 손가락이 척추를 따라 위로 스칠 때처럼 짜릿하고 간지러웠다. 일부러 그런 것인지는 모르겠으나, 그녀의 목소리는 뜨거운 애욕으로 가득했다. 그녀에게 남자의 침범이란 마치 거대한 나무의 단단한 뿌리가 비옥한 땅에 깊게 파고드는 것과 같았다. 땅 밑에서 콸콸 흐르는 봄물이 뿌리와 만나면서, 비 내린 뒤의 비릿한 냄새가 공기 중에 감돌았다.

그들의 움직임은 묵연을 초조하게 만들었고, 어쩔 줄 모르게 했다.

초만녕의 눈을 계속해서 가리고 싶고, 그의 귀도 가리고 싶었다.

손을 들어 초만녕의 귀를 가리고 싶고, 그의 눈에서 손을 치우고 싶지도 않았다.

환장하게도, 이 야릇한 분위기 속에서 묵연은 문득 자신의 마음속으로 가장 갈망하는 것이 초만녕의 귀를 가리는 것도, 눈을 가리는 것도 아님을 깨달았다. 그의 가슴속에 웅크린 성급한 호랑이 한 마리가 낮게 으르렁거리며 그를 꼬드기고 유혹했다.

적절한 때는 아니었지만, 묵연은 문득 자신이 가장 갈망하는 것이 무엇인지 깨닫고 깜짝 놀랐다. 그건 바로 자신을 조금도 경계하지 않는 초만녕을 품속에 가두고 그의 등을 다정하게 쓰다듬으며, 뜨겁게 그의 귀를 핥은 뒤 그의 얼굴을 돌려 그를 껴안고 격렬하게 입을 맞추는 것이었다.

묵연은 그윽한 눈빛으로 바로 눈앞에 있는 초만녕을 뚫어지게 바라보면서, 호흡도 점점 부자연스러워졌다.

초만녕이 사납고 매정하긴 해도, 체격으로 본다면 이미 자신의 상대가 아니었다. 만약 자신이 그에게 나쁜 짓을 할 마음을 먹는다면, 전생에서 그랬듯이 초만녕은 반항할 기회도 없을 터였다. 고집 센 남자가 축적해 온 힘은 오직 잇새로 신음이 새어 나가지 않게 참는 데만 쓸 수 있을 것이다.

참다가 한계가 와도 자신에게 문질리고 깨물릴 운명에서 벗어날 수 없었다.

초만녕은 묵연이 무슨 생각을 하는지도 모르고 난감한 상황을 벗어나고자 낮게 투덜거렸다.

"정말 꼴불견이군."

"네."

묵연의 목은 메말랐지만 눈은 촉촉했다. 그가 나지막이 따라 말했다.

"정말 꼴불견이에요."

"척량희는 혼인한 몸이다. 얼마 전 남편이 죽어서 강동당의 장문 자리를 물려받은 것인데, 장문이 되자마자 남궁류와 이런 떳떳하지 못한 짓을 하다니."

초만녕은 경멸하며 간결하게 말했다.

"황당하군."

"네."

때에 맞지 않는다는 건 알지만, 마음속 갈망을 억누를 수 없었다. 묵연은 자기도 모르는 사이에 입술을 더 가까이 내밀어 초만녕의 목덜미 바로 뒤에까지 다가갔다. 그는 건성으로 대답했다.

"정말 황당해요."

다시 허공을 살짝 보니 남궁류와 척량희는 여전히 격렬하게 뒤엉킨 채였다.

척량희가 남궁류보다 나이가 제법 많다는 것이 어렴풋이 떠올랐다. 그녀의 남편은 남궁류의 의형제로, 촌수를 따지면 남궁류가 그녀를 형수라고 불러야 했다.

겉으로 보기엔 깨끗한 두 사람이 어쩌다 눈이 맞았을까.

한참 생각에 빠져 있는데, 겁화 속에서 남궁류의 거친 목소리가 들려왔다. 고개를 들어 보니, 뻔뻔한 두 사람은 자세를 바꿔 사랑을 나누다가 남궁류가 유혹하며 말했다.

"더 원하면 날 오라버니라고 불러 봐요."

"?"

묵연은 진심으로 깜짝 놀랐다.

이래도…… 돼?

분명 그보다 나이가 그렇게 많은 척 장문이, 어…… 어떻게 오라버니라고 부른단 말인가?

답선군은 남궁류의 능력을 얕잡아 봤고 척량희의 체면을 너무 높이 평가했다. 환영 속에서 안달이 난 여인은 거리낌 없이 헐떡거리며 신음했다.

"오라버니…… 오라버니, 그만 만져……. 아앗……."

"……."

성벽처럼 얼굴이 두꺼운 묵연마저 얼굴이 달아올랐다.

마침 그때 초만녕의 가느다랗고 긴 속눈썹이 그의 손바닥에서 미세하게 움직였다. 뜨겁게 달아올라 간질거리는 그의 마음을 알고 작은 움직임으로 그의 뼛속까지 저릿하게 만들려는 것 같았다.

속눈썹은 너무나도 부드러웠다. 살짝 움직였을 뿐인데 간지러움이 가시기도 전에 감질나서 더욱 참기 어려웠다. 묵연은 그대로 얼어붙었다. 그는 눈앞에 있는 남자의 목덜미를, 조금은 창백한 피부를, 어둠 속에서도 복숭아의 옅은 붉은 기가 감도는 목을 봤다.

그는 눈을 깜빡였고, 심장은 미친 듯이 뛰었다.

묵연은 차마 더는 볼 수 없어서 눈을 내리깔았다. 눈꺼풀 아래의 칠흑같이 어두운 눈동자는 다 타 버린 잿더미처럼 뜨거웠다.

칠흑 같은 어둠 아래 겹겹이 쌓인 채 억눌려 있는 불꽃은 초만녕이 그에게 애욕 가득한 바람을 불어 주기만을 기다렸다. 그러면 불꽃은 타다 남은 잿더미 속에서 다시 타올라 찬란한 귤색 빛으로 들판을 태워 버릴 수 있었다.

묵연은 별안간 후회가 밀려왔다.

왜 그는 전생에서 남궁류처럼 짓궂은 생각을 하지 못했을까?

이 방법을 진작에 알았다면 그도 초만녕을 덮쳐서 고고한 남자를 아래에 눕혀 놓고, 나지막하게 숨을 몰아쉬며 자신을 '형아'라고 부르게 했을 것이다.

이어서 그는 또 다른 생각이 났다. 이번 생에서 사실 초만녕은 그를 '형아'라고 불렀었다. 그뿐 아니라 '사형'이라고도 불렀다.

그때 자신은 하사역의 진짜 신분을 몰라서 정말로 그 사제가 사제인 줄로만 알았는데, 이제 와 다시 생각해 보니 심장이 뜨거워졌다.

묵연은 간도 크고 음흉한 야심이 있는 사람이었다. 안 되는 걸 뻔히 알면서도 그는 자기도 모르게 상상에 빠졌다.

초만녕이 침상에 누워 있고, 빛이 드리워진 이마엔 젖은 머리카락 몇 가닥이 달라붙어 있다. 봉안을 살짝 감고 은근히 자신을 바라보는 눈빛에는 서러움과 진지함이 담겨 있지만, 솟아오르는 애욕이 그것들을 모두 불태우며 눈가를 붉게 물들인다.

초만녕이 입술을 반쯤 벌린다. 입을 다물려고 애써 봤지만 결국 다시 벌어져 촉촉하게 젖은 갈라진 목소리로 그를 부른다.

'사형…….'

자신의 손이 언제 상대를 놓았는지는 알 수 없었다. 아마도 이렇게 친밀하게 그의 눈을 가리고 있다가는 정말 자제력을 잃고 가까이 다가가 대역죄를 저지를지도 모른다는 것을 알기 때문일 것이다.

애정이란 원래 억누르기가 극도로 힘든 감정이다. 게다가 이미 맛을 본 묵연은 그것이 얼마나 아찔한 맛인지 알고 있었다.

초만녕이 고개를 돌려 그를 보았다. 발그레한 뺨으로 무의식중에 입을 벌린 채 맑은 눈을 반짝이는 묵연의 모습은 살짝 교만하게 보였다.

"왜 그러느냐?"

묵연은 초만녕의 입술을 흘깃 보곤 헛기침을 하며 고개를 돌렸다.

"아닙니다."

뒤엉킴이 끝난 뒤, 남궁류가 척량희의 머리카락을 쓰다듬으며 나른한 목소리로 물었다.

"그 일에 대해 문하의 장로들에게 물어보셨습니까?"

척량희가 아름다운 눈을 떴다.

"무슨 일?"

"거참, 뻔히 알면서 꼭 되묻는군요."

남궁류가 말했다.

"무슨 일이긴요. 전에 당신이 장문이 되면 강동당을 유풍문 아래로 편입하겠다고 했잖습니까."

"그 일 얘기로군."

척량희가 웃으며 말했다.

"조급해하지 마. 나도 이제 막 자리를 이어받아서 장문 반지도 아직 차가우니까."

"서두르세요. 우리 두 문파가 하나로 합쳐지면 내가 당신을 유풍문의 제일 호법으로 만들어 줄 테니. 그때가 되면 일인지하, 만인지상이 될 겁니다……."

남궁류는 말하면서 그녀의 가느다란 허리를 쓰다듬었다.

그러나 척량희는 언짢은 듯 빨갛게 달아오른 얼굴로 손을 들어 그의 행동을 저지했다.

"어렵게 장문 자리에 올랐는데 며칠 더 누리지도 못하게 하는구나. 호법이 뭐 좋은 거라고? 날 정식으로 유풍문의 부인으로 들이지도 않을 거잖아!"

머쓱해진 남궁류가 말했다.

"사의 성격을 아시잖아요. 내가 후처를 들인다고 하면 분명 반대할 겁니다. 게다가 지금 우리의 위치에서 혼사는 개인의 일이 아니에요. 남들이 뭐라고 거슬리는 소리를 할지도 모르고."

"거슬리는 소리?"

척량희가 화난 눈으로 그를 째려봤다.

"거슬리는 소리는 무섭고 나는 안 무섭다는 거구나? 설마 내 남편이 어떻게 죽었는지 잊었어? 내가 단순히 강동당의 장문이 되려고 그런 줄 알아? 남궁류, 어렸을 때부터 내가 너한테 어떻게 해 줬는지는 네가 더 잘 알 텐데!"

"알았으니 화내지 마십시오."

"어떻게 화를 안 내겠어? 애당초 넌 그 빌어먹을 영감에게 후계자로 인정받으려고 용언 그것과 혼인했었지! 난…… 가망이 없다는 생각에 사형에게 시집을 갔고. 이제 어렵사리 그 둘을 죽였는데, 설마 넌 두 문파를 합친 뒤 날 겨우 호법으로만 만들 셈이었어?"

"량희……."

"난 싫어! 호법은 개나 주고 넌 반드시 나와 혼례를 올려야 해! 네 아들 남궁사는 성격이 제멋대로인 것이 용언 그것과 똑같은데, 설마 그 아이에게 장문 자리를 물려줄 생각이야?"

척량희는 막무가내였다.

"난 천하가 구구절절 떠드는 건 무섭지 않아. 우리는 이제 과부와 홀아비인데 혼례 좀 올리면 어때서? 안 될 게 뭐 있어? 난 너한테 시집도 가고 앞으로 공자 열여덟 명은 낳아 줄 생각이야. 남궁류, 우리 아이와 그것이 남긴 자식 중 누구를 선택할 거야?"

169장 사존, 유풍문이 끝장났네요

남궁류는 그녀가 윽박지르자 뒤로 물러나 달랬다.

"그만하세요. 난 물론 당신을 아끼지만 이 일은 천천히 신중하게 처리해야 합니다. 우리 그냥 원래 정했던 대로, 당신이 장문으로서 명을 내려 유풍문에게 강동당을 보살펴 달라고 한 뒤 두 문파가 합병되면 우리 다시……."

"싫어!"

척량희가 눈시울을 붉히며 말했다.

"그때 난…… 난 널 믿었는데 결국 어떻게 됐지? 넌 그 길로 용언과 혼인했어……. 이번에는 안 돼! 나에게 확실하게 말해. 나와 혼인할 거야?"

"……."

머뭇거리는 그의 모습에 더 화가 난 그녀가 낮게 소리쳤다.

"남궁류, 언제까지 미적거릴 작정이지? 우릴 위해 난 내 손으로 남편을 죽였는데, 넌? 고개 한번 끄덕이는 것도 못 해?"

"헉!"

여기까지 본 사람들은 경악했다.

설정옹도 지극히 놀라 왕 부인에게 나지막하게 말했다.

"강동당의 전 장문을 그녀가 죽였다고?"

이번에는 강동당에서 난리가 났다. 전 장문은 죽었으나 문파에 여전히 남아 있는 수하들과 그의 두 친형제는 곧장 척량희에게 달려들어 따지기 시작했다.

"큰형님을 죽였습니까?"

"뻔뻔하구나! 그가 당신보다 열 살 이상 많았지만 그렇게나 잘해 줬는데…… 정말 악독하군! 형님의 목숨을 돌려내!"

이쪽에서는 다툼이 일어나고 저쪽에서는 사나운 불길이 멈추지 않았다. 간담을 서늘하게 만드는 족자가 조각나며 흩어졌다. 끝없이 찬란한 빛 속에서 더럽기 그지없는, 남사스러운 과거 일이 세상 사람들에게 모조리 폭로됐다. 이 일은 유풍문은 물론 상수진계의 거의 모든 문파와 연관됐으며, 이번에 유풍문에 발걸음을 한 무수히 많은 유명한 수사들과도 관련 있었다.

강동당에 이어 무비사, 화황각, 벽담장…… 심지어 항상 속세를 벗어나 있던 곤륜 답설궁까지 상급 제자와 장로들의 추문이 낱낱이 드러났다. 남궁서의 기억 말고도 그동안 그가 여기저기서 수집한 기억이 모든 사람들 앞에 적나라하게 드러났다.

그중에는 심지어 예전에 남궁류와 무비사의 전임 주지인 천선대사 간의 결탁도 포함되어 있었다.

"대사님, 내일이면 영산논검입니다. 승패는 제게 매우 중요합니다. 아버지께선 제가 아둔하다 여기시는데, 대회에서 동생에게 지기까지 하면 저는 아마…… 장문 자리와 인연이 완전히 끊길 겁니다."

"남궁 시주, 긴장 푸세요. 제가 지난번에 드렸던 법술 족자는 다 외우셨습니까?"

"외웠습니다."

천선대사가 수염을 비비며 웃었다.

"그럼 내일 승패는 염려 말고 전력을 다해 족자의 법술을 펼치세요. 그러면 아우님은 그대의 적수가 되지 못할 겁니다."

남궁류는 이해가 되지 않았다.

"제가 우둔하여 이해하지 못했습니다. 대사께서 가르침을 주십시오."

"그 법술 족자는 그대의 아우 남궁서가 독창적으로 만든 비술입니다. 이 비술을 열심히 수련해 영산논검에서 두각을 드러낼 속셈이죠."

"아!"

남궁류는 깜짝 놀랐다.

"아우가 독창적으로 만든 것이라면 제가…… 제가 어찌 그의 법술로 그를 이기겠습니까?"

천선대사가 미소 지었다.

"남궁서는 거만하여 법술을 만들어 낸 뒤 다른 사람에게 알려 주지 않고 혼자 동굴에 숨어 밤낮으로 수련에 매진했습니다. 그러니 그가 이 법술을 자기가 만들었다고 말해도 누가 믿겠습니까?"

"……."

"하지만 그대는 다릅니다, 남궁 시주. 저와 답설궁의 네 궁주 모두 그대가 이 법술을 시전하는 것을 봤다고 장담하고 그대도 법술 연구에 몰두하며 만들어 냈다고 시치미 떼면, 아우님이 제아무리 말재주가 좋아도 형님이 만든 법술을 훔쳤다는 죄를 벗어날 수 없을 겁니다."

천선대사가 태연자약하게 말을 이었다.

"명성에 금이 가고 사람들의 손가락질에서 영원히 벗어날 수 없겠지요. 그러니 대회에서 우승한들 무슨 소용이 있겠습니까?"

"그렇군요……."

남궁류는 두 눈을 동그랗게 뜨고 마치 커다란 깨달음을 얻은 듯 주먹을 쥐고 말했다.

"대사님께서 올바른 방향을 알려 주셔서 감사합니다! 제가 자리를 물려받으면 대사님과의 맹약을 잊지 않겠습니다. 나중에 유풍문은 무비사와 오랜 벗이 될 겁니다!"

어두운 밤의 장막을 비추며 펄럭이는 긴 족자는 서상림이 증오하는 모든 사람을, 그의 미움을 산 사람들을 낱낱이 파헤쳐 공개했다. 수사든 유풍문 주변의 백성이든, 모두가 화면 속에 일렁이는 불빛에 매혹된 채 화려한 장포 아래 숨겨진 썩은 내 나는 추악함을 지켜보았다.

귀계의 문이 열릴 때, 서상림이 환하게 웃으며 말했었다.

– 저는 모든 사람의 마음을 무너뜨릴 겁니다.

지금에서야 사람들은 그의 말에 숨은 진정한 의미가 무엇인지 깨달았다.

남궁서가 상림 장로라는 이름으로 유풍문에 오랜 세월 머무르며 세운 계획은 유풍문 72개 성과 백 년 근간을 무너뜨리는 것이 다가 아니었다.

그가 망치려던 건 그를 못마땅하게 여긴 모든 사람들이었다.

그를 저버리고 모욕하고, 공과 사의 이득을 위해 그를 막다른 골목으로 내몰았던 사람들.

그의 형 남궁류는 그저 복수의 길에서 가장 먼저 참수된 사람에 불과했다.

서상림의 화를 돋운 사람은 누가 됐든 맹렬하게 하늘 높이 솟은 형벌대에서 벗어날 수 없었다.

초만녕은 빛에 환하게 밝아진 끝없는 긴 밤 속에서, 문득 라섬섬에 대한 기억 하나를 떠올렸다. 그녀의 기억 속, 온몸이 피로 얼룩진 청년이 웃으며 이렇게 말했었다.

– 임기에 한 남자애가 있었는데, 나이 스물에 심장이 죽었다지.

법술이 뛰어난, 남다른 천부적인 재능을 가진 소년은 항상 공정한 대우를 받지 못했다. 해를 당하고, 음모에 빠지고, 가족에게 외면당했다. 심혈을 기울여 만든 법술을 빼앗겼고, 그의 법술을 빼앗은 사람은 나중에 인정은 고사하고 오히려 그를 비난하며 도둑으로 몰았다.

이 얼마나 터무니없는 일인가…….

– 나이 스물에 심장이 죽었다지.

금성호에서 그리고 도화원에서, 서상림이 조종한 흰 돌이 방긋 웃으며 말했다. 자신은 지옥에서 살아 돌아온 귀신이고, 산 사람에게 원수를 갚을 것이라고.

초만녕은 멀리 내다봤다. 상수진계 명문 문파의 사람들은 모두 충격에 혼란스러워했다. 나무가 넘어지면 원숭이도 흩어진다는 말이 어찌 유풍문 하나만을 뜻하겠는가.

서상림은 그의 남은 반평생을 장작으로 삼아 복수의 불을 지폈다.

그리고, 해냈다.

쾅—!

갑자기 폭발음이 들렸다. 유풍문의 일곱 번째 성인 암성 방향에서 자색 빛이 하늘로 치솟았다. 눈부신 빛에 사람들은 눈을 뜰 수 없었다.

엽망석이 화들짝 놀랐다.

"안 돼!"

암성으로 어검을 타고 날아가려는 순간, 남궁사가 그녀를 붙잡았다. 거칠고 버릇없어 보이던 얼굴은 하룻밤 사이에 초췌해져 무너지기 직전이었으나, 그는 여전히 엽망석의 팔을 꽉 잡고 쉰 목소리로 말했다.

"가지 마라."

"하지만 금고탑 아래에 봉인한 요괴가 나올 수도 있습니다.

유풍문이 백 년 동안 수천 마리의 요괴를 가둬 놨는데 모두 봉인을 풀고 이 세상에 나오면……."

"네가 가서 뭘 하려고?"

"저는……."

"엽망석, 넌 유풍문을 위해 이미 많은 것을 했다."

남궁사가 텅 빈 눈으로 손을 들었다. 엽망석의 뺨에 묻은 재를 닦아 주려다가 움찔거리기만 할 뿐, 아무런 행동도 하지 않았다.

"더는 마음 쓰지 마."

그가 말했다.

"금고탑은 장문인과 10대 장로의 힘이 있어야 안정된다. 네가 가면 죽는 것밖에 안 돼."

"죽는 길이라는 건 알지만."

머뭇거리는 엽망석은 괴로운 표정이었다.

"죽는다고 해도 저는 가만히 있을 수 없습니다. 금고탑이 쓰러지면 요괴 무리가 세상에 나옵니다. 유풍문은…… 분명 손가락질을 받을 테고…… 당신은……."

"금고탑이 뚫리지 않으면 사람들의 질타를 안 받을 거라고 생각해?"

남궁사가 웃었다. 입가에는 피가 말라붙어 있었고, 웃음은 더더욱 창백해 보였다.

"멍청한 짓 하지 마. 유풍문은 이미 끝장났으니 너라도 잘 살아야 해. 알았지? 왜냐하면 난 정말……."

남궁사는 눈을 감고 속눈썹을 미세하게 떨며 울음 섞인 목소리로 신음했다.

"문파를 위해 죽는 사람이 더 이상 나오지 않았으면 해……. 그럴 가치가 없어……."

이글거리는 불꽃 속에서 엽망석은 남궁사를 멍하니 바라보았다. 뭐라고 말하기도 전에 갑자기 암성 방향에서 또 쿵, 하고 불탑이 무너지는 소리가 났다. 고개를 돌리자 수천 개의 빛줄기가 금고탑이 우뚝 솟아 있는 방향으로 날아가 어둠 속으로 자취를 감췄다.

엽망석의 얼굴에서 핏기가 가셨다.

"금고탑이…… 쓰러질 겁니다……."

퍼엉—!

발밑의 땅이 흔들리더니 쩍쩍 갈라졌다. 유풍문의 금고탑 아래 봉인된 커다란 요괴가 세상에 빠져나와 강렬한 붉은빛으로 변했다. 붉은빛은 그냥 보면 엄청난 대어(大魚) 같았고, 꼬리는 붉은 연꽃이 화려하게 핀 듯했다. 대어가 하늘을 뒤흔들 정도로 크게 울부짖자 그 음파에 수천 리 밖의 나뭇잎까지 떨렸다. 대어는 갑자기 동해 방향으로 날아갔다. 우뚝 솟은 보탑은 순식간에 무수히 많은 조각으로 산산조각 났다. 어검한 무리가 있는 곳 중 보탑과 가까운 곳은 커다란 요괴가 만들어 낸 공기 파동에 의해 뒤집혀 불타오르는 겁화 쪽으로 날아갔고, 비명을 지를 새도 없이 재 가루가 되어 버렸다.

"저게 뭐지?"

"곤(鯀)이다!"

그 소리에 옆에 있던 사람은 불어오는 요풍에 날아가지 않도록 자신의 패검을 부둥켜안고 버럭 했다.

"고니? 무슨 고니가 저렇게 커?"

"고니가 아니고 '곤'이라고! 상고 시대의 흉악한 짐승이잖아! 유풍문의 첫 번째 장문인 남궁장영이 동해에서 악한 곤을 잡아 와서 금고탑 감옥을 만들었다던 전설도 몰라? 그런데…… 그게 진짜였다니!"

세상에 나온 악한 짐승들은 원기가 아직 회복되지 않았고 보탑 아래에 오래 갇혀 있어서 여전히 도사를 두려워했다. 그래서 오래 머물지 않고 동해로 도망쳤다. 그러나 그것들이 도망치며 일으킨 바람은 얕잡아 볼 것이 아니었다. 유풍문을 불태운 겁화는 바람에 수척 높이까지 치솟아, 안전하던 곳까지 위험에 빠졌다.

오랫동안 전장을 누빈 경험이 많은 설정옹은 상황을 보고 재빨리 외쳤다.

"도망쳐! 모두 도망가!"

순식간에 벽돌과 모래가 무너졌다. 그는 외치자마자 바로 강철 부채에 왕 부인을 태운 채 멀리 피했다. 나머지 수사들도 잇달아 도망쳤다. 물론 치열하게 싸우며 너 죽고 나 살자고 하는 사람들도 있었다. 척량희와 그녀 문파의 몇몇 장로들은 미처 빠져나오지 못했다. 도망칠 생각을 하기도 전에 겁화에 삼켜졌고, 그 순간 그들의 눈은 깊은 원한으로 번뜩였다…….

그렇게 연기처럼 사라졌다.

남궁사는 노백금 위에 올라탄 채 엽망석에게 손을 뻗었다.

"어서 타!"

그러고는 고개를 돌려 초만녕에게 말했다.

"종사…… 님도……."

"다 못 태우니 먼저 가거라."

"하지만……."

묵연은 결정한 듯 남궁사에게 말했다.

"어서 가요! 나는 사존과 어검으로 날아가겠습니다!"

눈앞의 큰불이 엄청난 속도로 가까워지자 남궁사는 속으로 욕을 퍼부으며 엽망석을 뒤에서 꽉 안고, 그녀와 함께 요랑을 타고 아득한 어둠 속으로 사라졌다.

나무들은 계속 쓰러졌고 귤나무 숲은 귀를 찌르는 소리와 함께 화르르 타올랐다. 바람 속에 섞인 귤 냄새가 달라졌다. 더는 늦출 수 없다는 생각에 묵연은 장검을 소환해 초만녕과 함께 불에 타지 않은 곳으로 몸을 피했다.

끝없이 펼쳐진 망루와 복도, 풀밭처럼 장렬한 전통과 백 년의 찬란함이, 파도처럼 세찬 화염 속에서 하룻밤 사이에 전멸하고 말았다.

170장 사존은 어린아이를 잡아먹지 않아

곤이 일으킨 바람 폭풍을 타고 겁화는 임기의 절반을 불태웠다. 모임에 참석하러 왔던 수사들이 황급히 검을 타고 사방으로 도망쳤지만 화염은 그들을 끝까지 뒤쫓았다. 영력이 약한 수사들은 쫓아오는 맹렬한 불길에 쓰러져 목숨을 잃었다.

그들은 길을 따라 날면서 상수진계의 유풍문과 가까운 마을을 지나쳤다. 마을 사람들은 무슨 일이 벌어졌는지 전혀 모른 채 유풍문 방향에서 큰불이 번져 오자 가족을 데리고 허둥대며 도망쳤다. 그러나 사람의 다리로 어찌 용암 흐르듯 번지는 겁화를 피할 수 있을까?

"아버지!"

"아빠, 아빠!"

불이 지나간 곳은 온통 울음소리로 가득했다. 설정옹은 부채를 최대한으로 키워 상수진계 백성을 가득 실었다.

왕 부인은 쉬지 않고 아이들을 위로했다.

"다들 울지 말렴. 뚝 그치고 안으로 조금만 더 들어가자. 조심해, 떨어지지 않도록 서로 꽉 잡으렴……."

하지만 강철 부채를 더 이상 크게 만들 수는 없었다. 지나온 마을에 수많은 사람이 있었지만 구할 수 없었다. 설정옹은 앞쪽에 무릎을 꿇고 몸을 수그린 채 울부짖는 아이를 위로 끌어당기려고 했지만, 힘을 주자마자 강철 부채가 견디지 못하고 심하게 휘청거렸다. 그는 어쩔 수 없이 손을 풀고, 희망이 떠올랐던 눈물범벅의 얼굴이 순식간에 멀리 떨어지는 것을 빤히 바라볼 수밖에 없었다.

기개 높은 강인한 남자였음에도 그는 이 상황을 견딜 수 없어 목 놓아 울었다.

"왜? 대체 왜? 한 사람의 억울함으로 이렇게 많은 무고한 사람이 대신 죽음을 맞아야 하지?"

설정옹은 흐느끼며 눈물을 쏟았다.

"천하가 더 혼란스러워야 한다는 말인가? 억울하게 죽은 사람이…… 설마 아직도 부족하냔 말이야……."

왕 부인의 눈시울도 붉어졌다. 그녀는 구해 낸 두 아이를 양옆에 끼고 보듬었다. 아이들의 부모는 그들을 강철 부채 위로 밀어 올린 뒤 미처 타지 못하고 결국 겁화에 잡아먹혔다. 아이들이 계속 울자 왕 부인은 그들은 안고 계속 머리를 쓰다듬으며 위로했지만, 무슨 말을 해야 할지 몰랐다.

그녀는 고개를 돌려 뒤를 따라오는 수사 십여 명을 바라봤다. 대부분 이미 화염에 따라잡혔고, 일부는 벌써 다른 방향으로 도망치기 시작했다. 초만녕과 묵연 모두 이곳에 없었다. 그녀는 눈물을 머금고 먹먹한 심정으로 두 사람의 평안을 빌었다.

멀지 않은 곳에서는 설몽이 여전히 정신을 차리지 못한 채 강희의 품에 안겨 있었다. 불꽃이 그의 단정한 얼굴을 비췄고, 강희의 화려한 패검은 무게를 견디지 못해 그의 발아래에서 계속 웅웅거렸다.

강희는 혐오스럽다는 듯 설몽을 흘겨봤다. 몇 번이나 이 녀석을 내던져 태워 버리고 싶은 생각이 치밀어 올랐지만, 강철 부채에 타고 있는 왕 부인의 애절한 눈빛을 보곤 침울한 얼굴로 입을 꾹 닫고 손을 놓지 않았다.

설정옹은 울면서 혹시라도 더 태울 수 있지 않을까 하는 마음에 아까보다 더 어린아이를 끌어 올리려고 했다. 그러나 간절한 그의 마음과 달리 강철 부채는 더 이상의 무게를 감당할 수 없었다.

다시금 잡았던 손을 놓을 수밖에 없었던 설정옹은 거의 무너지기 직전이었다. 무릎을 꿇고 웅크린 그는 자신의 미약한 능력에 창자가 끊어지는 듯했다……. 그런데 그때, 은색이 감도는 붉은빛이 번쩍였다. 강희가 손을 휘두르자 소매에서 광채가 번쩍이더니 설정옹이 구하지 못한 여자아이를 자신의 검에 태웠다.

정교하고도 아름다운 빛을 내뿜는 장검 설황의 웅웅거리는 소리가 더 커졌다.

딱히 성격이 좋지 않은 강희는 발로 검을 걷어차며 화를 냈다.

"뭘 시끄럽게 우느냐? 기개가 있어야지. 움직이지 말고 가만히 있거라. 안 그러면 불에 녹는다."

설황은 더는 소리 내지 않고 강희와 다른 두 사람을 태우고 묵묵히 앞으로 날아갔다. 그러나 버거워 보이는 얇은 칼자루는 금방이라도 부러질 것처럼 보였다.

강희는 설정옹 옆으로 날아가 매우 짜증 난 표정으로 그를 흘겨보며 질책했다.

"사내대장부가 왜 우는 거지? 구할 수 있으면 구하고 못 구하면 어쩔 수 없는 것이지 이럴 필요는 없소."

왕 부인이 말했다.

"사제……."

"왜, 내 말이 틀렸습니까?"

강희가 차갑게 웃었다. 그는 준수한 얼굴에도 불구하고, 말려 올라간 입꼬리는 매정하고 악독하여 인정이 없어 보였다.

"당신이 만약 그때 그를 따라가지 않고 고월야에 남았다면 지금처럼 닭 잡을 힘도 없을 만큼 약해서 스스로 검을 타고 날지도 못하는 지경이 되지는 않았을 겁니다. 당신 자리를 비우면 당신 부군은…… 백성을 위하는 마음을 가진 이 어진 사내는 한 사람이라도 더 구할 수 있었을 텐데 말입니다."

왕 부인은 그 말에 아픈 곳을 찔렸는지 고개를 푹 숙이고 눈을 감은 채 아무런 말도 하지 않았다.

그들과 멀리 떨어진 반대 방향에서는, 묵연이 장검을 최대한으로 늘렸다. 그 위는 초만녕 외에도 구출한 상수진계 백성으로 꽉 찼다.

그들은 덜덜 떨면서 눈물범벅이 된 얼굴로 불바다가 집어삼켜 폐허가 된 집을 멍하니 바라봤다. 시뻘건 화염이 그들의 눈에서 투명하게 빛나는 눈물을 비추었다. 눈을 감아도 애통함뿐이었다.

이런 엄숙한 분위기 속에서 묵연도 말없이 침묵했다. 그는 설정옹과 달리 쓸데없는 몸부림을 치지 않았다. 더 많은 사람을 태울 수 없다는 것을 안 후로는, 발밑으로 통곡 소리가 울려 퍼지는 마을을 지나쳐도 쳐다보지 않았다.

"앞쪽은 바다입니다."

묵연은 미간을 살짝 찌푸렸다.

"사존, 어디로 갈까요?"

"비화도로 가자. 버틸 수 있겠느냐?"

비화도는 임기에서 가장 가까운 상수진계의 작은 섬이었다. 묵연이 고개를 끄덕이며 말했다.

"버틸 수는 있지만 동해를 잘 몰라서 찾는 데 좀 걸리겠습니다. 사존은 사람들이 정신을 바짝 차리도록 살펴 주세요. 검이 너무 좁아서 졸면 떨어져요."

"그래."

묵연은 검을 타고 한 시진 넘게 날았다. 해수면에 옅은 아침 햇살이 비쳤다. 아침 해가 동쪽에서 떠오를 때, 그들은 구름 너머로 푸른 물결이 치는 바다 가운데 크지 않은 고리형 섬을 발견했다.

마침내 비화도에 도착했다.

이 섬은 유풍문의 관할이었지만 너무 외진 곳이라 인적이 드물었다. 대부분 바다로 먹고사는 어부들이었고, 대부호는 딱 한

집 있었다. 그들은 성난 파도가 치는 바다 너머로 유풍문에서 치솟은 큰불을 보며 불안에 떨었다. 무슨 일이 일어났는지 모르는 섬 주민들은 하늘의 이상한 기운에 쉽사리 잠들지 못했다.

동이 틀 무렵, 그 이상한 기운은 섬까지 번지진 않았지만 장검이 사람들을 싣고 날아와서는 축축한 해변에 우르르 내려놓았다. 선두에 선 사람은 키가 크고 절세의 미모를 가진 남자였는데, 뺨에 핏자국이 묻은 걸 보니 치열한 싸움을 치른 것이 분명해 보였다.

비화도에는 수사가 없었고 주민 모두 평범한 백성이었다. 그래서 그가 선인인지 악인인지, 왜 온 것인지 몰라 모두 겁을 먹었다.

“이런, 얼굴이 온통 새까맣네…….”

누군가 중얼거리며 묵연 뒤쪽의 사람들을 살폈다.

“그 큰불에서 탈출한 것 같은데…… 임기에서 왔나?”

그때, 건실한 어부가 과감하게 다가와 물었다.

“당신들은…… 유풍문 사람입니까?”

“사생지전입니다.”

묵연은 품에 안고 있던 아이를 초만녕에게 넘겼다. 아이가 너무 어려서 버티지 못할 것 같자 떨어지지 않도록 묵연이 검을 타고 날아오는 내내 안고 있었다.

“유풍문에 일이 생겼습니다. 이들은…… 모두 임기의 백성인데, 겁화가 맹렬하고 검이 실을 수 있는 무게에도 한계가 있어서 많이 구하지는 못했습니다. 저는…….”

묵연은 횡설수설하다가 고개를 들었다. 어리둥절한 어부를 보고서야 자신의 말이 너무 빨랐다는 걸 깨달았다.

비화도의 사람이 겁화가 무엇인지, 어검술이 무엇인지 알 리가 없었다.

그래서 그는 망설이다가 부드러운 목소리로 말했다.

"죄송합니다. 잠시 후 상세히 설명드리겠습니다."

그러면서 뒤쪽의 맥없이 고개를 떨군 곤란한 처지의 사람들을 돌아보았다.

"혹시 저들에게 먹을 것과 마실 것을 먼저 내주실 수 있습니까?"

난리 통에 부모를 잃은 아이가 불안해하며 슬며시 묵연의 다리 옆에 붙어 작은 손으로 그의 옷자락을 쥐었다.

묵연은 고개를 숙여 아이의 머리를 쓰다듬으며 어부에게 말했다.

"죄송하지만 부탁드립니다."

비화도의 주민들은 대부분 순박하고 선량했다. 그들은 얼른 차와 간식을 가지고 와 그들에게 대접했다. 묵연은 사고의 전말을 섬 주민들에게 간략히 설명했다. 주민들은 한참을 입을 다물지 못하고 멍하니 수평선 너머로 끝없이 이어진 불꽃을 바라보았다.

"유풍문이…… 모조리 불탔다고요?"

누군가 믿을 수 없다는 듯이 물었다.

"남궁 장문께서 돌아가셨어요?"

묵연이 말했다.

"죽은 것이 아니라 능지과를 먹고 다른 곳으로 끌려갔습니다."

"능지과가 뭐죠?"

"그건……."

초만녕은 그저 옆에서 묵연이 어부들에게 설명하는 모습을 지켜볼 뿐, 나서지 않았다.

인정이라고는 없게 생긴 그는 태어날 때부터 미간에 서늘함이 담겨 있었다. 그러니 그가 마을 사람들과 이야기를 나눠 봤자 묵연보다 좋은 결과를 만들어 내지 못할 것이 뻔했다.

그때 품에 안겨 깊이 잠들었던 아이가 깨어나더니, 차가운 인상의 낯선 남자가 자신을 안고 있자 당황해서는 곧장 앙앙 울음을 터뜨렸다. 묵연에게 안겨 있었을 때처럼 얌전한 모습은 찾아볼 수 없었다.

초만녕은 마을 사람들에게 둘러싸여 빠져나올 수 없는 묵연을 흘끗 보고는 어쩔 수 없이 습관적으로 무뚝뚝한 얼굴로 아이에게 말했다.

"울지 말거라."

아이는 목이 터져라 더 크게 울며 외쳤다.

"아버지, 어머니…… 아버지랑 어머니한테 갈래요."

"울지 마."

초만녕이 서투른 솜씨로 달랬다.

"너, 울지 말라고."

"으아아앙~ 어머니…… 어머니……!"

초만녕은 어쩔 수 없이 한 손으로 아이를 안고 한 손으로 아이의 머리를 쓰다듬었다. 그런데 웬걸, 아이는 그가 건드리는 것도 싫었는지 머리를 뒤로 홱 젖혔다. 빨갛게 달아오른 작은 얼굴은 눈물과 콧물로 범벅이 됐다.

"우리 어머니한테 갈래요, 아버지한테 갈래요, 집에 돌아갈래요……."

속수무책이었다. 초만녕은 아이를 달래 본 적이 없어서 무슨 말을 해야 할지 전혀 몰랐다. 그는 어떻게 해야 아이를 달랠 수 있을지 고민했다. 그러나 생각에 잠기자 미간이 저절로 찌푸려졌고, 그것이 그를 더 차갑게 보이게 했다.

울다가 지친 아이는 발버둥 치다가 우연히 초만녕의 얼굴을 보고는 놀라서 울음을 뚝 그쳤다. 그러고는 무서워서 말도 못 하고 그저 입술을 깨물며 진주 같은 눈물을 뚝뚝 흘렸다.

초만녕은 문득 무언가 떠올랐는지 한 손으로 건곤낭을 열어 찹쌀강정 하나를 꺼내 껍질을 벗겨 아이에게 건넸다.

아이는 눈물을 머금고 훌쩍거리며 초만녕과 그가 들고 있는 강정을 번갈아 바라보았다.

아이의 어머니는 아이에게 갖가지 교훈이 될 만한 이야기를 들려줬었는데, 그중엔 흉악한 수사가 말 안 듣는 아이에게 약을 먹여 기절시킨 뒤 데리고 가서 단약으로 만들었다는 이야기도 있었다.

극도의 공포를 느낀 아이는 소리 없이 눈물을 글썽이며 그를 쳐다봤다.

초만녕은 아이의 뜻을 이해할 수 없어서 그저 막막하게 아이를 응시하며 찹쌀강정을 들었다.

그의 봉안은 눈동자가 살짝 위로 올라갔고 눈꼬리가 가느다랗고 길었다. 그 예쁜 눈매는 웃지 않으면 교만해 보였다. 미소를 지어도 두 눈에는 장미 가시 같은 거친 도발과 오만함이 담겨 있었다.

그러나 누구나 다 이런 오만함을 감당할 수 있는 것은 아니었다. 그래서 초만녕은 잘생겼지만, 선천적으로 사람들에게 호감을 받지 못했다.

그러니 아이는 말할 것도 없었다.

"먹어라."

검 위에 있었을 때, 그는 묵연이 사탕으로 아이들을 달래는 모습을 봤다. 그래서 똑같이 한 것인데 어째서 결과가 다른지 그는 의아할 뿐이었다.

아이는 입을 꽉 다물고 망설이더니 부들부들 떨며 고개를 가로저었다.

……아이는 단약이 되고 싶지 않았다…….

"너……."

그가 뭐라 말하기도 전에 아이는 더 이상 참을 수 없었는지 엉엉 울었다. 가슴이 미어질 정도로, 땅이 뒤흔들릴 정도로 큰 울음소리에 주변에 있던 사람들의 시선이 집중됐다.

초만녕은 그것도 모르고 여전히 찹쌀강정을 들고 나지막이 말했다.

"……꽤 달콤할 거다."

그의 말은 강정이 달다는 것이었는데, 아이는 그가 방금 말한 '너'와 한 문장으로 연결해서 '너 꽤 달콤할 거다'라고 알아들었다. 아이는 이 도사가 분명 자신을 단약으로 만들려 한다고, 그것도 매우 달콤한 단약으로 만들려 한다고 착각하고선 놀라서 서글피 목 놓아 울었다.

초만녕은 그 자리에 얼어붙었다.

171장 사존, 누가 우릴 쫓아내려고 해요

초만녕은 뜨거운 감자를 안고 있는 것처럼 어쩔 줄 몰랐다. 점점 더 많은 시선이 그에게로 쏠리자 난감해서 귀 끝까지 벌게졌다. 바로 그때, 누군가 두 손을 뻗어 그의 품에서 아이를 안아 갔다. 초만녕은 한시름 내려놓으며 고개를 돌렸다.

"묵연?"

"네."

묵연은 아이를 한쪽 팔로 바꿔 안아 들고 다른 손으로는 헝클어진 초만녕의 머리를 쓰다듬었다. 차분한 표정이었다. 임기의 처참한 모습에 울적함으로 가득하던 얼굴이, 초만녕을 볼 때만은 입꼬리를 올려 일부러 우울한 기색을 지웠다.

웃는 것도, 웃지 않는 것도 아닌 그의 모습은 다른 때만큼 멋있지는 않았지만 왠지 모르게 포근하게 느껴졌다.

"섬사람들과 이야기는 잘됐느냐?"

"네. 잘 얘기했습니다."

"임기에 번진 이번 불은 네댓새 동안은 꺼지지 않을 테니 그 전까지는 비화도에 머물러야 한다. 그런데 섬에 집도 몇 채 없고, 우리는 또 사람이 많으니……."

"촌장에게 물어 보니, 좀 복작복작하니 불편해도 모두 지낼 수는 있을 거랍니다."

묵연에게 이런 일을 논의하라고 한 건 역시나 옳은 선택이었다. 그는 사람과 어떻게 대화하는지도 잘 알았고, 외모도 수려했다. ……예전에 벼 수확을 도우러 갔을 때 마을 여인들이 그를 쳐다보던 눈빛만 봐도 그가 자신보다 훨씬 호감형이라는 것을 알 수 있었다.

초만녕은 그런 생각을 하며 왠지 묘한 기분이 들어 고개를 끄덕였다.

"네가 수고가 많다."

"저한테는 그런 말씀 마세요."

묵연은 초만녕의 손에 들린 강정을 보고 다 알겠다는 듯 웃으며, 아직 세상 물정 모르는 품 안의 아이를 달랬다.

"넌 왜 울었어?"

"난 어머니…… 아버지한테 갈래요……."

아이는 아직 너무 어렸다. 뒤뚱거리며 걷는 나이에 불바다에 부모를 잃어 다시는 볼 수 없게 된 처지를 생각하니 묵연은 마음이 짠했다. 그는 이마를 아이의 얼굴에 비비며 나지막이 위로했다.

"아버지랑 어머니는…… 일이 있어서 며칠 지나야 데리러 오실 거야. 말을 잘 듣고 있어야 부모님이 다시 오셨을 때 기뻐하실 거야…….”

그가 아이를 안고 잠시 달래자 아이는 점점 안정을 찾았다. 여전히 훌쩍거리기는 했지만 대성통곡까지는 아니었다.

묵연은 고개를 숙여 눈물이 그렁그렁한 아이를 바라봤고 초만녕은 강정을 들고 가만히 옆에 서서 그를 바라보았다.

이 사내의 옆모습은 너무나도 근사했다. 매끄럽게 이어지는 곡선은, 수묵화 속 그림이라고 치면 당대(唐代)의 안진경과 유공권의 서법(書法)처럼 웅장하고 힘이 넘치는 절세의 수려함이었다.

그의 튼튼한 골격과 반대로 부드러운 속눈썹과 눈빛은 갓 움튼 봄 새싹 같았다.

초만녕은 살짝 넋을 놓았다.

그래서 묵연이 고개를 내밀어 그가 들고 있던 강정을 입으로 물었을 때, 초만녕은 손을 휙 빼며 놀라 휘둥그레진 눈으로 물었다.

“뭐 하는 짓이냐?”

그 자그마한 찹쌀강정을, 사내는 고개를 바짝 숙이고는 다가와 순식간에 물고 갔다. 그 와중에 입술이 자연스럽게 초만녕의 손끝에 닿았고, 따뜻하고 축축한 혓바닥이 실수로 그의 손을 핥기까지 했다. 초만녕은 온몸이 저릿해지는 걸 느꼈다. 잽싸게 지나가 버린 친밀한 접촉이 그의 척추를 간지럽혔다. 마치 씨앗에서 새로 싹이 트면서 딱딱하던 땅이 말랑해지는 것처럼…….

묵연은 강정을 입에 물고 그를 향해 웃어 보이고는 고개를 돌려 아이에게 눈을 깜빡였다.

그러더니 고개를 들어 강정을 꿀떡 삼킨 뒤 아이에게 말했다.

"봐, 무서운 단약 같은 것이 아니라 그냥 달콤한 강정이야."

초만녕은 어리둥절했다.

방금 정신을 딴 곳에 파는 바람에 아이와 묵연이 무슨 이야기를 했는지 제대로 듣지 못했다.

그제야 다시 아이를 바라보니, 아이는 머뭇거리면서도 자세하게 묵연을 살펴보곤 한참 뒤 작은 목소리로 감탄했다.

"우와, 정말 강정이었네……."

"그래."

묵연이 웃으며 말했다.

"여기 선장 형님이 얼마나 착한 사람인데, 어떻게 널 잡아가서 단약으로 만들겠어?"

초만녕은 할 말을 잃었다.

전날 밤에 너무 많은 충격적인 일이 일어난 까닭에 묵연은 전혀 졸리지 않았다. 구출해 온 사람들에게 지낼 곳을 마련해 주다 보니 이미 날이 밝았다. 그는 홀로 비화도 해변으로 걸어갔다. 아침이 되자 해안선이 멀어져 밀물 때 보지 못했던 갯벌이 드러났다.

혼자 있으니 묵직한 고민들이 떠올라 그의 눈가를 짓누르며 안개처럼 진득하게 달라붙었다.

그는 신발을 벗고 축축한 해안가를 따라 천천히 걸었다. 축축한 모래사장에 삐뚤빼뚤한 발자국 두 줄이 생겼다.

사실 서상림에 관해 여전히 이해되지 않는 부분이 많았다. 어째서 한겨울에도 신발을 신지 않고 맨발로 여기저기 돌아다니는지 같은 것들 말이다.

많은 과거를 숨긴 묵연은 어쨌거나 좋은 대접을 받기 힘든 사람이었다.

어쩌면 그렇기 때문에 그는, 모든 걸 걸고 유풍문을 무너뜨리고 강동당을 무너뜨리고 심지어 전체 상수진계 사람들의 마음을 어지럽힌 서상림을 이해할 수 있었다.

가장 고통스러운 건 억압받고 외면당하는 것이 아니었다.

가장 고통스러운 건 가까운 사람에게 배신당하는 것이었고, 열정으로 온 힘을 다해 세상을 구할 일대 종사가 되려고 노력했을 뿐인데 수진계에서 제일 중요한 '영산논검'에서 형님의 법술을 훔쳤다며 사람들에게 손가락질당하고, 아무 잘못이 없는데도 오해를 받는 것이었다.

진저리 날 정도로 심한 조롱과 비난을 받으면 영원히 그 속에서 헤어 나올 수 없다.

묵연은 알고 있었다. 이번 재앙이 지나가면 수진계는 재정비될 것이다. 체면이 깎이고 직접적인 피해를 입은 문파들은 아마 서상림을 미치광이라고 생각할 것이다.

오직 짐승처럼 수도 없이 많은 살육을 저질렀던 묵미우만이 고요하고 긴 해안선에서 홀로 조용히 산책하며 생각할 것이다.

서상림은 대체 어떤 사람일까?

이 미치광이는 어릴 땐 드높은 기세로 귤나무 숲에서 열심히 검술을 연마하다가, 어둠이 내려앉으면 피곤하지만 뿌듯한 마음으로 집으로 돌아갈 때 신선하고 달콤한 귤을 따서 항상 게으름만 피우는 형님에게 먹으라고 가져다주는 아이는 아니었을까?

그때의 그는 아무것도 이룬 것이 없는 형이 세 치 혀로 수진계에서 자신의 자리를 빼앗을 거라고는 전혀 생각하지 못했을 것이다.

이 미치광이는 한때 법술 족자에 매달려 고심 끝에 자신의 짧은 식견을 열심히 적었다가, 마음에 들지 않아 붓대를 씹으며 고민하던 사람은 아니었을까?

그때의 그도 몰랐을 것이다. 사실 자신은 아무리 노력해도 결국 오명을 뒤집어쓰고 영원히 희망을 잃게 되리라는 것을.

묵연은 눈을 감았다. 바닷바람이 얼굴을 어루만졌고 햇빛이 속눈썹을 비추며 황금빛 테두리를 만들어 냈다.

그는 삼생[#1]별원을 떠올렸다. 맹파수를 마시면 삼생의 일을 잊는다고 했다. 서상림이 자신의 거처에 그 이름을 붙인 건, 정녕 별 뜻 없는 것이었을까?

그리고 전생. 전생의 서상림이 유풍문에 칩거했던 것도 응당 이번 생과 같은 목적이었을 것이다. 그러나 그때 그는 전쟁 속에서 엽망석을 대신하여 죽었다.

엽망석.

이 이름도 서상림이 그녀에게 지어 준 것이었다.

무엇을 망(忘)각하라는 것일까?

한때 불공평하고 불공정한 세월을 잊고, 지난날의 원한과 찬

#1 삼생 三生. 불교에서 말하는 전생, 현생, 후생

란함을 잊고, 추악한 얼굴을 잊으려는 건가?

서상림은 갖은 수를 써서 무간지옥에서 그 시체를 끌어냈다. 라풍화의 시체를.

그는 대체 그 시체로 무엇을 하려 했을까?

환영 속에서 서상림이 남궁류에게 말했다, 저주를 건 사람의 영핵을 얻어야만 반지의 저주를 완벽히 풀 수 있다고. 하지만 최후의 결과를 보면 서상림의 진정한 목적은 남궁류를 도와 저주를 푸는 것이 아니었다.

공간의 틈, 진롱기국, 환생술…….

그리고 마지막에 틈에서 뻗어 나왔던 그 손.

묵연은 왠지 꺼림칙해서 인상을 쓰고 생각에 빠졌다.

그러다가 눈을 번쩍 떴다.

어떤 일이 떠올랐다.

예전에 금성호에서 망월이 죽을 때 이렇게 말했었다. 가짜 구진은 금성호를 장악한 후 적심류의 힘을 빌려 호수 안에서 금지 술법인 '환생'과 '진롱기국'을 연마했다고.

그때 망월은 '시공생사문'에 대해선 언급하지 않았다.

다시 말해, 서상림이 중요하게 생각한 건 환생술과 진롱기국뿐이었다는 것이다. 진롱기국은 말할 것도 없이 일 처리가 편하도록 바둑돌을 조종하기 위해서였다.

그럼 환생은?

그가 원하는 건 누구의 환생이었을까?

고민하던 묵연은 두 가지 답을 떠올렸다. 하나는 용언이고 다른 하나는 라풍화였다.

서상림의 말에 따르면 용언이 좋아했던 사람은 사실 그였으나 나중에 어떤 변수가 생겨 결국 서상림과의 관계를 끊고 그의 형에게 시집갔다.

그러나 다시 곰곰이 생각해 보면 또 그녀가 아닌 것 같았다.

서상림이 정말로 용언을 좋아해서 그녀를 부활시키고 싶을 정도였다면, 전생에서는 왜 그녀의 유일한 아들을 죽였을까?

더 중요한 것은, 이 인간은 진작부터 '상림 장로'라는 신분으로 남궁류 옆에 숨어 지냈다. 만약 그가 환생술로 용언을 환생시키려고 했다면 애당초 금성호에서 그녀가 제물이 되는 것을 왜 막지 않았을까?

그러니 용언은 아니었다.

묵연은 고개를 돌려 아침 해가 바다를 붉게 물들이는 광경을 바라보았다. 자잘한 햇빛이 남실거리는 파도가 끊임없이 밀려왔다. 태양이 동쪽에서 떠오르며 육안으로 보일 정도의 속도로 물이 차올라 온통 황금빛으로 반짝였다.

라풍화구나.

묵연은 남궁서가 부활시키려는 사람이 라풍화라고 거의 확신했다.

유풍문의 일은 겉으로 드러난 것만큼 간단하지 않았다. 바다의 밀물과 썰물에 조각난 조개껍데기가, 위험할 만큼 아름다운 색을 가진 불가사리가 날이 밝으면 파도에 휩쓸려 물결 아래로 가라앉는 것처럼.

바닷물은 금세 불어났고 자잘한 모래와 자갈이 파도에 밀려오며 그가 거니는 해변을 가득 메웠다.

발이 갑자기 차가워지자 묵연은 고개를 숙였다. 파도가 그의 발등을 때렸다.

쏴아아.

발가락을 꼼지락거리던 그는 문득 쌀쌀함을 느끼고 신발을 신으려 뒤로 돌았다. 그런데 고개를 돌리니 초만녕이 붉게 물든 하늘 아래에서 그를 향해 걸어오고 있었다. 한 손에는 그가 모래사장에 대충 벗어 놓은 신발을 든 채. 초만녕은 담담한 표정으로 신발을 건넸다.

"이렇게 추운 날에 왜 맨발이냐."

묵연은 그를 따라서 모래 언덕 높이 올라갔다. 큰 돌이 깔린 자갈밭에 앉아 발바닥에 묻은 모래를 털어 내고 신발을 신었다. 문득 마음이 편안해졌다. 비록 이번 생은 초만녕에게서 그가 원하는 사랑은 절대로 얻을 수 없겠지만 초만녕은 여전히 세상에서 가장 좋은 사존으로서 그를 아끼고 보살필 것이다.

맨발로 왔다 갔다 하는 자신의 모습을 보고 감기에 걸릴까 걱정한 것처럼.

"유풍문의 일에 대해 어떻게 생각하느냐?"

"그렇게 간단하지는 않은 것 같아요."

"내 생각도 그렇다."

초만녕의 미간은 지난밤부터 거의 펴지지 않았다. 지금의 짧은 평화와 안녕에도 그의 얼굴은 여전히 근심으로 가득했다. 그는 묵연이 신발을 다시 신는 걸 보다가 망망대해로 시선을 돌렸다.

넘실대는 바다는 아침 햇살에 눈부신 금붉은 빛으로 타올라

저 멀리 임기의 아직 꺼지지 않은 큰 불과 어우러져 구분이 되지 않았다.

"서상림은 공간의 틈으로 어딘가 끌려갔으니 찾기 어려울 것 같구나."

초만녕이 말했다.

"그가 다른 사람에게 발각되고 싶지 않아 종적을 감추면 아마 십 년이 걸려도 그를 잡을 수 있는 사람은 없을 것이다."

묵연이 고개를 저으며 말했다.

"그는 십 년까지는 못 참을 겁니다. 힘이 돌아오면 분명 움직임을 보일 거예요."

"어째서지?"

묵연은 자신의 추측을 초만녕에게 들려주었다.

"라풍화의 시신은 진정한 육신이 아닌 무간지옥에서 다시 만들어진 '가짜 몸'입니다. 귀계를 떠나면 양기가 부족해 금세 부패하겠죠. 그래서 전 길어야 일 년이라고 봅니다. 준비가 끝나지 않아도 새로운 움직임이 있을 거예요."

초만녕은 아무 말도 없었다.

그는 일을 처리하거나 생각할 때 항상 신중에 신중을 더했다. 이런 부정확한 일에 있어서 그는 묵연처럼 대담하게 가설을 세우지 않았다. 그래서 묵연의 가설을 듣고도 별 반응이 없었다.

"그럼 그 손은?"

초만녕이 물었다.

"마지막에 남궁서를 데려간 그 손은 어찌 생각하느냐?"

묵연은 고개를 저었다.

"제1 금지 술법에 대해 아는 것이 너무 적어서 모르겠습니다."

사실이 아니었다. 묵연은 초만녕에게 더는 거짓말을 하고 싶지 않았지만 어떤 일들은 정말 초만녕에게 털어놓을 수가 없었다.

차마 말할 수 없었다.

정말이었다. 그가 기억하는 바로, 평온한 날은 가여울 정도로 드물었다. 두 번의 생을 다 합쳐도 일 년이 넘지 않았다.

몇십 년을 떠돌아다니던 사람을 갑자기 앉혀 놓고 따뜻한 차를 주고 훈훈한 모닥불을 피워 주면 그가 어찌 다시 떠나고 싶어 할까. 어찌 제 손으로 꿈 같은 시간을 깨 버릴까.

그래서 그는 그저 모른다고 할 수밖에 없었다.

하지만 불안했다. 그는 그 손의 주인이 그렇게 호락호락하지 않으리라고 거의 확신했다. 그렇지 않고서야 전생의 서상림은 왜 이번처럼 재빨리 5대 영체를 모아 도륙을 저지르지 않았을까? 환생해 돌아온 사람이 그를 꼬드겨 시킨 것이 아니라면, 서상림은 아직도 라풍화를 어떻게 부활시켜야 하는지 몰라야 하는 게 당연했다…….

게다가 그때 금성호에서 서상림이 조종한 흰 돌이 초만녕에게 이렇게 말했었다.

– 이 세상에 3대 금지 술법에 능통한 자가 오직 나 하나라고 생각한다면, 너는 그리 오래 살 수 없을 것이다.

묵연은 왠지 이 세상에 존재해서는 안 되는 사람이 이 세상에 왔다는 걸 서상림이 분명 알고 있는 것 같았다. 그러나 한편으로는, 서상림이 비록 환생자를 알면서도 묵연 역시 환생했다는 건 모르는 것 같았다.

그게 아니라면 유풍문에서 큰 싸움을 벌였을 때 그는 왜 곧장 묵연의 속사정을 폭로하지 않았을까? 그의 기억 족자에 그저 묵연의 일부 기억을 담아 겁화에 던졌다면 아무리 자신에게 잘해 주던 초만녕이라도 묵연을 제자로 남겨 두지 않았을 것이고, 그러면 모든 것이 끝나 묵미우 자신도 영원히 변화의 기회를 얻지 못했을 것이다.

그런데 서상림은 왜 그렇게 하지 않은 걸까?

두 가지 가능성이 있다.

첫째, 어떤 이유가 있어 그렇게 할 수 없었다.

둘째, 그는 자기가 가진 비장의 패가 뭔지 아직 모른다.

뭐가 됐든 묵연은 수동적으로 대응할 수밖에 없었다. 그에겐 단서가 너무 적었다. 상대가 신중해서 실마리를 흘리지 않는 이상, 그는 아마 영원히 밝은 곳에 서서 서늘한 칼날이 등 뒤에서 자신을 찌르길 기다려야 할 것이다.

묵연은 입을 꾹 다물었다. 내리깐 속눈썹이 미세하게 떨렸다.

그런 것까지 신경 쓸 수 없었다. 전생의 그는 원한에 사로잡혀서 이기적으로 굴며 미친 짓이란 미친 짓은 다 했다. 이번 생에서는 결말이 어떠하든 그는 전력을 다해 하루하루를 잘 살고, 최선을 다해 사람들에게 빚을 갚고, 온 힘을 다해 사존, 사매, 설몽을 지키고 사생지전을 지킬 것이다.

최선을 다해 한때 갖고 싶어도 가지지 못했던 찰나의 따스함을 지킬 것이다.

여전히 딴생각에 잠겨 있던 그때, 갑자기 어부가 황급히 달려와 묵연에게 외쳤다.

"큰일 났습니다. 선군님들, 큰일 났어요!"

깜짝 놀란 묵연이 손으로 바닥을 짚고 벌떡 일어나 물었다.

"무슨 일입니까?"

"섬의 대지주 마님이 며칠 전 바다에 나갔다가 오늘 아침 막 돌아오셨거든요. 그런데 그분이 그간 있었던 일에 대해 촌장님 얘기를 듣더니 노발대발하시며 노인과 애들을 빈집에 묵게 할 수는 없다고 하시는 거예요. 그러면서 죄다 쫓아내셨어요. 선군들께서 데려온 사람들 모두 지금 추운 밖에 그냥 서 있다고요."

마음씨 좋은 어부는 말하다가 눈시울을 붉혔다.

"너무 불쌍합니다. 이렇게 추운 날, 옷이랑 이불도 안 주려고 해요……. 지주님이 말씀하시길……."

초만녕도 일어나 어두운 얼굴로 말했다.

"또 무슨 말을 했습니까?"

"임기에서 온 사람들이 비화도의 식량을 먹고 비화도의 물을 마셨으니…… 은냥으로 값을 치러야 한다고, 만약 돈을 내지 못하면…… 잡아 들여 모조리 노비로 쓰고…… 섬에 남겨 부려 먹겠다고요……."

어부의 말이 끝나기도 전에 화가 머리끝까지 난 초만녕은 월백색 장포를 휘날리며 섬 한가운데에 있는 마을로 내달렸다.

172장 사존의 비단 주머니

비화도는 가난한 섬이었지만, 대지주는 이윤을 셈하는 데 밝고 돈 버는 재주가 남달라 매우 부유했다.

그녀는 박쥐 문양에 금박이 박힌 소매 없는 비단 덧옷을 입고, 딱 봐도 곤륜 답설궁에서 만들어진 것이 분명한 얇고 하늘하늘한 최고급 견직물로 만든 겉옷을 입고 있었다. 흰머리가 절반 이상 섞인 기다란 머리카락을 흐트러짐 없이 매끈하게 말아 올리고, 그 위에는 비취색 머리 장식이 꽂혀 있었다. 연지와 분을 바른 얼굴에 눈썹은 값비싼 눈썹먹으로 짙게 그려져 있었고, 입술은 무척이나 새빨갰다. 목에는 영롱한 진주 목걸이가, 귀에는 금으로 만든 귀고리가 번쩍거렸는데 특히 귀고리는 메추리알만 한 홍옥(紅玉)이 박혀 있어 귓불을 묵직하게 잡아당기고 있었다.

반백이 넘은 그녀는 주름진 얼굴에 통통하게 살이 오른 몸매로 청춘의 흔적은 이미 사라지고 없었다. 일부러 이렇게 치장한 게 아니라면, 그녀는 제 몸에 주렁주렁한 게 많이 달릴수록 자신이 아름다워 보인다고 생각하는 듯했다. 휘황찬란한 보석 속에 파묻힌 모습이 마치 알록달록하게 치장한 자라 같았다.

비화도 토지의 절반이 이 자라의 것이었으므로, 그녀가 말할 때는 촌장 역시 입을 함부로 놀리지 못했다.

때마침 밝은 태양이 떠올랐고, 한눈에 봐도 튀는 자라가 광장으로 여유롭게 걸어왔다. 그녀는 미리 준비된 박쥐와 사슴 문양이 있는 황단 나무 태사의에 앉아 임기에서 온 피난민들을 훑어보았다.

"저들을 왜 받아 주었나?"

그녀가 두툼하고 기름진 눈꺼풀을 치켜뜨며 의중을 알 수 없는 태도로 촌장을 힐끗 쳐다보았다.

"은량도 내지 않았는데 묵을 곳을 내주면 어쩌라는 건가? 음식은? 얼마나 먹었나?"

"별로 안 먹었습니다……. 게다가 마을 사람들이 먹고 남은 것이나 더는 먹을 수 없는 것들만 주었습니다."

촌장이 우물대며 말했다.

자라는 간드러진 목소리로 콧방귀를 뀌며 말했다.

"그래도 돈은 내야지. 저들이 먹은 쌀이며 보리며 모두 이 손 삼낭의 땅에서 난 거 아닌가? 금년에는 작황도 좋지 않아 내 곡간까지 털어 집마다 보릿가루 열 근, 기름 한 단지씩 보내 주었네. 마을 사람들이 먹는 건 괜찮지, 내 식구니까. 하나 내가 준 식량으로 임기의 피난민을 돕는다? 좀 그렇지 않나?"

"삼낭의 말씀이 맞습니다."

촌장이 웃음을 지어 보이며 말했다.

"하지만 보시다시피 저기 아이와 노인들이 있는데, 이 매서운 추위에 얼마나 불쌍합니까. 자비로운 삼낭께서 이번에는 그냥 넘어가 주시는 게 어떨까요?"

자라가 좁쌀눈을 부릅뜨며 말했다.

"어떻게 그냥 넘어가나? 전부 돈인데, 돈."

"……."

"집마다 음식을 얼마나 내주었지?"

자라가 물었다.

"아까 장부에 적으라 했는데, 적어 놓았는가?"

촌장도 더는 방법이 없었다.

"네, 적었습니다. 계산도 끝냈고요."

그가 장부를 손삼낭에게 건넸다. 손삼낭이 장부를 받으려고 손을 들자 '찰랑' 소리가 났다. 오른쪽 손목에만 오색빛깔 형형색색의 팔찌를 아홉 개나 차고 있었다. 금, 은, 옥 등 각종 보석으로 만든 팔찌로 팔뚝의 절반이 덮여 있었다.

"음."

그녀가 나른한 얼굴로 장부를 끝까지 살피더니 손가락을 꼽으며 셈을 했다.

"다들 돼지띠라도 되나, 참 잘도 먹었군. 잠깐 사이에 찐빵 26개를 먹어 치우다니. 우리 비화도 찐빵이 크기도 크고 속도 꽉 차서 은 90냥은 족히 받아야 해. 너희가 마신 반 항아리 정도의 물은 내가 임기에서 한 항아리에 금 3냥을 주고 사 온 것이고, 운송비도 있으니 한 항아리에 금 4냥은 받아야겠군. 반 항아리를 마셨으니 금 2냥으로 쳐서 계산하면 모두 금 2냥, 은 90냥이군. 아 참, 장 씨.”

수더분한 인상의 여인이 흠칫하며 얼른 고개를 들었다.

“네, 삼낭.”

손삼낭이 웃으며 말했다.

“자네 찐빵은 정말 일품이지. 밀가루 반죽할 때 들어가는 돼지기름도 계산해야 마땅해.”

“그게…… 찐빵 열 개를 찌는 데 기름이 겨우 완두콩 한 알만큼 들어가는데, 어찌 계산합니까?”

“계산하지 못할 게 뭐 있나? 찐빵 열 개에 기름이 완두콩만큼 들어가면 동전 1닢 정도 되겠어.”

“…….”

“다 더하면 금 2냥, 은 90냥에 동전 1닢이군.”

손삼낭이 말했다.

“그리고 여기서 잠을 잤으니 그것도 계산에 넣어야지. 물론 집은 내 것이 아니지만 땅은 내 것이니 그만큼 돈을 받아야겠어. 반 시진 정도 잤다니, 그럼 한 사람당 동전 70닢으로 하지.”

그녀가 고개를 돌려 옆에 있는 집사 일을 맡은 관사에게 물었다.

“이 사람들 총 몇 명이지?”

“네, 총 마흔아홉 명입니다.”

“그래? 전에 쉰한 명이라고 하지 않았나? 두 사람은 어디 갔지?”

말이 끝나기도 전에 낮고 묵직한 목소리가 들려왔다.

"여기 있습니다."

초만녕은 흰옷이 아닌 조금 진한 월백색 장포를 입고 있었지만, 여전히 우아하고 기품이 있었으며 서리처럼 차가운 기운이 감돌았다. 위로 살짝 치켜 올라간 눈은 맑고 투명했으나 잘 벼려진 칼날처럼 냉랭하고 도도해 보였다.

손삼낭은 평범한 사람이었지만 수사를 보고도 겁내지 않았다.

그녀는 반평생 장사꾼으로 살았다. 생트집을 잡아 작은 것 하나까지 시시콜콜 따지는 일은 있어도 죄를 짓진 않았다. 다만 준법과 위법 사이를 약삭빠르게 오가는 얄미운 사람이긴 했다.

그녀가 태평한 얼굴로 말했다.

"선군이셨구먼. 잠을 잘 필요가 없었겠어. 이 사람들 모두 선군이 구한 건가? 마침 잘 오셨소. 빨리 계산이나 하시게."

촌장이 목소리를 낮춰 말했다.

"삼낭, 여기 두 분은 유풍문 사람이 아닙니다. 사생지전의 선군이죠. 이렇게 하실 필요가……."

"어느 문파 사람이든 그게 나와 무슨 상관인가? 난 사람이 아닌 돈을 본다네."

초만녕은 한껏 웅크린 채 추위에 바들바들 떠는 피난민들을 힐끗 보고는 금홍색 결계를 쳐서 추위를 막아 준 다음 고개를 돌렸다.

"얼마입니까?"

"금 2냥, 은 93냥, 동전 430닢."

손삼낭을 마주하는 게 짜증스럽긴 해도 지금 이 피난민들은 달리 갈 만한 곳이 없었다. 초만녕은 괜히 자신이 그녀의 심기를 건드렸다간 이들까지 피해를 볼 수 있다는 생각에, 얼굴을 굳히면서도 순순히 건곤낭에서 돈주머니를 꺼내 그녀에게 던져 주었다.

"안에 금 80냥 정도가 들었습니다."

그의 돈은 대부분 설정옹이 가지고 있었기에 지금 당장 수중에 있는 돈이 넉넉지 않았다.

"칠 일 정도 이곳에 있을 예정인데, 이 정도로 충분한지 봐 주십시오."

"부족해."

손삼낭은 제 손을 쓰지 않고 옆에 있는 수하에게 세라고 돈주머니를 아무렇게나 던져 주었다.

"금 80냥이면 최대 사흘까지 묵을 수 있네. 물론 여기에는 식비가 포함되지 않았지."

"당신!"

"선군, 못 믿겠다면 내 일일이 따져서 계산해 주겠네. 장사꾼은 셈을 정확히 하지. 원한다면 내역까지 소상히 말해 줄 용의가 있네."

이때 묵연도 도착했다. 그 역시 수중에 돈이 많지 않았기에 초만녕과 합쳐도 쉰한 명이 나흘 정도 숙식할 돈밖에 되지 않았다.

돈을 받은 손삼낭이 싱긋 웃으며 빨간 입술로 말했다.

"나흘 동안 묵도록 하게. 하나 나흘이 지나 돈을 더 내놓지 않으면, 겁화가 꺼지든 말든 모두 여기서 나가야 해."

이날 밤 초만녕은 한 푼이라도 아끼기 위해 밥을 먹지 않았다. 그는 설정옹과 연락하기 위해 전음해당화를 바다에 던진 후 제가 묵을 임시 거처로 돌아왔다.

처소는 농번기 때 옥량촌에서 묵었던 곳보다 더 허름했다. 이 섬엔 빈방이 많지 않아 여럿이 부대끼며 지내야 했는데, 초만녕은 낯선 사람과 한방을 쓰는 것이 불편했으므로 어쩔 수 없이 묵연과 함께 쓰기로 했다.

허름한 방 안, 등불은 켜져 있었지만 묵연은 어디로 갔는지 보이지 않았다.

초만녕은 장포를 벗었다. 화려한 옷이긴 했으나 옷감 자체는 예전에 입었던 흰옷보다 못했고, 겁화로 인한 그을음 자국과 핏자국까지 나 있었다. 그가 나무통에 따뜻한 물을 붓고 옷을 빨려는데 문이 벌컥 열렸다.

초만녕이 눈을 치켜뜨고는 그를 흘끗 보며 말했다.

"어디 갔었느냐? 왜 이리 늦게 와?"

방에 들어온 묵연의 손에는 대나무 찬합이 들려 있었다. 바깥바람이 제법 강하고 날도 추웠기에 찬합을 품속에 품고 온 참이었다. 고개를 든 묵연이 꽁꽁 얼어 벌게진 코끝 아래로 웃음을 띠며 말했다.

"삼낭부에 가서 밥 좀 얻어 왔어요."

초만녕은 얼빠진 얼굴로 물었다.

"밥을 얻어 왔다고?"

"농담이에요."

묵연이 말했다.
"먹을 것을 좀 가지고 왔어요."
"무엇이냐?"
"찐빵이요."
묵연이 조금 겸연쩍은 얼굴로 말했다.
"생선국이랑 홍소육도 한 그릇씩 가져왔는데 아쉽게도 과자 같은 건 없더라고요. 손삼낭이 어찌나 쌍심지를 켜고 지켜보는지 다들 무서워서 제게 먹을 걸 주려고 하지 않았어요. 그래서 아예 삼낭부로 가서 손삼낭에게 은 비수를 주고 먹을 걸 얻어 왔죠."
초만녕이 눈살을 찌푸렸다.
"참 고약한 여자군. 그 은 비수라면 위에 영석까지 박혀 있을 텐데 어찌 고작 이 정도밖에 주지 않았단 거냐?"
"이게 다가 아니에요. 값을 따져서 51인분으로 바꿨으니 모두 하나씩 먹을 수 있어요. 주방에서 음식이 나오는 것까지 보고 왔어요."
묵연이 웃으며 말했다.
"그러니까 사존도 다른 사람 걱정 말고 이거 다 드세요."
초만녕도 배가 고팠기에 탁자에 앉아 생선국을 먼저 몇 모금 마신 후 찐빵을 들고 홍소육과 함께 먹기 시작했다. 인색한 손삼낭은 고기도 조금만 준 데다 거의 비계만 있어서 초만녕의 입맛에는 맞지 않았다. 하지만 고기 육수에 찐빵을 찍어 먹는 건 의외로 맛이 괜찮았다. 그가 찐빵 하나를 다 먹고 두 개째 집어 들었다.

묵연이 김이 모락모락 나는 나무통을 보고 물었다.

"사존, 빨래하시게요?"

"그래."

"장포 하나뿐이니 제가 빨아 드릴게요."

"됐다. 내가 해도 돼."

묵연이 말했다.

"괜찮아요. 저도 빨래하려던 참이었어요. 하는 김에 같이 하면 되죠."

그는 아까 갈아입고 침상 위에 벗어 둔 옷들과 함께 나무통을 들고 밖으로 나갔다.

달빛이 유독 밝았다. 묵연은 고개를 들어 밤하늘을 바라보며 생각에 잠겼다. 설몽과 백부님은 어떻게 되었을까? 엽망석과 남궁사는 또 어디로 갔단 말인가? 바다 건너 활활 타오르는 불길이 보였다. 핏빛 파도처럼 굽이치는 화염이 밤낮없이 타올랐고 회색 연기는 하늘로 뭉게뭉게 솟아올랐다.

송추동, 그리고…… 그 사람.

그는 전생에 묵연이 뼈에 사무치도록 증오한 사람이었다. 그리고 그 사람 때문에 묵연은 유풍문 전체를 도륙했다.

불에 타 죽었겠지.

한숨을 내쉬며 생각을 떨쳐 낸 묵연은 나무통을 내려놓고 물항아리의 찬물을 떠서 조금 더 채운 후에 소매를 걷어붙이고 빨래를 시작했다.

초만녕은 기갑도 잘 만들고 족자도 잘 쓰고 매사에 꼼꼼하고 빈틈이 없는데, 빨래나 요리는 영 젬병이었다.

예를 들어, 묵연은 옷을 물에 담그기 전에 중요한 물건이 젖을까 봐 습관적으로 건곤낭의 안쪽부터 살피지만 초만녕은 이 단계를 자주 까먹었다.

"……."

역시나 초만녕의 옷에서 잡다한 물건이 한 움큼 만져지자 묵연은 침묵에 빠졌다.

대체 뭐가 들어 있는 거야?

해당화 손수건.

뭐, 이 정도야. 지니고 있을 법한 물건이다.

각종 단약.

딱히 문제가 될 건 없다.

사탕…….

묵연은 조금 어이없는 얼굴로 자세히 살펴보았다. 아무래도 옥량촌에 있을 때 자신이 그에게 사 준 우유 사탕인 듯했다.

아직 안 드셨나?

다시 안주머니를 뒤적이던 묵연은 화들짝 놀랐다.

……기폭 부적?

묵연은 얼굴이 새파래졌다. 반쯤 물에 잠겨 축축해진 부적을 보며 모골이 송연해졌다.

초만녕, 대체 이 사람은 얼마나 무신경한 거야? 기폭 부적에 아무런 잠금장치도 해 놓지 않고 그냥 이렇게 몸에 달고 다녀도 돼? 자연 발화해서 폭발할 가능성은 희박하지만 그래도 이 부적은 그 자체만으로 무척 위험한 물건인데, 장난해?

묵연이 미간을 찌푸린 채 그의 옷을 다시 한번 꼼꼼하게 살펴보기 시작했다. 기폭 부적, 얼음 부적, 진혼 부적까지 모조리 꺼냈다. 작은 용이 그려진 승룡 부적까지 초만녕이 대충 쑤셔 넣은 채로 있었다.

이 부적들을 보지도 않고 물에 담갔다면 대부분은 망가져 쓸 수 없게 되었을 것이다. 초만녕도 참…….

묵연은 어쩔 수 없다는 듯 고개를 가로저으며, 앞으로 그에게 절대 빨래를 시키면 안 되겠다고 다짐했다.

이때 안주머니에서 연근색에 가까운, 하얗고 작은 물체가 툭 하고 떨어졌다. 묵연은 또 무슨 부적이 떨어졌나 하고 아무 생각 없이 내려다보았다.

하지만 그 물건을 보는 순간 그는 어안이 벙벙해졌다.

그것은 자귀꽃이 수놓인 낡은 비단 주머니였다. 꽃잎은 원래의 빛깔을 알아보기 힘들 정도로 색이 바랜 상태였다.

의아하면서도 얼떨떨했다. 무척이나 눈에 익은 주머니였다. 어디서 봤더라? 시간이 오래 지나 단박에 생각나지 않았다.

묵연은 주머니를 살살 매만졌다. 그의 새까만 눈썹이 구겨지고, 눈에선 명암이 불분명한 빛 그림자가 깜빡였다. 과거의 일들이 하나둘 뇌리를 스치고 지나갔다. 그는 쏜살같이 흘러간 세월 속에서 이 자귀꽃을 피운 원천을 더듬어 가기 시작했다.

부드럽고 서늘한 천, 오래된 듯 바랜 색깔.

요리조리 자세히 살펴보았지만 영 생각이 나지 않았다. 묵연은 이 안에 '기폭 부적' 같은 위험한 물건이 들어 있을까 봐 주머니를 열어 살펴보았다.

"……."

머리카락 뭉치였다.

자세히 보니, 두 뭉치였다.

머리카락은 빈틈없이 서로 단단히 묶여 있었다. 바삐 지나간 시간 속에서 두 뭉치의 머리카락은 줄곧 이렇게 뒤엉킨 채 서로 함께하고 있었다. 얼핏 보면 한 뭉치 같을 정도로, 두 뭉치의 검은 머리카락은 차마 떨어지지 못하고 꼭 붙어 있었던 것이다.

"머리카락?"

벌렁거리는 마음으로 유심히 살피던 그때, 묵연의 눈빛이 반짝 빛났다.

그가 중얼거렸다.

"비단 주머니라…… 합환 주머니……?"

불현듯 옛 기억이 떠올랐다. 마치 심장에 불덩이를 던진 것처럼 가슴이 활활 타올랐고, 그의 눈이 놀라움에 번뜩 커졌다.

귀신 주례.

기억났다.

금동옥녀, 채접진, 합근례, 합환주, 결발례…… 전부 다 기억났다.

이제는 고독한 두 영혼이 서로를 의지하며 저승에 가서도 헤어지지 않으리.

모두…… 기억났다.

기억났어!

묵연은 채접진에 갔을 때 귀신 주례 앞에서 초만녕과 영혼결혼식을 올렸던 그때를 떠올렸다. 당시 금동옥녀가 두 사람의 머리카락을 잘라 합환 주머니에 넣고 초만녕에게 건넸었다.

이것은 그때 그 주머니였다.

"이럴 수가."

머릿속이 시끄럽게 울렸고 피가 요동쳤다. 묵연은 잠깐 넋을 놓았다.

"그럴 리가……."

비단 주머니를 꽉 쥔 그의 손이 잘게 떨렸다. 그의 흔들리는 눈동자에 놀람, 경악, 불신, 망연자실, 환희, 슬픔 등 온갖 감정이 한꺼번에 떠올랐다.

사존…… 초만녕…….

그, 그가 왜…… 왜 이걸 간직하고 있는 거야?

173장 사존, 저를 좋아하시나요?

초만녕이 마지막 찐빵을 먹었을 때, 뒤에서 문이 열렸다. 묵연이 물건 더미를 들고 들어와 침상 위에 내려놓았다.

"사존, 장포 안에 있던 부적이랑 잡동사니들은 모두 여기에 둘게요."

묵연은 말을 마치고 고개를 숙인 채 밖으로 나갔다.

그는 초만녕 눈앞에서 비단 주머니를 들이밀며 물어볼 용기가 나지 않았다. 어떤 대답이 나오든 분위기가 이상야릇하고 어색해질 게 뻔했다. 무엇보다 초만녕은 수줍음이 많고, 저 역시 말주변이 그리 좋지 못했다. 그러니 혹여 괜한 말실수를 해서 그의 심기를 건드리면 어찌 수습하겠는가?

묵연은 입술을 굳게 다물었다. 그의 검은 눈동자가 번뜩였다. 혼란스럽기도, 막막하기도 했다.

문득 말도 안 되는 생각 하나가 떠올랐다.

설마 초만녕이…….

그를 좋아하는 것일까?

묵연은 자신의 대범한 망상에 깜짝 놀라 고개를 흔들며 낮게 웅얼거렸다.

“설마, 말도 안 돼…….”

산의 참모습을 보지 못하는 것은 자신이 산중에 있기 때문이라는데, 지금 묵연의 상황이 딱 그 짝이었다.

여수사처럼 제가 관심 없는 사람이 이 비단 주머니를 가지고 있었다면 묵연도 보는 순간 상대의 마음을 단박에 알아챘을 것이다.

좋아하지 않는다면 다른 사람의 머리카락과 묶은 결발을 어찌 이토록 오랫동안 간직하겠는가?

이렇듯 간단하게 유추할 수 있는 일이었다.

하지만 초만녕과 관련된 일이라면 묵연은 늘 혼란스러웠다. 사실 누구나 다 그렇다. 좋아하는 마음이 클수록 생각이 많아지고 갈피를 못 잡다가 결국 바보가 된다. 손발을 어디에다 둬야 할지 모르고, 상대의 시선 하나에 심장이 쪼그라들어 한참 동안 싱숭생숭하고, 혹여 상대가 말없이 있으면 그 침묵 이면에 무엇이 있는지 조심스럽게 고민하며 한없이 땅을 파고들어 가는 법이다.

제아무리 간단한 일이라도 거듭 생각하고 오래 곱씹으면 결국 뒤죽박죽 변해 버려 알 수가 없게 된다.

자신이 착각한 것은 아닌가?

자신이 오해하는 것은 아닌가?

초만녕이 버리는 걸 깜빡했다면?

발로 생각해도 알 수 있는 문제를 그는 수심 가득한 얼굴로 한참 고민했다. 묵연은 넋이 나간 채 통 안에 있는 옷을 건성으로 문질렀다. 빨래 물은 갈수록 차가워졌지만, 그의 마음은 점점 뜨거워졌다.

묵연은 고개를 들어 방 안을 바라보았다. 창호지를 바른 '회자(回字)' 무늬의 오래된 나무 창살 너머로 황금색 촛불이 어른거리며 비쳤다. 흔들리는 불빛의 점멸을 보며 묵연의 가슴속 여린 새싹도 덩달아 부드럽게 전율하며 남실거렸다.

초만녕이 정말 날 좋아한다면…….

낯짝 두껍기로 어디서든 빠지지 않던 답선제군은 이 생각에 얼굴이 화끈 달아올랐다.

묵연은 덥고 갈증이 났다.

물로 해갈할 수 없는 갈증이었다. 그의 열기와 갈증을 해소할 수 있는 것은 오로지 방 안에 있는 저 사람뿐이었다. 그의 입 속 달콤함만이 묵연을 진정시키고 평안을 줄 수 있었다. 자신이 소중히 여기고 보호하고 존중하기로 맹세한 저 남자만이 가능했다.

'존중'이라는 말을 떠올리며 묵연은 들끓는 가슴에 냉수를 뿌렸다. 이따금 제 감정을 억누르지 못하고 초만녕을 미친 듯이 갈망하기 시작할 때면 그는 이렇게 자신을 경계하고 질책했다.

하지만 오늘 밤은 달랐다.

아까 본 비단 주머니는 가뜩이나 뜨거운 가슴에 기름을 가득 묻힌 마른 장작을 지핀 것처럼 그의 음욕을 끌어올렸다.

존중해야 해.

그는 수없이 되뇌었다. 하지만 물 한 바가지만 끼얹으면 꺼트릴 수 있었던 사념이 이번에는 오히려 더욱 기세 좋게 타올랐다. 가슴에 뿌린 냉수가 순식간에 뽀얀 증기가 되어 시야마저 흐릿했다.

묵연은 경악하고 말았다. '존중해야 한다'라는 이 주문과도 같은 말이 더는 완전히, 철저하게…….

효과가 없다는 걸 깨달았기 때문이다.

한편, 마지막 찐빵까지 배 속에 넣은 초만녕은 손을 닦으러 침상으로 걸어가 잡동사니 더미에서 해당화 손수건을 집어 들었다.

그는 한숨을 쉬며 속으로 생각했다. 이런 정신머리하고는. 빨래하기 전에 안에 있는 물건을 꺼내 놨어야 했는데, 묵연이 비웃었겠군. 어쩌면…….

"응?"

순간 부적 더미에 깔린 가는 홍실이 눈에 들어왔다.

쿵쿵, 초만녕의 심장이 두방망이질 치기 시작했다. 그 붉은 실을 확인하려고 뻗어 나가던 손이 허공에서 멈칫했다. 그 상태로 잠시 망설이던 그는 손을 거둬들여 그대로 옷섶에 넣고 심장과 가장 가까운 위치를 뒤지기 시작했다.

더듬더듬 뒤지다 돌연 낯빛이 변했다.

합환 주머니가, 없다!

순식간에 안색이 흐려진 초만녕은 얼음처럼 굳은 채 기억을 떠올렸다. 원래 귀신 주레에게서 받은 비단 주머니는 평소 안

섶에 넣어 두었다. 하지만 설정옹이 만들어 준 이 적삼은 안주머니가 조금 기울어져 있어 매끈한 비단 주머니가 떨어질까 봐 장포 주머니 안으로 옮겼더랬다.

잡동사니들을 다시 살피던 그는 마치 벼락을 맞은 것처럼 옴짝달싹도 할 수 없었다.

사탕처럼 자잘한 것들은 가장 위에 있었고 그 아래로 부적이 있었다. 홍실은 가장 밑에 있었는데, 한눈에 봐도 숨긴 티가 역력했다. 이걸 숨긴 사람이 얼굴을 붉히고 손사래를 치며 이렇게 말하는 것 같았다. '전 아무것도 보지 못했어요'라고.

"……."

한참 뒤 초만녕은 숨을 죽인 채 한 가닥 희망을 품고 홍실의 끄트머리를 잡아 널브러진 부적들 틈에서 꺼내 보았다.

……역시.

비단 주머니의 홍실을 만진 게 분명했다. 자신이 묶는 매듭의 모양과 완전히 달랐던 것이다.

아무리 침착하려 해도 그의 하얀 얼굴은 금세 발갛게 물들었다. 귓불은 금방이라도 피가 터질 듯이 빨갰다. 홍실로 묶은 비단 주머니를 열자 안에서 수년 동안 서로 엉켜 있던 검은 머리카락 두 뭉치가 나타났다. 오랫동안 가슴속에 꽁꽁 묶어 둔 마음이 따스하게 빛나는 노란 불빛 아래 여실히 드러나는 듯했다.

묵연이 비단 주머니를 보았다!

보고 나서 눈 가리고 아웅 하듯 물건 더미의 제일 밑에 둔 것이다!

여기까지 생각이 미치자 초만녕은 머리가 금방이라도 터질 것만 같았다. 온몸의 피가 역류하듯 들끓었고, 마음은 도무지 진정되지 않았으며, 얼굴은 붉게 달궈진 숯불처럼 뜨거웠다.

어쩌지?

묵연이 깊이 숨겨 둔 내 마음을 눈치챘을까?

……다 끝났다.

묵연이 좋아하는 사람은 사명정이다. 내가 자신을 좋아한다는 걸 알면 놀랄 게 뻔해. 요즘 사이좋게 잘 지냈는데, 이것 때문에 한순간에 무너지진 않을지……. 초만녕은 머릿속이 뒤죽박죽되어 비단 주머니를 손에 쥐고 한참 있다가 겨우 냉정을 되찾을 수 있었다.

그는 묵연이 몰랐으면 했다.

수년간 그는 마음이 깨끗하고 욕망도 없는 사람으로 알려졌으니, 묵연도 그렇게 믿고 아무것도 눈치채지 못하기를 바랐다. 보통 해묵은 짝사랑을 상대에게 들켰다면, 사실 이보다 더 좋은 일은 없었다. 어쨌든 이 역시 일종의 해방일 테니까. 하지만 초만녕한테는 그렇지 않았다.

그의 나이 서른둘. 이미 혼자인 것이 익숙한 그였다.

묵연과 사매처럼 풋풋하고 자신감 넘치던 시절에도 자신은 혼자 지냈고, 서른이 넘은 나이에 사랑하는 사람과 함께할 기회가 오리라고 기대해 본 적도 없었다. 마음을 표현하는 것이 연애의 시작이긴 하지만, 실패로 끝나거나 절망스러운 결과를 낳을 수도 있었다.

초만녕은 비단 주머니를 다시 잘 챙긴 다음, 방 안을 뱅뱅 돌다가 먼지가 쌓인 구리거울 앞에 우뚝 섰다.

그는 눈을 들어 올려 거울을 보았다. 거울은 오랫동안 사용하지 않아 먼지가 제법 두껍게 쌓여 있어서 대략적인 형체만 비쳐 보였다. 손으로 거울을 닦자 거울 속에 그저 그런 얼굴 하나가 나타났다.

구리거울에 나 있던 긁힌 자국이 공교롭게도 그의 눈꼬리 부분에 맞닿아 있었다. 초만녕은 눈을 깜빡이며 제 얼굴을 보았다.

"참 못났군."

거울에 비친 제 모습에 짜증도 나고 속도 상했다.

"난 왜…… 이렇게 생겼지?"

묵연은 부드러운 인상에 섬세하고 곱게 생긴 젊은 남자를 좋아했다.

하지만 자신은 어느 하나도 해당 사항이 없었다.

딱히 주름은 없지만 숨길 수 없는 세월의 무게가 드러나 있었다. 초만녕은 어릴 때부터 애늙은이 같았고 지금도 젊음의 열정 같은 건 조금도 없었다. 그런 그가 어린 청년과 사랑을 논하는 것이 무슨 의미가 있겠는가. 하물며 묵연은 자신의 제자였다.

만약 소문이라도 나면 자신은 그렇다고 쳐도 묵연과 사생지전의 체면이 땅에 떨어지는 건 불 보듯 뻔했다.

게다가 자신이 잠들어 있던 오 년간, 사명정은 당대 최고 미남이 되어 갈수록 아름답고 수려해졌다. 굳이 웃지 않아도 눈동자가 반짝반짝 빛나 눈이 부시도록 고왔다. 초만녕은 다시 거울을 들여다보았다.

냉담한 얼굴에는 고약하고 거만한 기색만 느껴졌다.

사명정과 비교하면 바보가 아닌 이상 자신을 선택할 리 없었다.

초만녕은 뿌연 구리거울에 비친 얼굴을 꼼꼼하게 살폈다. 만약 십 년 전으로 되돌아간다면, 이 못생긴 녀석도 스무 살 언저리쯤 될 테니까 머리가 깨지고 피가 철철 흐른다 해도 젊음이 주는 패기로 무모한 고백이라도 해 볼지 모른다.

하지만 지금은 이립의 나이였다.

청춘이 지나간 자리에는 초라함, 경계심, 냉혹함 그리고 아이가 보면 금방 울음을 터트릴 것만 같은 험상궂은 얼굴만 남아 있었다.

반면에 묵연은 한창 피어날 나이의 재기 발랄한 젊은이였으며, 사매는 경국지색의 미모를 자랑했다.

그에 비해 자신은 더 이상 젊지도 않은 못난 사람일 뿐이라, 아무것도 바라는 것 없이 그저 어디로 숨고만 싶었다.

그는 지금처럼 평온하게 살고 싶었다. 묵연이 자신을 좋아하는 것까지 바라지도 않았다. 그저 혼자만의 바람이나 혼자만의 사랑으로, 허울 좋은 사존이라는 이름으로라도 그에게 잘해 주고 싶었다.

그것으로 충분했다.

그것으로 만족할 수 있었다.

"아이고."

이때 등 뒤에서 앓는 소리가 들렸다. 초만녕은 고개를 돌리지 않은 채 거울을 통해 나무통을 들고 들어오는 묵연을 보았다.

두 사람은 아무 말도 하지 않았다. 구리거울이 뿌연 탓에 문 앞에 선 키 크고 건장한 형체만 보일 뿐 묵연이 어떤 표정을 짓고 있는지, 눈동자가 어떤 빛깔로 일렁이는지 전혀 알 수 없었다.

속으로 침착해야 한다고 수백 번 되뇌었지만 초만녕의 심장은 제멋대로 빠르게 뛰었다. 그는 자신이 느끼는 난처한 마음을 들키고 싶지 않아 높게 묶은 머리카락을 풀고 머리끈을 입술 사이에 문 다음, 머리카락을 다시 묶는 척 고개를 숙였다.

그는 자기 머리에서 나온 이 기발한 생각에 손뼉이라도 쳐주고 싶었다. 어쨌든 머리끈을 물고 있으면 알은체하지 않더라도 납득할 만한 핑계가 될 수 있었다. 그러면…….

그런데 갑자기 손 하나가 불쑥 튀어나와 그의 귓가를 쓰다듬었다. 순간 움찔한 초만녕은 온몸이 가느다랗게 떨렸고, 참아보려 애썼지만 뜻대로 되지 않았다.

본래 다른 사람과 신체 접촉을 잘 하지 않는 그다. 게다가 지금 귓불을 만지는 사람은 다름 아닌 묵연이었다. 그의 크고 단단한 손이 제 귀의 연한 살갗을 문지르자 순식간에 등허리가 저릿해졌다.

초만녕은 여전히 고개를 숙이고 있었다. 지금 고개를 들면 방 안이 아무리 어두컴컴해도, 구리거울이 아무리 흐릿해도 등 뒤의 그가 발갛게 달아오른 제 얼굴을 눈치챌 것만 같았다.

그는 머리끈을 입에 문 채 차분하게 숨을 고르며 물었다.

"빨래는 다 했느냐?"

"네."

남자의 목소리는 낮고 묵직했으며 약간 갈라져 있었다.

그가 가까이 다가와 두 사람의 거리를 더 좁혔다. 한밤의 찬 공기가 온몸에서 느껴졌지만, 그의 거칠고 뜨거운 숨결은 조금도 감춰지지 않았다. 이 숨결에 초만녕은 머릿속이 아찔하고 흐릿해져 아무 생각도 할 수가 없었다.

묵연이 옆으로 흘러내린 잔머리를 한데 모아 주며 할 말이 있는 듯 입술을 달싹였다.

"사존, 아까……."

"……."

그가 무슨 말을 하려는 것일까?

초만녕은 머리끈을 입에 문 채 눈을 내리깔았다. 심장이 터질 듯 요동쳤다.

차마 입에 올리기 어려운 질문인지, 묵연은 잠시 멈칫하다가 말머리를 돌렸다.

"아, 아무것도 아니에요. 시간도 늦었는데 머리는 왜 묶으세요?"

초만녕은 대답하지 않았다. 그의 몸이 너무 바짝 붙어 있어 온 신경이 거기로 쏠렸다.

너무 더웠다.

"나가시려고요?"

초만녕이 대답했다.

"아니, 그릇을 씻을 참이다."

"제가 할게요."

"나도 손이 있다."

묵연이 뒤에서 쿡 하고 웃었다. 할 말을 찾지 못해 뭔가 어색하여 짓는 웃음 같기도 했다.

"손은 있으시죠. 다만 설거지에 소질이 없으셔서 그릇이라도 깨질까 봐 그래요."

"……."

초만녕이 대답을 하지 않자 묵연은 제 말에 기분이 상했나 싶어 얼른 웃음을 지우고 진지하게 말했다.

"밖에 물이 차요. 나가실 때 따뜻한 물을 받아 가세요."

초만녕에게서 '응'인지 '흥'인지 분간하기 어려운 대답이 들려왔다. 희미한 비음이 섞인 목소리가 묵연의 귓가를 간지럽히자 마음속 여린 새싹이 흉포하게 날뛰기 시작했다. 그의 목울대가 미세하게 꿈틀댔고 눈빛은 어둡게 가라앉았다. 고개를 떨군 초만녕의 새하얀 목덜미가 옷깃 사이로 드러나 묵연의 시선을 사로잡았다.

답답한 갈증이 더 심해져 무의식적으로 침을 삼켰다. 묵연은 초만녕이 듣지 못하도록 침 삼키는 소리를 최대한 억눌렀다.

묵연은 숨을 깊게 들이마시고 억지웃음을 지으며 말했다.

"이 거울, 너무 더럽네요."

"오랫동안 안 쓴 것 같다."

"그 거울로는 잘 안 보일 테니 제가 묶어 드릴게요. 머리끈 주세요."

초만녕이 거절하기도 전에 입에 물고 있던 연한 자줏빛 머리끈이 어느새 묵연의 손에 들려 있었다. 이리된 이상 머리끈을 다시 입에 물 수도 없는 노릇이었다. 그는 하는 수 없이 한숨 한번 내쉬고 묵연이 하는 대로 내버려 두고는 짐짓 빼는 척하며 코웃음을 쳤다.

"머리를 묶을 줄이나 아는 게냐? 이상하면 내가 다시 묶어야 하지 않느냐."

"사존, 잊으셨어요? 도화원에서는 제가 머리를 묶어 드렸잖아요."

초만녕은 말문이 턱 막혔다. 하사역은 그에게 부끄러운 과거였다. 떠올리고 싶지 않은 기억이라 그는 눈을 감고 미간을 좁힌 채 묵연에게 머리를 맡겼다.

다만 묵연의 손이 그의 귓바퀴를 스칠 듯 말 듯 지나갈 때마다 머리카락이 곤두서고 목구멍이 칼칼해져 괴로울 뿐이었다. 이에 미간의 주름이 더욱더 깊어졌다.

"아직도냐?"

묵연이 낮게 웃으며 말했다.

"왜 늘 그렇게 서두르세요? 조금만 참으세요. 곧 끝나요."

그의 목소리가 아까보다 더 가깝게 들렸다. 귓등이 간질간질해 초만녕은 저도 모르게 소매 안에서 손을 꼭 말아 쥐었다.

착각일지 모르지만, 묵연의 호흡이 조금 무겁게 느껴졌다. 먹잇감을 덮치려고 몸을 잔뜩 낮춘 맹수처럼 묵직했다. 사냥감을 노리는 듯한 시선이 몸을 쿡쿡 찌르는 것 같았다. 그가 금방이라도 맹수처럼 달려들어 구리거울 앞에 있는 자신을 내리누르고, 제 목덜미를 물어뜯어 콸콸 흐르는 신선한 피를 게걸스레 빨아 먹을 것만 같았다.

사람의 감각은 이따금 깜짝 놀랄 만큼 정확할 때가 있다. 다만 초만녕은 자격지심 때문에 감히 믿을 수 없을 뿐이었다.

그가 어찌 알겠는가. 지금 고개를 들면, 명암이 뒤엉킨 묵연의 눈동자 속에서 불꽃을 튀기고 자욱한 연기를 피우는 욕망과 이성의 처절한 싸움을 볼 수 있다는 것을.

묵연은 자기 몸을 통제하며 반들반들한 비단 머리끈을 쥐고 초만녕의 머리카락을 순순히 묶고 있었지만, 또 다른 자아는 속이 탈 대로 타고 있었다.

내가 지금 뭐 하는 거야?

머리를 묶어?

머리끈을 묶을 곳은 따로 있잖아!

이 낡은 화장대 위에 초만녕을 내리누르고 머리끈으로 그의 눈을 가린 다음, 다른 손으로 그의 턱을 뒤로 잡아 틀어 갈증을 채우듯 입술을 탐하고 싶었다. 그가 꼼짝할 수 없도록 품에 가둔 채 달콤한 타액을 마시고, 부드러운 혀를 쭉 빨아 당기고 싶었다. 초만녕의 귀를 거칠게 문지르며 귀 뒤에 있는 작은 점을 핥은 다음, 그에게 얼굴을 바짝 대고 나직이 묻고 싶었다.

'초만녕, 아름다운 나의 사존. 그 비단 주머니는 왜 숨겨 놨지?'

이렇게도 묻고 싶었다.

'만녕…… 만녕…… 날…… 좋아해?'

갈망 어린 심장이 금방이라도 터질 것 같았다. 피가 부글부글 끓어오르고, 눈이 뜨거워지며 빨갛게 물들었다.

174장 사존, 저 팔게요

초만녕은 머리카락을 단단히 동여맨 채 그릇을 씻으러 밖으로 나갔다. 그릇은 달랑 세 개가 전부였지만, 웬일인지 한참이 지나도 그는 들어오지 않았다.

침상에 앉아 있던 묵연은 조금씩 초조해지기 시작했다. 괜스레 애꿎은 침상 가장자리의 틈새만 후벼 파며 수시로 창밖을 힐끔거렸다.

어쩌지?

문득 이런 생각이 들었다.

오늘 밤에 어떻게 자지?

간단한 것처럼 보이나 실은 무척이나 심각한 문제였다.

묵연은 초만녕의 마음을 확신하지 못했고, 무엇보다 제 마음이 이성과 욕망 사이에서 엎치락뒤치락하고 있었다.

이때 난렴이 올라가고, 초만녕이 바깥의 찬 공기와 함께 훅 들어왔다. 그의 손에는 설거지를 마친 그릇이 들려 있었다. 초만녕이 침상에 앉은 묵연을 힐끔 쳐다보았다. 촛불이 타닥타닥 타고 있었다. 순간 그의 눈빛이 묘하게 바뀐 듯했지만, 바로 눈을 내리까는 바람에 묵연은 더는 자세히 볼 수 없었다. 그가 자신을 등진 채 탁자에 앉았다.

"사존, 안 주무세요?"

묵연은 말을 뱉자마자 아차 싶었다. 어떻게 들어도 굶주릴 대로 굶주린 남자가 안달이 나서 애인을 침상 위로 유혹하는 것으로밖에 들리지 않았다.

초만녕은 고개도 돌리지 않고 담담하게 대답했다.

"난 할 일이 있으니, 졸리면 먼저 자거라."

"저도 안 졸려요."

묵연이 말했다.

"뭐 하시려고요? 제가 도와드릴게요."

"너는 못 돕는다. 전음해당화를 만들어 볼까 하거든."

초만녕이 손을 들고 손끝을 모으자 반짝이는 금빛이 모여 하늘거리는 해당화를 만들어 냈다. 그가 다 만든 전음해당화를 탁자 옆에 놓아두었다.

이 해당화는 초만녕의 영력으로 만들어지는데, 짧은 말을 담아 전달할 때 사용된다. 이것은 그의 독창적인 비술로서 다른 사람은 흉내 낼 수조차 없다.

묵연은 이해가 되지 않아 탁자로 다가가 의자를 끌어다 거꾸로 걸터앉았다. 그러고는 단단한 팔을 의자 등받이에 기대고 팔 위에 턱을 괸 채 물었다.

"사존, 이걸 만들어서 뭘 하시려고요?"

"팔 생각이다."

"네?"

묵연의 목소리에서 약간의 놀라움이 묻어났다. 초만녕이 눈을 들어 그를 조용히 바라보았다.

"우리 돈으로는 이곳에서 칠 일 동안 묵을 수가 없다. 손삼낭은 장사를 하고 싶어 하는 게 아니냐? 나라고 못 할 것 없지. 전음해당화는 일 년 내내 시들지 않고 황금빛으로 반짝인다. 너도 봤겠지만, 손삼낭이 온몸에 두른 금은 장신구 중에 어느 하나 빛나지 않은 게 없었지. 반짝이는 걸 좋아하는 게 틀림없다. 잘 만들어서 내일 내다 팔면 그 여자도 분명 마음이 동할 게다."

묵연은 웃음을 참지 못했다.

"그러니까…… 꽃을 파시겠다고요?"

초만녕의 낯빛이 살짝 바뀌었다. 길에서 백란화를 파는 아가씨와 같은 취급을 당하고 싶지 않은지 정색하며 말했다.

"법술로 만든 꽃이다. 그냥 꽃은 아닌 게지."

"그럼 내일 저도 같이 팔러 나가요."

초만녕이 말없이 고개를 숙인 채 해당화 네다섯 송이를 뚝딱 만들고는 착잡한 목소리로 말했다.

"망신당할 게 두렵지 않다면 네 마음대로 하거라."

"망신스러울 게 뭐가 있어요?"

묵연이 꽃 한 송이를 들고 향을 맡았다. 꽃은 가벼웠지만 향기가 없었고 빛깔은 독특하고 우아했다. 금빛이 그의 잘생긴 얼굴과 까만 속눈썹을 비추었다. 묵연이 웃으며 말했다.

"만약 손삼낭이 팔아 달라고 사정사정하면 사존은 한 송이에 얼마나 받으실 건가요?"

"영력을 크게 쓰지 않고도 100송이 정도는 거뜬히 만들 수 있으니, 한 송이에 동전 3닢이면 어떻겠느냐?"

"……."

초만녕이 다시 그를 힐끔 보고는 살짝 눈살을 찌푸리며 머뭇머뭇 물었다.

"너무 비싼가?"

묵연이 한숨을 푹 내쉬고는 비싸다, 싸다 하는 말은 쏙 빼고 이렇게 말했다.

"내일 사존은 가격 부르지 마세요. 제가 할 테니까."

"어째서? 내가 만들었으니 내가 값을 정해야지."

"동전 3닢이라뇨?"

묵연이 울지도 웃지도 못하는 얼굴로 초만녕의 눈앞에 손가락 세 개를 펴 보이며 흔들었다.

"사존은 북두선존이세요. 이건 그런 사존이 만든 만야해당화고요. 수진계에서 얻고 싶어도 못 얻는 건데, 고작 동전 3닢이요?"

"나한테 달라고 한 사람도 없었다. 어쨌든 이건 예쁘다는 것과 소리를 전달할 수 있다는 것 빼고는 딱히 쓸모가 없어. 이 가격이면 적당할 듯싶은데?"

묵연은 답답함에 헛웃음이 나올 것 같았다.

"그럼 차라리 저한테 파세요, 돈 드릴 테니까."

초만녕이 손을 멈췄다. 영류가 끊기는 바람에 만들어지다 만

해당화의 금빛 꽃잎 하나가 툭 떨어졌다. 의외로 초만녕이 손을 뻗으며 담백하게 말했다.

"그래."

"……."

묵연은 한참 말을 잃고 있다가 돈주머니를 더듬어 찾았다. 그때야 그 자라 같은 여자한테 저와 초만녕의 돈을 탈탈 털어 주었다는 사실이 떠올랐다. 그는 머쓱해졌다.

눈을 들어 초만녕을 보았다. 그는 웃는 듯 마는 듯 한 얼굴로 자신을 바라보고 있었다. 묵연은 더욱 민망하여 볼멘소리를 냈다.

"지금 수중에 돈이 없다는 거 아시면서……?"

초만녕이 가소롭다는 듯 말했다.

"네가 산다고 큰소리치지 않았느냐?"

"제가 그랬……."

나머지 말이 다시 목구멍으로 쏙 들어갔다.

초만녕이 내뱉은 이 말의 어감이 어딘가 모호했기 때문이다.

그가 하려던 말은 '네가 내 꽃을 산다고'였을 텐데, '내 꽃을'을 빼먹은 탓에 묵연에겐 눈앞의 남자를 돈으로 산다는 말처럼 들렸던 것이다. 순간 묵연의 심장이 쿵쾅거리기 시작했다.

묵연은 엉큼한 마음을 들킬세라 초만녕의 눈을 피했다. 하지만 시선을 내려 그의 손을 잠시 응시한 그때, 문득 그가 바깥에서 제법 오랜 시간 설거지를 했다는 사실이 떠올랐다. 뜨거운 물이 차가워질 때까지 씻고 또 씻은 터라 손끝이 꽁꽁 얼어 발갛게 물들어 있었다.

묵연은 생각할 겨를도 없이 거의 습관처럼 탁자 위에 놓인

다섯 손가락을 움켜잡았다.

줄곧 태연한 척하던 초만녕은 화들짝 놀랐다. 돈을 받으려고 내밀었던 손 위로 돈이 아닌 따뜻하고 커다란 손이 떨어지다니. 제 손을 감싼 두 손바닥은 딱 기분 좋을 만큼 따뜻했지만, 그는 마치 불에 달군 인두에 덴 것처럼 황급히 손을 뺐다.

"무슨 짓이냐!"

"……."

묵연의 마음엔 저속한 속셈 따윈 없었다. 순전히 짠한 마음에 초만녕에게 제 온기를 나눠 주고 싶었던 것뿐이었다.

하지만 생각지도 못한 격한 반응에 묵연은 일순간 얼어붙고 말았다.

어슴푸레한 불빛 사이로 두 사람의 시선이 마주쳤다. 그때 촛농이 떨어지며 불꽃이 '타닥' 하고 튀는 소리가 죽음과 같은 적막을 깨뜨렸다.

지나치게 곤두선 신경을 감추려던 것이 오히려 제 속을 그대로 드러내 버린 것 같아, 난감해진 초만녕은 아무 말도 못 한 채 입을 다물었다.

묵연은 침묵하는 그의 모습을 가만히 바라보았다. 가슴속에 움튼 여린 새싹이 쑥쑥 자라나 그 가녀린 몸을 쭉 뻗어 제 심장을 간질이는 것 같았다.

"사존……."

"……."

"혹시……."

문득 목에 가시가 걸린 듯 말문이 막혔다. 이 말을 했을 때 앞으로 어떤 일이 벌어질지 몰라, 낭떠러지 끝에서 말고삐를 잡아당긴 것처럼 이성을 되찾고는 더 이상 말을 잇지 않았다.

묵연이 질문을 하지도 않았는데 초만녕이 딱딱하게 대답했다.

"아니다."

묵연은 멍해졌다.

"뭐가 아니에요?"

"뭘 묻든 내 대답은 '아니다'다."

초만녕이 미간을 구기며 눈썹을 날카롭게 추켜세웠다. 낯선 사람으로부터 제 영역을 지키려고 이빨을 드러낸 고양이처럼 그가 낮게 으르렁거렸다.

"손 치워라."

묵연은 바로 손을 치워 등받이에 다시 올려놓았다. 고분고분한 모습이었다.

초만녕은 계속 꽃을 만들었다. 조금 전 꽃잎이 떨어졌던 그 해당화를 완성하고 나니 슬슬 화가 나기 시작했다. 사실 이 화는 당황스러움에서 비롯된 것이었다. 한참 뒤에 묵연이 말했다.

"사존, 사실 아까 추우신지 여쭤보려고 한 거예요. 제가…… 손을 따뜻하게 해 드리고 싶어서요."

"안 춥다."

거짓말. 방금 손을 만졌을 때 분명 얼음장처럼 차가웠다.

둘이서 이렇게 앉아 있는 게 영 어색했던 초만녕이 입을 열었다.

"별일 없으면 먼저 자거라. 내일 같이 꽃 팔러 가야지."

"……."

예전에 자주 했던 말은 대개 '수행하러 가자', '좌선하러 가자', '글공부하러 가자'였다.

그런데 '꽃 팔러 가자'라니…….

묵연은 감춰야 한다고 생각하면서도 굳이 감추지 않고 새까만 눈에 웃음기를 드러내며 불빛 속에 아른대는 그를 바라보았다. 콧소리가 옅게 깔린 목소리로 '네'라고 대답했지만, 자리에서 일어나기가 아쉬웠다.

"가서 자라니까."

묵연은 침상을 힐끔 쳐다보았다.

그는 초만녕이 뭐라고 하든 절대 먼저 자러 가지 않으리라 다짐했다.

침상에서 잘 건지 바닥에서 잘 건지 고민스러운 상황에서 초만녕의 생각을 살피기로 했다. 잘 때가 됐을 때 그가 안쪽으로 들어가 누우면, 묵연에게 자리를 내준 것이니 침상에서 같이 자면 될 것이다.

초만녕이 가운데 누우면, 그럼…… 아, 그냥 얌전히 자야지.

한참 꼼수를 생각하던 묵연이 얼굴을 붉히며 말했다.

"저 먼저 안 자요."

"여기 앉아서 뭐 할 건데?"

초만녕이 미간을 좁히며 물었다.

묵연이 손을 들고 다섯 손가락을 오므리더니 영력을 모아 허공에 붉은 빛깔의 나비를 만들었다.

"……."

"저도 이거 내다 팔래요."

묵연이 웃었다. 그가 손끝을 가볍게 튕기자 불꽃을 연상시키는 나비가 팔랑팔랑 날아올라 초만녕이 옆에 쌓아 둔 해당화에 내려앉았다. 이 붉은 나비는 마치 꽃가루를 옮기듯 형광 빛을 뿌리며 꽃술 사이를 부지런히 들락날락했다.

"제 건 좀 비싸요. 전 욕심쟁이니까 한 마리에 금 10냥은 받아야겠어요."

눈에 거슬리는 나비가 이리저리 날아다니다가 해당화 위에 멈추더니 보드라운 꽃술을 핥았다.

이를 본 초만녕의 얼굴이 잿빛이 되었다.

"묵미우!"

"……네?"

화가 나 버럭 소리치긴 했지만 무슨 말을 어떻게 해야 할지 도통 알 수가 없었다.

그는 결국 화를 가라앉힌 채 잠긴 목소리로 어정쩡하게 입을 열었다.

"한 마리에 동전 3닢. 이보다 더 비싸게 팔지 말거라."

묵연이 하하, 소리 내 웃었다.

한참 웃던 그가 붉은 나비를 한 마리 더 만들어 날려 보냈다. 나비는 부드럽게 날아올라 초만녕 손끝에 있는 해당화 위에 사뿐히 내려앉았다.

"금 10냥에 팔 거예요. 이 정도면 합리적인 가격이에요."

"그럼 내가 사마!"

초만녕이 한숨을 내쉬고는 무섭게 으름장을 놓았다.

"그걸 내가 내다 팔지. 어쨌든 내 해당화보다 비싸게 팔지 않을 거다!"

초만녕이 잠깐 생각하고는 말을 덧붙였다.

"지금 수중에 돈이 없으니 사생지전으로 돌아가면 주마."

묵연은 웃으며 세 번째 나비를 만들었다. 입으로 '후' 하고 불자 나비가 초만녕 주위를 나풀거리며 날아다녔다. 묵연이 튼실한 제 구릿빛 팔을 베며 살갑게 말했다.

"무슨 말씀이세요."

"……설마 외상이 안 된다고 말하려는 것이냐?"

초만녕은 턱을 살짝 치켜들었다. 화가 담긴 눈동자가 촉촉하게 젖어 있었지만 표정은 무척 도도했다. 그는 속으로 묵연이 정말 외상 불가라고 대답한다면, 사존으로서 하늘 높은 줄 모르는 이놈을 단단히 교육해야겠다고 생각했다.

하지만 하늘 높은 줄 모르는 이놈은 오히려 더욱 명랑하게 웃으며, 보조개가 깊이 팬 얼굴에 콧소리가 살짝 섞인 목소리로 말했다.

"그게 아니고요, 저……."

네가 뭐?

초만녕은 비장하고 근엄하게 대답을 기다렸다.

"저, 사존께 팔게요."

의도한 것인지 아닌지는 모르겠지만, '나비'라는 말이 생략되어 어감이 애매하면서 묘해졌다. 묵연은 자기 팔을 벤 채 더없이 진지한 얼굴로 초만녕을 응시하며 부드러운 미소를 지었다.

"저, 사존께 팔게요. 돈은 안 주셔도 돼요."

이런 대답이 나올 줄이야!

초만녕의 얼빠진 얼굴이 곧 화끈 달아올랐다.

밤이 깊었다. 방 안은 나비와 해당화 천지였다. 진작에 팔 만큼 다 만들었지만, 두 사람 모두 선뜻 자려 하지 않았다.

묵연의 속은 말하지 않아도 뻔했다. 그는 초만녕이 어떻게 자는지 보고 움직일 계획이었다. 초만녕은 묵연의 속셈까진 몰랐지만, 그 역시 아둔하지는 않았기에 대충 눈치채고 있었다. 다만 확신할 수 없어서 묵연이 오늘 밤 어떻게 나오는지 알고 싶었다.

바닥에서 자려나? 아니면 침상에서?

묵연은 초만녕에게 갈수록 위험한 존재였지만, 묵연이 침상에 눕는다면 굳이 쫓아낼 마음은 없었다.

심지어 내심 은밀한 기대감도 있었다. 묵연이 피곤한 얼굴로 일어나 '졸려요'라고 말하고서 침상에 누웠으면 좋겠다고 생각했다.

그런데 왜 안 자!

초만녕과 묵연은 각자 꽃과 나비를 만들면서 초조해하고 있었다.

빨리 자라. 네가 먼저 침상에 누우면 내가…….

"사존."

"응?"

"안 피곤하세요? 너무 늦었어요. 먼저 주무세요."

"아니다. 늦게 자는 게 습관이 돼서."

그렇게 또 한 시진이 지났다.

"묵연."

"네?"

"왜 아직도 앉아 있는 것이냐?"

"나비를 좀 더 만들려고요. 피곤하시면 먼저 주무세요. 전 조금 이따가 잘게요."

초만녕은 하품을 가까스로 참으며 어금니를 단단히 깨물었다. 이틀 연속 제대로 자지 못해 눈이 붉게 충혈되어 있었지만, 그래도 꿋꿋하게 버티며 말했다.

"안 피곤하다."

"……."

얼마나 지났을까. 나비와 해당화가 바다를 이룰 것처럼 방안을 가득 채웠다. 금빛과 붉은빛이 얽히고설켜 눈이 부실 즈음, 묵연이 다소 몽롱해진 머리를 들어 올리다 멈칫했다.

초만녕은 무척 피곤했던지 이미 탁자 위에 엎드려 자고 있었다.

그의 손끝에서는 반쯤 만들어진 해당화가 그의 들숨과 날숨에 맞춰 가느다랗게 떨리고 있었다. 묵연이 다가가 조심스럽게 꽃을 떼어 내 탁자 위에 올려놓고는 그를 안아 올렸다.

175장 사존이 자는 척한다

초만녕은 지난 이틀간 눈을 붙이지 못해 깊이 잠들어 있었다. 묵연 역시 부드럽고 조심스럽게 움직였기에, 포근한 품에 안겨 침상으로 옮겨질 때까지 초만녕은 잠에서 깨지 않았다.

묵연은 그를 침상 한가운데에 눕힌 후 손으로 그의 목을 받쳐 머리를 베개 위에 올린 뒤에 이불을 덮어 주었다.

제 할 일을 끝냈음에도 묵연은 자리를 뜨지 않고 홀린 듯 초만녕의 얼굴을 물끄러미 응시했다. 시선이 그의 칠흑 같은 눈썹에서 조금씩 내려와 옅은 입술에 닿았다.

아름다웠다.

나의 사존, 나의 만녕, 어쩌면 이리도 아름다운지.

너무 아름다워 계속 보게 된다. 갈수록 녹아내리는 심장과 달리 하반신은 점차 단단해졌다.

머리털이 쭈뼛 곤두섰고 이성은 목덜미에 간당간당 붙어 있었다. 이러면 안 되는 줄 알지만, 코앞에 있는 초만녕과 그에게 감도는 은은한 해당화 향기가 묵연의 말끔한 옷을 찢고 침상으로 유혹하는 것만 같았다.

묵연의 피가 혈관으로 굽이치는 소리 때문이었을까, 북을 치듯 둥둥 뛰는 심장 소리 때문이었을까. 아니면 곤히 자는 사람을 뜨겁게 만들 정도로 그의 눈빛이 뜨거웠기 때문일까.

결국 초만녕이 눈을 뜨며 잠에서 깼다.

"……."

순간 누구도 입을 열지 않았다. 묵연은 그대로 얼어붙었고, 초만녕은 몽롱한 상태에서 깨어나 경악하며 휘둥그레진 봉안으로 채 열을 식히지 못한 묵연의 눈동자를 바라보았다.

잠이 싹 달아난 초만녕이 물었다.

"뭐 하는 것이냐?"

잘생기고 젊고 강인한 남자가 알아볼 수 없는 표정을 지은 채 천천히 몸을 수그렸다. 초만녕은 깜짝 놀라 옴짝달싹할 수가 없었다.

"너……."

점점 가까워졌다.

심장이 쿵쿵 뛰었다.

슥.

침상 머리맡에서 울리는 작은 소리와 함께 주위가 캄캄해지며 분위기가 한층 더 야릇하게 흘러갔다.

묵연이 허리를 굽혀 침상의 휘장을 치고는 몸을 일으켜 침상 옆에 꼿꼿하게 앉았다.

그러고는 침상에 누운 초만녕을 내려다보며 저음으로 느릿느릿 말했다.

"사존이 잠드셨길래 휘장을 내려 드린다는 게 그만 깨웠네요."

초만녕은 베개에 기댄 머리를 살짝 틀어 조용히 그를 바라보았다.

방금 풀어 놓은 암황색 휘장이 묵연의 뒤에서 남실거렸다. 휘장 너머의 불빛은 한겨울 창문에 낀 서리처럼 아련하고 흐릿해 보였다. 너무 어두웠기에 젊은 청년의 준수한 얼굴이 제대로 보이지 않았다. 그저 밤하늘에 잘게 부서진 별처럼 두 눈동자만 반짝 빛나고 있었다.

묵연이 그를 불렀다.

"사존."

"응?"

"여쭤보고 싶은 게 있어요."

"……."

어둠이 제자의 담력을 키운 걸까.

초만녕은 심장이 조여드는 걸 느끼며 속으로 생각했다. 설마 주머니에 관해 물어보려는 건가?

얼굴은 표정 없이 담담했지만 가슴은 심하게 오르내리고 있었다.

……지금 자는 척해도 늦은 거겠지?

묵연이 말했다.

"저는 어디서 잘까요?"

"……."

저녁 내내 재고 고민했지만, 오늘 밤 묵연은 결국 바닥 신세를 지기로 했다.

"침상이 너무 작죠."

사실 묵연은 묻자마자 바로 후회했었다. 자신은 너무 혈기 왕성했고, 또 이미 어떤 맛인지 알고 있는 몸이라 초만녕과 같은 침상을 쓰지 않는 편이 더 나았다. 남자의 욕망에 발동이 걸리면 얼마나 무섭게 변하는지 그도 모르는 바가 아니었다.

"전 그냥 바닥에서 잘게요."

"……요는 얼마나 있느냐?"

"하나요."

"춥진 않고?"

"안 추워요. 볏짚을 더 깔면 돼요."

묵연이 밖에서 볏짚을 한 아름 가져와 바닥에 깔았다. 초만녕은 조금 전 묵연 때문에 마음이 어수선해졌던 터라 바로 잠이 오지 않았다. 그는 옆으로 누워 머리를 괴고 한 손으로 휘장을 걷어 올린 채 부지런히 움직이는 묵연을 잠자코 바라보았다. 묵연은 번갯불에 콩 볶아 먹듯 자기가 누울 자리를 뚝딱 만들어 냈다.

"……."

"잘게요. 사존도 안녕히 주무세요."

묵연이 옷을 입은 채 자리에 누워 이불을 끌어당겼다. 그의 검은 눈동자가 침상에 누운 초만녕을 부드럽고 평온하게 바라보았다.

초만녕이 대답했다.

"그래."

묵연의 '얌전한' 모습을 본 초만녕은 안도의 한숨을 흘리며 '고고한' 표정으로 무심하게 휘장을 내리고 누웠다.

묵연이 다시 일어나 앉았다.

"왜?"

"불 끄려고요."

그가 일어나 촛불을 후 불어 껐다.

방 안이 적막에 휩싸였다. 침상의 위아래로 각자 동상이몽 중인 사존과 제자는 끝없이 펼쳐진 기나긴 어둠 속에서 유유히 빛나는 해당화와 나비를 바라보았다.

"사존."

"또 왜? 안 잘 것이냐?"

"잘 거예요."

묵연의 목소리는 무척 포근했다. 밤이라 그런지 더 부드러워졌다.

"갑자기 드릴 말씀이 생각나서요."

초만녕은 입을 다물었다. 맨 처음 막연히 추측을 할 때처럼 심장이 미친 듯이 뛰진 않았지만 목이 바짝 마르는 것은 어쩔 수 없었다.

"주무실 때…… 너무 조심하실 필요 없다고요. 보니까 항상 구석에서 주무시던데."

약간의 웃음기가 묻어 있는 목소리는 낮고 묵직했지만, 듣기 좋게 귀에 감겼다.

초만녕이 말했다.

"……잠버릇이다."

"잠버릇이요?"

"방이 늘 어질러져 있으니까. 예전에 잠결에 떨어졌다가 바닥에 있던 줄칼에 베인 적이 있거든."

묵연은 말이 없었다.

한참이 지나도 반응이 없자 초만녕이 물었다.

"왜 그러느냐?"

"아니에요."

묵연이 대답했다. 목소리가 조금 가까워진 듯했다. 초만녕은 고개를 돌려 해당화와 나비의 아늑한 불빛을 빌려 부드럽고 얇은 휘장 너머를 살폈다. 묵연이 침상 가까이 이불을 끌어와 깔고 있었다.

다시 누운 묵연이 웃으며 말했다.

"제가 있을 때는 걱정하지 마세요. 떨어져도 다치지 않을 테니까."

말을 멈춘 그가 다시 툭 하고 한마디 내뱉었다.

"제가 있잖아요."

"……."

얼마 후 침상에서 '흥' 소리와 함께 초만녕의 나지막한 목소리가 들렸다.

"네놈 팔뚝이 그리 단단한데, 부딪치기라도 하면 줄칼보다 더 다칠 수도 있지."

묵연이 웃었다.

"더 단단한 것도 있어요. 사존이 몰라서 그렇지."

이는 원래 가슴 근육을 두고 한 말이었다. 하지만 말이 떨어지기 무섭게 말에서 풍긴 야릇한 느낌을 의식하고 깜짝 놀라, 묵연은 황망히 입을 열었다.

"그런 뜻이 아니에요."

그렇지 않아도 초만녕은 그의 첫마디에 그저 할 말도 없고 민망하기만 했다. 그런데 이어진 말 때문에 두 사람 사이에 감도는 분위기는 손쓸 틈도 없이 깊은 수렁에 처박히고 말았다.

그도 묵연에게 더 단단하고 더 뜨거운 흉기가 있다는 것을 알고 있었다. 자신이 만든 차디찬 기갑 칼자루보다 훨씬 무시무시한 그것. 허무맹랑한 '수진계 크기 순위'는 논외로 치더라도, 초만녕 역시 어쩌다 옷 너머로 느낀 적이 있어 알고 있었다. 그것은 온몸을 전율케 할 만큼 무섭고 열정적이었다.

초만녕이 초조한 목소리로 말했다.

"자거라."

"……네."

하지만 어떻게 잠을 자겠는가?

애정이라는 이름의 용암이 두 사람을 괴롭히며 열기에 쩍쩍 갈라진 가슴을 핥고 있었다. 방 안은 쥐 죽은 듯 고요했기에 서로의 작은 숨소리나 미세한 뒤척임까지 느낄 수 있었다.

묵연은 손을 베개 삼아 머리를 받친 채 방 안을 이리저리 날아다니는 붉은 나비를 바라보았다. 나비 한 마리가 나풀거리다 휘장 위에 앉자 휘장이 불그스름하게 물들었다.

이 적막함 속에서 묵연은 문득 기억 조각 하나가 떠올랐다.

금성호에서 적심류의 악몽에 빠졌을 때 자신을 구했던 그가 귀에 대고 말했었다.

당시 의식이 흐릿했기에 그때 들은 말이 환청이 아닐까 의심했지만, 지금 생각해 보니 잘못 들은 게 아닌 듯했다.

어쩌면 진짜일지도 모른다.

그때 초만녕이 말했었다.

– 나도…… 널 좋아한다.

묵연의 심장이 갈수록 거세게 펌박질을 쳤다. 그동안 주의 깊게 생각하지 못했던 사소한 일들이 이 순간 가지를 뻗고 새순을 피우더니 싱싱하고 야들야들한 잎사귀가 뻗어 나왔다. 그러고는 묵연의 거친 본능을 자양분 삼아 하늘을 찌를 듯 잎이 무성한 거목으로 자라났다.

머릿속이 윙윙 울리고 눈앞이 아찔했다. 생각할수록 이상했다…….

– 나도 널 좋아한다.

나도 널 좋아한다…….

이 말을 잘못 들은 거라면, 초만녕이 이런 말을 한 적이 없다면, 금성호의 악몽에서 깨어났을 때 초만녕은 어째서 날 구한 사람이 자기라는 사실을 부정하려 했을까?

애초에 잘못 들은 게 아니라면!

초만녕이 정말 이 말을 한 것이라면.

묵연이 벌떡 일어났다. 그는 격앙된 마음을 억누를 수 없어

쉿소리가 나는 목소리로 말했다.

"사존!"

"……."

휘장 안에서 아무 기척도 나지 않았지만 묵연은 계속 물었다.

"아까 빨래할 때 물건을 하나 주웠어요……."

휘장 안은 여전히 조용했다.

"그게…… 뭔지 아세요?"

말이 목구멍까지 튀어나왔지만, 묵연은 덜컥 겁이 나서 이리 멍청하게 묻고 말았다.

한참이 지나도 초만녕의 대답은 들리지 않았다.

망설이는 묵연의 검은 눈동자가 촉촉하게 반짝였다.

"사존, 주무세요?"

잠시 뒤, 묵연은 다시 물었다.

"제 말 들으셨나요……?"

비단 휘장에 가려진 침상 위에서 초만녕은 미동도 없었다. 정말 잠이 든 모양이었다. 한참 기다린 묵연은 미련이 남은 듯 휘장을 걷으려고 몇 번이나 팔을 들었다 놓기를 반복했다.

"사존."

그가 우물거리다가 다시 모로 누웠다.

목소리는 작고 부드러웠다.

"저 좀 봐 주세요."

초만녕은 당연히 묵연을 볼 수 없었다.

그는 혼란스러웠다. 그동안 자랑으로 삼았던 냉철한 두뇌가 갑자기 엉망진창으로 망가진 것만 같았다. 그는 침상에 누워 눈을 뜬 채 돌림무늬가 있는 암황색 휘장을 바라보며, 둔하게 경직된 머리를 굴렸다. 묵연은 대체 무슨 생각일까?

여러 생각을 하다가 기상천외한 추측까지 해 보았지만 빤히 보이는 답안을 감히 떠올리진 못했다. 이를테면, 묵연도 날 좋아하고 있는 게 아닐까, 하는.

이는 몹시 허기진 사람이 향긋하고 바삭한 고기 전병을 얻은 것과 같았다. 어렵사리 얻은 전병이라 껍질만 싹 갉아 먹고 마지막 남은 고기소는 아까워서 한참 동안 먹지 못하는 상황이랄까.

휘장 밖에서 들려오는 속삭임에서 부드러움과 초조함이 동시에 느껴졌다.

초만녕은 슬그머니 이불을 위로 끌어당겨 턱, 입, 코를 덮은 채 반짝이는 눈동자만 밖으로 내놓았다.

하지만 결국 눈마저 덮어 이불 속에 숨어 버렸다.

초만녕은 당연히 그의 목소리를 들었다. 하지만 어떻게 대답해야 할지 알지 못했다.

심장이 세차게 뛰었고 손에서는 땀이 났다.

막다른 골목에 몰린 사람처럼 낭패감이 들었다. 지금 당장 일어나 크게 외치고 싶었다.

'그래! 빌어먹을 내가 그 합환 주머니를 숨겼고, 널 좋아한다. 만족하느냐? 그럼 그만 물어보고 처자거라!'

애가 끓고 불안했으며 마음이 간질간질했다.

"사존?"

"……."

"정말 주무세요……?"

잠시 뒤, 묵연의 낮은 한숨 소리가 들렸다.

이불을 뒤집어쓴 초만녕은 어둠 속에서 낙담했고 두려워했고 긴장했고 두근댔다. 오만 가지 감정이 뒤엉켜, 속으로 자신을 다독이고 진정하려 했지만 결국 얼굴이 뜨겁게 달아올라 하는 수 없이 이불을 슬쩍 발로 찼다.

176장 사존이 꽃을 파신다

이튿날 아침이 되었다. 초만녕은 거뭇거뭇한 눈 밑과 퀭한 얼굴로 일어났다. 결국 간밤에 잠을 설친 탓에 사람이 유난히 음침해 보였고, 가뜩이나 냉랭한 얼굴에 살얼음이 끼어 있어 온기라곤 전혀 찾아볼 수 없었다.

문을 열고 나가니 묵연이 빨래를 하고 있었다.

……꼭두새벽부터 웬 빨래?

어젯밤에 빨지 않았나?

방에서 나온 초만녕을 보고 묵연은 다소 민망한 눈치였다. 쥐엄나무 조각을 비벼서 낸 거품이 그의 뺨에 묻어 있었다. 묵연이 초만녕에게 알은체했다.

"사존."

"그래."

"손삼낭이 그래도 약속은 지키는 사람이네요. 해 뜨자마자 집마다 아침 식사를 돌리더라고요. 정원에 있는 돌 탁자에 올려놨으니 얼른 아침부터 드세요."

"너는?"

"전 먹었어요."

맑고 깨끗한 물에 담긴 묵연의 팔뚝이 유독 힘이 넘치고 시원시원해 보였다.

"아침 다 드시면 우리 나비랑 꽃 팔러 가요."

손삼낭이 준 음식은 무척 단출했지만 양은 적지 않았다. 찐빵도 세 개나 있었다.

초만녕은 작은 정원에 앉아 천천히 찐빵을 베어 물었다. 머리 위 포도나무 시렁을 휘감은 시든 넝쿨 사이로 아침 햇살이 뚫고 들어와 탁자 위에 얼룩덜룩한 빛 그림자를 만들어 냈다.

그가 고개를 돌려 묵연의 건장한 뒷모습을 바라보았다. 가슴 속에 뭐라 말할 수 없는 열기가 들끓었다.

그는 다시 찐빵을 크게 한입 베어 물었다.

금색 해당화와 붉은색 나비가 나타나자 일 년 내내 별다를 게 없이 무료했던 비화도 시장 일대에 파란이 일었다. 섬의 어민은 너 나 할 것 없이 우르르 몰려왔고, 시장 볼 계획이 없던 사람도 구경하러 나왔다.

"꽃 팝니다!"

"꽃이 뭐가 신기하다고 그러시오? 설마 꽃을 처음 보는 거요?"

"금색 해당화예요! 영력으로 만든 겁니다. 일 년 동안 시들지 않고 목소리까지 전달한답니다!"

"와! 어딨어요, 어디?"

사람들이 새까맣게 몰려들었다.

"나비 팝니다!"

"나비가 뭐 대수라고. 봄이면 천지가 나비인데."

"붉은 나비예요! 영력으로 만든 겁니다. 자잘한 액운을 쫓아준답니다! 게다가 예쁘고 말도 잘 들어서 함부로 돌아다니지 않고 손님 옆에서만 날아다닐 겁니다."

"와! 정말요? 어딨어요, 어디?"

사람들이 또 우르르 몰려들었다.

같은 시각, 자기 처소에서 한가로이 누워 있던 손삼낭도 이 소식을 전해 들었다. 그녀도 궁금한 마음에 종자 몇을 옆에 거느리고 시장으로 향했다. 그녀가 입구에 도착하기도 전에 멀찍이 인산인해를 이룬 무리 사이에서 금빛과 붉은빛이 어지럽게 뿜어져 나오는 모습이 보였다. 감탄 섞인 탄성이 여기저기서 끊임없이 터져 나왔다.

마음이 조급해진 손삼낭은 구경꾼들을 뚫고 앞으로 걸어갔다.

어제 왔던 두 선군이 보였다. 한 사람은 해사한 미소를 지은 채 요술을 부리듯 손님을 끌어모으고 있었고, 다른 한 사람은 표정 없는 얼굴로 무감하게 팔짱을 낀 채 나무 아래에 서서 말없이 침묵을 지키고 있었다.

"나비 사세요, 나비가 있어요."

잘생긴 청년이 고개를 돌려 과묵한 남자에게 웃으며 말했다.

"사존, 어째서 가만히 계세요?"

어째서 가만히 있냐고?

초만녕은 속으로 차갑게 코웃음을 쳤다.

그의 사전에 '호객 행위'라는 단어는 존재하지 않았다. 설마 뻔뻔한 묵미우처럼 사람들이 빤히 지켜보는 앞에서 상스럽게 '꽃 사세요, 해당화 사세요'를 외치라고?

어림도 없지.

"나비 한 마리에 얼마나 합니까?"

영력으로 만든 물건이라 비싸다고 단정한 사람들이 한참 망설이다가 한 사람이 용기를 내서 가격을 물었다.

묵연이 대답했다.

"한 마리에 금 10냥입니다."

초만녕이 등 뒤에서 헛기침을 했다.

묵연이 고쳐 말했다.

"……동전 3닢입니다."

"그렇게 싸요?"

주변에 있던 사람들이 깜짝 놀라 너도나도 사겠다며 달려들었다. 묵연은 왼손으로 나비를 건네고 오른손으로 꽃을 건네느라 눈코 뜰 새 없이 바빴다. 이때 멀찍이 떨어진 곳에서 허름한 차림의 한 여자아이가 손가락을 빨면서 이 북새통을 물끄러미 지켜보고 있었다.

아이도 갖고 싶은지 눈빛을 반짝였다. 묵연은 방긋 웃으며 다섯 손가락을 오므리고는 곱디고운 봉미접을 만들었다. 그가 가볍게 후 불자 나비가 북적북적한 사람들을 지나 여자아이 곁으로 날아가더니 머리카락 위에 사뿐히 내려앉았다.

놀란 아이가 멈칫하다가 주저하듯 몇 걸음 걸어왔다. 그러나 이내 발걸음을 멈추고 고개를 저었다.

아이는 돈이 없었다…….

3닢은커녕 1닢도 없었다.

묵연은 아이에게 손을 내저으며 입 모양으로 '너한테 주는 거야'라고 하고는 눈을 찡긋했다. 그런 다음 얼굴에 미소를 지으며 몸을 돌려 계속 물건을 팔았다.

손삼낭은 금빛으로 반짝이는 영물(靈物)이 날개 돋친 듯 팔려 나가는 모습을 바라보고 있었다. 이때 멋 부릴 줄 아는 아가씨 하나가 해당화를 검은 머리카락 사이에 꽂았다. 순간 머리카락이 윤이 나고 반짝이면서 형용할 수 없는 아름다움과 귀티가 흘러넘쳤다. 이 모습은 손삼낭의 구매욕에 불을 지폈다.

"이 나비와 꽃들, 내가 다 사겠네."

묵연이 눈을 들어 미소 띤 얼굴로 말했다.

"누가 이리 통이 큰가 했는데, 삼낭이셨군요."

"얼마나 남았는가? 남은 건 전부 내가 가져가겠네."

"그건 안 됩니다."

묵연이 웃으며 말했다.

"먼저 온 사람이 임자라는 말도 있잖습니까. 이분들은 모두 삼낭보다 먼저 왔어요. 아직 사지 않은 사람이 있으니 삼낭께 먼저 드릴 수는 없습니다."

손삼낭은 빼곡히 서 있는 사람들을 보고 금세 다 팔릴까 봐 순간 마음이 급해졌다.

"내가 웃돈을 얹어 주겠네."

"그건 제가 결정할 일이 아닙니다."

묵연이 말했다.
"전 그냥 도와주는 사람이라서요. 가격에 관한 건 사존께 여쭤봐야 합니다."
손삼낭이 나무 아래 거만한 얼굴로 서 있는 꽃 파는 도사, 초만녕에게 다가갔다.
"선군, 이 꽃들과 나비를 내게 팔게나. 나 또한 장사꾼이니 가격은 섭섭지 않게 쳐 주겠네."
초만녕이 시큰둥하게 입을 열었다.
"하나에 금 10냥입니다."
이 말에 옆에 있던 묵연이 피식 웃음을 터뜨리며 고개를 돌렸다가 초만녕의 깊고 검은 눈동자와 마주쳤다. 순간 미소에 부드러움이 더해졌다. 그는 저도 모르게 입을 헤벌쭉 벌리고 머리를 긁적였다. 얼굴에 보기 좋은 보조개가 깊게 팼다.
손삼낭은 돈이 차고 넘칠 만큼 많았기에 이 정도는 그리 비싼 편도 아니었다. 그녀는 냉큼 하인을 불러 해당화와 봉미접을 몽땅 가져갔다.
집으로 돌아온 그녀는 얼굴 가득 웃음을 띤 채 머리를 높게 틀어 올려 금빛 해당화 50여 송이를 쪽진 머리에 꽂고, 제 주변에 나비들을 풀어 날아다니게 했다. 삼낭의 머리가 온통 금빛으로 빛나는 탓에 멀리서 보면 불을 켠 양초를 연상케 할 만큼 우스꽝스러웠다. 하인들은 저마다 웃음이 나왔지만, 어쨌든 그녀는 자신들의 주인이었기에 겉으로 내색하지 않으려고 무던히 애썼다. 다만 웃음을 참느라 갈비뼈가 부러질 것만 같았다.
손삼낭의 유쾌한 기분은 오래가지 않았다. 잠시 뒤, 두 선군이 시장에서 다시 물건을 팔기 시작했다는 소식이 전해졌기 때문이다. 화들짝 놀란 그녀는 번쩍번쩍한 쪽진 머리를 하고, 정신 산란하게 날아다니는 나비 떼에 둘러싸인 채 다시 시장으로 향했다.

"나비 팝니다! 나비 팔아요!"

손삼낭이 북적대는 사람들을 비집고 들어가 허리에 손을 올린 채 씩씩댔다.

"아까 내게 다 판 거 아니었나? 어찌 또 있는 건가?"

묵연이 눈을 깜빡이며 말했다.

"새로 만들었지요."

"어차피 새로 만들 수 있는 건데, 어째서 하나에 금 10냥을 받은 겐가?"

묵연은 웃으며 대답했다.

"한번 생각해 보세요. 삼낭이 아침에 일어나서 길게 줄 서 있는 군만두 집에 갔다고 쳐요. 다른 사람은 모두 줄을 섰는데, 삼낭은 중간에 새치기하려고 해요. 이때 주인장이 이렇게 말하겠죠. 먼저 줄 수는 있지만, 대신 돈을 더 내야 한다고. 삼낭, 이게 부당한 처사인가요?"

손삼낭은 부아가 치밀었다.

"너, 이 교활한……."

그녀가 묵연의 억지에 반박할 말을 생각하던 중, 줄곧 말이 없던 선군이 다가왔다. 그의 손끝에서 빛이 반짝하더니 줄기 하나에 꽃 두 개가 달린 해당화가 만들어졌다.

화는 났지만, 눈길이 사로잡힌 그녀가 물었다.

"이건 뭐지? 어째서 아까와 다른 것인가?"

"이 해당화는 얼굴을 환하게 해 주는 법술을 추가한 것입니다. 잘 때 침상 머리맡에 놓아두면 다음 날 얼굴색이 밝아집니다. 한 열닷새 정도 효과가 지속될 겁니다."

초만녕이 무심한 얼굴로 꽃을 묵연에게 건네며 말했다.

"여깄다. 이건 한 송이에 금 100냥에 팔거라."

"잠깐!"

이 두 사람이 또다시 새치기를 핑계로 값을 올릴까 봐 덜컥 겁이 난 손삼낭은 치미는 화를 꾹 참으며 말했다.

"이거 내가 다 사지. 얼마나 더 만들 수 있나? 그것까지 내가 다 사겠네."

초만녕이 말했다.

"같은 법술을 너무 많이 사용할 생각은 없으니 딱 세 송이만 만들 겁니다."

"자, 여기 300냥. 가져가게."

"묵연, 돈을 받거라."

초만녕이 고개를 숙인 채 나머지 꽃 두 송이를 만들어 한꺼번에 손삼낭에게 건넸다. 그런데 곧이어 네 번째 꽃을 만드는 게 아닌가.

손삼낭이 못마땅한 얼굴로 물었다.

"세 송이만 만든다고 하지 않았는가?"

"이 꽃은 묘음 주문을 추가한 것입니다."

초만녕이 담담하게 말을 덧붙였다.

"몸에 지니고 있으면 여인의 목소리가 매력적으로 변합니다."

"……."

손삼낭은 재물욕이 강했지만, 젊어지고 싶은 욕구는 더 강했다. 사생지전의 선군이 신비한 해당화를 한 송이씩 만들 때마다 그녀는 안달이 난 눈빛으로 바라보았다. 이가 갈리는 상황이었지만 결국 백기를 들었다.

"알았네, 알았어. 내가 사지. 내가 사겠다고."

저녁이 되어 처소로 돌아온 사존과 제자는 방문을 꽉 닫은 채 탁자에 둘러앉아 은량을 셌다. 불길이 잡힐 때까지 이곳에서 피난민의 숙식을 해결하고도 남을 만큼의 돈이었다. 초만녕은 은량 절반을 묵연에게 주고 나머지 절반을 잘 보관한 다음 말했다.

"이곳을 떠날 때 남은 돈은 손삼낭에게 돌려주거라."

묵연이 얼떨떨한 얼굴로 물었다.

"왜요?"

"비화도는 임기에서 무척 먼 데다 물자도 부족하여 일상생활 자체가 불편하다. 하지만 이곳 어민들은 대부분 배불리 먹고 잘살지. 좀 이상하지 않으냐?"

"……아."

이 말에 묵연도 곰곰이 생각해 보니 꽤 의아하긴 했다.

"그래서 좀 알아보았지. 아까 네가 좌판을 정리할 때 촌장한테 가서 이것저것 좀 물어보았다. 사실 손삼낭은 임기 유풍문의 제자였더군. 그런데 썩 좋은 자질을 타고난 게 아니어서 스승이 그다지 관심을 주지 않은 모양이야. 오 년을 배웠지만 검술 조금 할 줄 아는 게 다였다고 한다."

묵연이 놀라 물었다.

"유풍문 사람이라고요? 그럼 사존은 본 적이……."

"없다."

초만녕이 말했다.

"촌장 말이, 그녀가 열일곱이 되던 해 유풍문의 수사를 따라서 비화도로 왔고, 여기서 새 제자를 모았다고 한다. 당시 수사들은 임기까지 거리가 먼 데다 섬사람들 모두 평범한 사람들이니 괴롭힘을 당해도 유풍문까지 가서 고해바칠 리가 없다고 생각했지. 그래서 여기서 지내는 동안 섬사람들을 상대로 온갖 악행을 저질렀다고 하더군. 무전취식은 물론이고 돈도 빼앗고, 심지어는……."

"심지어는요?"

"소년, 소녀를 가리지 않고 닥치는 대로 유린했지."

"……."

초만녕의 말이 이어졌다.

"이에 화가 난 손삼낭이 사형 사저들과 싸우기 시작했다. 유풍문에서 삼낭의 지위는 낮았지만 성격은 불같아서 동문과 척을 지는 것도 서슴지 않았지. 하지만 결국 계략에 말려들어 사형의 검에 찔려 낭떠러지 아래로 떨어졌어."

묵연이 낮게 말했다.

"그게 정말이에요? 어쩐지, 전에 촌장님이 삼낭을 설득할 때 우리가 유풍문 사람이 아니라는 말을 했거든요. 이런 내막이 있었다니…… 후……."

"그래. 어쨌든 삼낭의 명이 길었던지 다행히 급소는 피한 모양이야. 바다에 떨어진 후 한 어민이 삼낭을 발견했는데, 공교롭게도 슬하의 두 딸을 먼저 보낸 사람이었던지라 삼낭을 수양딸로 삼고, 고기잡이와 사냥법을 알려 주고 장사하는 방법도 가르쳐 준 거야. 이후에 의부가 세상을 떠나고, 삼낭은 배운 기술로 부를 축적하다가 결국 비화도의 대지주가 된 거지."

초만녕이 잠시 쉬고 이어서 말했다.

"너도 들었겠지만, 금년에 비화도의 작황이 좋지 않았다. 삼낭은 제 곳간을 열어 섬사람들을 도왔지. 장사 수완이 뛰어나긴 하지만, 수사에게는 거의 갈취하다시피 돈을 뜯어내도 섬사람에게는 이윤을 남기려 하지 않을 뿐 아니라 빈곤한 사람을 돕기까지 한다더군."

묵연은 말을 하지 않았다. 문득 한낮에 시장에서 해당화를 물끄러미 바라보던 여자아이가 떠올랐다.

궁색한 차림에 땟국물이 흐르는 꾀죄죄한 얼굴만 봐도 부모가 없다는 걸 알 수 있었다.

하지만 확실히 마른 얼굴은 아니었다. 볼 살이 통통했고 눈은 투명하고 맑았다. 돌봐 주는 사람이 아무도 없다면 그토록 어린아이가 살아갈 방법은 동냥하는 것밖에 없었다. 그렇다면 진즉 얼굴이 누렇게 뜨고 수척해졌을 것이다.

"손삼낭은 일 년에 스무 번 이상 바다로 나간다고 한다. 왕복할 때마다 칠, 팔 일씩 걸리는 걸 감안하면 반평생을 바다에서 보낸 셈이지. 너도 보았다시피, 삼낭은 대궐 같은 집에 부족할 게 하나 없는 사람이다. 한데 반백이 넘은 나이에 굳이 풍랑 속을 오가는 이유가 무엇이겠느냐? 해마다 고생도 마다하지 않고 섬의 물건을 임기로 가져가서 팔고, 또 임기에서 물자를 사서 비화도로 가지고 오는 이유는 또 뭐고?"

초만녕이 말했다.

"분명 돈이 부족한 사람도 아닌데 말이다."

"……알겠어요."

초만녕의 설명을 듣고, 묵연은 불편한 마음에 곧장 일어나 은량을 가지고 나갈 채비를 했다. 이때 초만녕이 그를 불렀다.

"어디 가느냐?"

"남은 돈을 돌려주려고요."

"앉아라."

초만녕이 담담하게 말했다.

"어찌 이리 생각이 짧아."

"네?"

"손삼낭 같은 사람은 외골수인 데다 자존심도 강하다. 게다가 제일 싫어하는 부류가 바로 우리 같은 수사야……. 네가 지금 가서 은량을 돌려주면, 그녀 성정에 모르긴 몰라도 네놈을 흠씬 두들겨 패고 제집에서 쫓아낼 것이다."

"……."

잠시 생각에 잠긴 묵연은 순간 등골이 쑤시는 느낌이 들었다. 그가 한숨을 흘리며 말했다.

"그럼 어떻게 할까요?"

"내 이미 촌장에게 말해 두었다. 이곳을 떠나기 직전에 남은 돈을 촌장에게 주면, 촌장이 기회를 봐서 손삼낭한테 돌려줄 것이다."

초만녕이 말했다.

"그때는 우리도 떠나고 없으니 이 돈도 비화도 사람들을 위해 쓰일 것이다. 그녀가 마다할 리가 없지."

묵연이 눈을 내리깔고 곰곰이 생각하더니 이내 고개를 끄덕였다.

"사존 말씀이 맞아요. 그렇게 할게요."

초만녕은 한숨을 쉬며 말했다.

"이 세상에는 겉만 보고 판단해서는 안 될 일이 참으로 많다. 심지어는 표면 아래의 그것 역시 완전한 진실이 아닐 때도 있지. 그래서 나도 수시로 나를 일깨운다. 마음을 잘 다스려 사람이든 일이든 신중하고 또 신중하게 판단하라고 말이야. 그래도 이따금 경솔하게 생각할 때도 있어."

이 말에 묵연은 기분이 푹 가라앉았다.

겉만 보고 선인과 악인을 구분 짓고, 표면적인 것만으로 일의 잘잘못을 판단하는 것은 묵연이 과거 초만녕에게 했던 짓이 아닌가?

사실 묵연뿐만 아니라 번잡한 세상을 살아가는 대다수의 사람에게, 한껏 격앙된 감정을 뒤로하고 냉철한 눈과 차가운 마음으로 흙 속에 묻힌 진실에 시선을 옮기는 것은 지극히 어려운 일이었다.

묵연은 초만녕에 관해서, 또 남궁사는 어머니에 관해서 모두 감정이 앞서 이성을 잃었고 겉모습에 눈이 멀었다. 그 결과 돌이킬 수 없는 뼈아픈 실수를 저지르고 말았다.

어쩌면 초만녕같이 겉으로는 냉정하고 몰인정한 사람들이 속으로는 모든 사람에게 돌이킬 기회를 주며, 악의적으로 사실을 판단하지 않으려고 애쓰고 있는 건지도 모른다. 묵연은 그를 알면 알수록 누구보다 성질이 불같은 북두선존이, 사실 순결하고 깨끗한 마음의 소유자라는 사실을 새삼 깨닫게 되었다.

그의 차갑고 고고한 가면 아래에 실제로는 인자하고 너그러운 영혼이 숨어 있었다.

묵연은 이 영혼 때문에 초만녕이 갈수록 측은했고, 지켜 주고 싶은 욕구도 커져만 갔다. 시체가 산을 이루고 피가 바다를 이루는 곳에서 양손 가득 피를 묻힌 그였기에, 이 세상에 거짓 없는 마음보다 더 귀한 것은 없다는 생각이 드는 건지도 몰랐다.

그것은 초연 속에 울리는 피리 소리요, 참호 속에 핀 꽃이다.

그런 영혼 곁에서, 과거 천하를 도탄에 빠뜨린 답선제군은 가만히 생각했다.

언젠가 초만녕이 필요로 한다면 온몸이 피투성이가 되고 피눈물이 말라비틀어진다 해도, 죽어서 흔적도 없이 사라진다 해도, 제 머리와 흠 많은 영혼을 제물로 바쳐야 한다 해도…….

자신은 이 순수하고 정결한 북두선존을 지킬 거라고.

"무슨 생각을 하느냐?"

"아, 아무것도 아니에요."

묵연이 웃었다.

"그냥 뭐가 좀 떠올라서요."

"뭔데?"

입술을 다문 묵연은 문득 오늘 아침 시장에 갈 때 초만녕이 어검술을 가르쳐 달라고 했던 말이 생각나 말을 돌렸다.
"사존, 따라오세요."

177장 만녕

두 사람은 비화도 해안 절벽에 도착했다. 기암괴석이 겹겹이 솟아 있는 가운데, 아래로는 사납게 일렁이는 망망대해가 펼쳐져 있었다. 파도가 암석에 부딪칠 때마다 하얀 거품을 일으키며 부서졌다. 사방에는 아무도 없었고, 오로지 하늘과 바다 그리고 초승달 하나만 놓여 있었다.

묵연이 저와 계약을 맺은 패검을 소환한 후 고개를 돌려 초만녕에게 물었다.

"사존, 어째서 검을 못 타세요?"

"못 타는 게 아니다."

초만녕이 대답했다.

"능숙하지 않은 거지."

"어째서 능숙하지 않은 건데요?"

초만녕이 소매를 펄럭였다. 도도한 표정과는 다르게 귀가 벌게져 있었다.

"땅에서 너무 떨어지지만 않으면 날 수 있다."

묵연은 조금 놀랐다. 어검은 땅에서 한 치가 떨어지든 300척이 떨어지든 소모되는 영력이 모두 같다. 초만녕이 지면에서 조금 떨어져서 날 수 있다는 말인즉슨, 더 높이 오르지 못할 이유가 없다는 뜻이었다.

"사존, 한번 해 보세요. 제가 좀 볼게요."

"……."

초만녕은 검을 소환하는 대신 덤덤한 얼굴로 말했다.

"평소에 검을 잘 타지 않는 이유는, 모든 무기는 존중받아 마땅하다고 생각해서다. 발로 밟는 건 부적절한 짓이야."

"?"

그가 왜 이런 변명을 하는지 알 수는 없었지만 묵연은 일단 고개를 끄덕였다.

"사존 말씀이 맞아요……. 하지만…… 그렇다고 검 위에 눕거나 매달려서 날 수는 없잖아요."

초만녕은 순간 말문이 막혔다. 고개를 드니 달빛 아래서 자신을 보며 벙싯벙싯 웃는 묵연이 보였다. 초만녕은 저도 모르게 부아가 치밀었다.

"급할 때는 승룡 결계를 써서 비행한다."

묵연이 어벙한 얼굴로 물었다.

"그 작은 용이요?"

"녀석은 몸집을 키울 수 있어."

초만녕은 좀 체면이 선 것 같아 다행이라 여기다가 금세 또 민망해져서 말했다.

“하지만 이번 유풍문 겁화 때 보니 완전히 쓸모없더군. 녀석이 불을 무서워해서.”

“아, 사존이 어검을 배우시려는 건…….”

“만일의 사태에 대비하려는 거지.”

묵연은 입을 다물었다. 임기에서 매캐한 연기와 성난 불길이 수많은 생명을 앗아 가는 동안 초만녕은 검 위에 선 채 화마가 사람들을 집어삼키는 모습을 지켜보고 있어야만 했다. 소중한 생명은 금세 잿더미가 되어 뼛조각 하나 남지 않았다. 그 참사를 눈앞에서 보면서도 아무것도 할 수 없고 당장 검 위로 사람을 태울 수도 없었으니, 당시 초만녕은 어떤 심정이었을까?

출행할 때도 마차를 탈지언정 검 타기를 꺼렸던 사람이 돌연 제자한테 이런 부탁을 한 데에는 다 이유가 있었다.

“알겠어요. 사존, 염려 마세요. 제가 잘 가르쳐 드릴게요.”

묵연의 말에 초만녕은 무슨 생각을 하는지 말없이 시선을 아래로 내리깔았다. 마침내 그가 한숨을 흘리더니 손을 들었다.

“회사, 소환.”

돌연 금빛이 응집되기 시작했다. 묵연은 고요하고 안온한 달빛 아래서, 전생에 그와 생사의 대결을 펼쳤을 때 보았던 신무를 다시 만났다.

초만녕의 살육검.

회사였다.

한눈에 봐도 초만녕의 검이었다. 세상에서 이 장검에 어울리는 주인은 초만녕 말고는 없을 터였다. 전체적으로 금빛이 흘렸고 무늬와 장식은 단순했다. 금빛이 유독 눈부셔서 창백할 만큼 하얗게 느껴졌다. 검신에서 어둠 속으로 끊임없이 흘러나오는 차분한 광채는 폭죽이 만들어 낸 불꽃 같기도, 미끄러져 내리는 하얀 모래 같기도 했다.

"이건 회사다."

초만녕이 회사를 보며 말했다.

"넌 본 적이 없을 거다. 기운 자체가 심히 난폭하여 자주 사용하지 않는다."

묵연은 복잡한 마음을 뒤로하고 고개를 끄덕인 후 나지막하게 말했다.

"좋은 검이네요."

밤바람이 솔솔 불었다. 검신을 밟고 선 묵연이 발끝을 살짝 움직이자 패검이 고분고분 땅에서 몇 치 떠올랐다.

묵연이 고개를 돌려 초만녕을 바라보며 말했다.

"사존도 해 보세요."

초만녕이 회사를 밟고 섰다. 회사는 천천히 조심스럽게 공중으로 몇 치 떠오르더니 초만녕을 태운 채 제자리에서 한 바퀴 돌았다.

"이 정도면 잘하시는 거 아니에요?"

묵연이 말했다.

"조금 더 해 볼까요."

그가 곧장 5척 높이까지 올라가더니 초만녕을 내려다보며 웃었다.

"여기까지 올라와 보세요."

"……."

초만녕이 입술을 지그시 물고 조용히 회사를 움직여 묵연이 있는 높이까지 올라왔다.

묵연이 말했다.

"별문제 없는데요. 사존, 못하시는 거 맞아요? 우리 다시……."

이때 초만녕의 안색이 창백해진 것을 발견한 묵연이 돌연 입을 다물었다. 팽팽하게 당겨진 실처럼 극도로 긴장된 얼굴에 아래로 처진 눈썹이 바람에 흔들리는 잡초처럼 바르르 떨렸다. 온 힘을 다해 참고 있는 게 분명했다.

묵연은 아래를 내려다봤다. 고작 5척도 안 되는 높이였다.

그는 다시 고개를 들고 믿기 힘든 얼굴로 초만녕을 바라보았다.

불현듯 어이없고 황당한 생각 하나가 뇌리를 스치고 지나갔다.

사존이 검을 못 타는 게 설마…… 높은 곳이 무서워서?

묵연은 이 상황이 난감하면서도 쉬이 믿을 수 없었다. 경공술이 뛰어난 초만녕은 높은 지붕 위를 자유자재로 오르내렸고, 발끝으로 단번에 수 장을 날아오를 수 있었다. 그런데 높은 곳을 무서워한다? 하지만 분명 검 위에 선 초만녕은 얼굴이 사색이 된 채 눈에는 초점이 없었고, 겁먹은 모습을 감추려 부단히 애쓰고 있었다.

묵연이 떠보듯 불렀다.

"사존?"

초만녕이 조금 격한 반응을 보이며 고개를 홱 들었다. 밤바람에 잔머리가 흐트러졌지만 그는 머리칼을 넘기지 않았다. 노기 어린 치켜 올라간 봉안이 헝클어진 앞머리 뒤에서 경계심으로 불타고 있었다.

"무엇이냐?"

"크흠…… 푭."

"뭘 웃느냐!"

"목이 좀 말라서 기침한 거예요."

묵연은 애써 웃음을 삼키며, 그가 높은 곳을 무서워하는 것이 틀림없다고 결론지었다. 어쩐지 초반에 부연 설명이 길다 했더니 체면이 깎일까 봐 염려했던 거였다.

사존이 체면을 지키고 싶다니 제자로서 당연히 보조를 맞춰 줘야 하지 않겠는가.

묵연이 말했다.

"어검은 높이 올라갈수록 어려운 것 같아요. 저도 처음에는 5척 이상은 못 올라가겠더라고요. 연습 많이 했죠."

"너도 못 올라갔느냐?"

"네."

처음 검을 탔을 때 무려 100장 높이까지 날아올랐던 묵미우가 부드럽게 고개를 주억거렸다.

"5척이 뭐예요, 아래를 쳐다도 보지 못했으니까 아마도…… 3척 정도 올라갔을걸요? 어쨌든 설몽이 절 가볍게 걷어차더라고요."

초만녕은 조금 안심이 되었다.

그는 줄곧 높은 곳이 무서워서 어검을 꺼렸고, 이는 남들에게 말하지 못한 민망한 사실이었다. 하지만 지금 보니 그리 창피한 일도 아닌 모양이었다.

"사존, 최대한 밑을 보지 마세요."
"응?"
"절 보세요."
묵연은 곰곰이 생각하더니 아래로 조금 내려왔다.
"얼마나 올라갔는지 신경 쓰지 마시고, 저랑 같은 높이까지 오를 생각만 하세요."
초만녕은 이를 악물고 위로 조금 올라갔다. 폭이 좁고 매끈한 검신을 밟고 서 있으니, 제법 훈훈한 밤바람도 옷섶으로 기어들어 와 혀를 날름거리는 뱀처럼 축축하고 서늘하게 느껴졌다.
"밑을 보지 마세요. 절대로 밑은 보지 마세요."
묵연이 인내심을 가지고 같은 말을 반복하며 그를 달래더니 손을 뻗었다.
"이리 와서 제 손 잡으세요."
초만녕은 정신을 집중한 상태에서 말했다.
"괜찮다. 혼자 할 수 있어."
묵연은 더는 강하게 권하지 않았다. 초만녕의 성격을 누구보다 잘 아는 묵연이었다. 자신이 직접 하고자 할 때는 큰일만 아니라면 마음대로 하라고 내버려 두는 게 최고였다.
하늘을 떠받치는 기둥 역할을 한 사람은 남에게 의지하는 데 서툰 법이다.
그의 옆에서 보조를 맞춰 주는 것이 그를 편하게 해 주는 최상의 방법이었다.
물론 묵연은 그를 부드러운 등나무 꽃이나 봄에 녹은 강물처럼 바꾸고 싶었다. 품 안에 뼈가 바스러지도록 끌어안아 제 체내로 녹아들게 하고 싶었다. 그는 이 세상 대부분의 남자가 그러하듯 자신이 사랑하는 사람에 대해서 얼토당토않은, 섬뜩하기까지 한 소유욕을 지니고 있었다.

이것이 본성이고 본능이었다.

수컷의 본능적인 소유욕이 꿈틀대자, 묵연은 초만녕을 가두고 밤낮없이 뒤엉킨 채 모든 열정을 쏟아 내고 싶어졌다.

금향로에 용뇌향을 피워 방 안 가득 은은한 향기로 채우고, 온종일 침상에 누워 자기 말고는 누구에게도 보이고 싶지 않았다.

평생 자기 사람으로 만들어 뜨거운 품에 영원히 가두고 싶었다.

그의 온몸에 입을 맞춰 평생 지워지지 않는 울긋불긋한 자국을 만들고, 욕망에 사로잡힌 짐승으로 길들이고 싶었다. 매일 밤 가장 진득하고 가장 뜨거운 사랑으로 그의 배를 채워 주고 나른한 포만감을 선사하고 싶었다.

하지만 사랑하기 때문에 묵연은 차마 그렇게 할 수 없었다.

사랑하기 때문에 초만녕을 존중해 주고 싶고, 그가 호기롭게 말을 타고 옷자락을 휘날리며 검을 들고 세상을 누비는 모습을 보고 싶었다.

우거진 숲속 하늘 높이 자라난 나무처럼 대지에 그늘을 드리우고, 비바람 속에서 그 무성한 가지와 잎이 꺾이고 부러지는 것을 경험해 보라고 허락하고 싶었다.

사랑이 그의 본능에 빗장을 채우고 짐승과도 같은 욕망에 재갈을 물렸다. 묵연은 눈을 내리깔고 뜨거운 숨을 삼키며 온순하고 바른 사람으로 변했다.

사랑은 그로 하여금 평생 본성을 억제하고 날카로운 이빨을 뽑게 했다.

과거에는 사랑으로 생긴 소유욕이 그를 이기적으로 바꾸었지만, 지금은 사랑으로 생긴 관용이 그를 헌신적으로 바꾸었다.

그는 전생에서처럼 초만녕을 가두고 변화시키려 하지 않을 것이다.

늦었지만 너무도 순수한 사랑이 과거 답선제군이었던 그를 기꺼이 무릎 꿇게 하고, 한평생 초만녕의 곁을 지키는 사람으로 살고 싶게 만들었다.

쾌검이 소금씩 올라갔다. 일정 높이에 오르고 나서부터 초만녕은 밑을 보지 않았지만, 길고 너른 소매 안에서 손끝을 가느다랗게 떨고 있었다.

그는 머리카락이 곤두서는 것만 같았다.

묵연이 초만녕의 상태를 눈치채고 말했다.

"겁내지 마세요. 경공술과 같아요."

"달라."

초만녕이 말했다.

"경공은 나를 의지하면 되지만, 어검은……."

"어검도 자신한테 의지하는 거예요."

"어검은 검에 의지하는 거다!"

초만녕이 버럭 성질을 냈다.

"……."

경공술은 일류인 초만녕이 왜 어검술을 겁내는지 이해되는 순간이었다. 초만녕은 줄곧 자기 자신한테만 의지해 왔기에 다른 것에 의지하는 것 자체가 불편한 일이었다. 그래서 오로지 스스로에게 의지할 때만 가장 편안함을 느끼는 것이다.

묵연은 안타까운 마음에 가슴이 뻐근해졌다.

그가 말했다.

"염려 마세요. 사존, 회사를 믿으셔야 해요."

초만녕의 표정과 태도는 침착했지만 초조하고 불안한 눈동자는 숨길 수가 없었다. 곧이어 이마에서 땀이 배어 나오고 그의 발끝이 후들후들 떨리기 시작했다. 이 모습에 묵연은 아차 싶어 여기서 중단해야겠다고 마음먹었다. 초만녕이 지금 검 위에서 떨어지기라도 하면 어검을 더 두려워할 것이 뻔했다.

"우리 일단 내려가요."

초만녕 역시 바라던 바였다. 두 사람은 곧장 땅으로 내려왔다. 그가 잠시 숨을 고른 후에 물었다.

"얼마나 높이 올라갔느냐?"

묵연이 일부러 조금 과장해서 말했다.

"50척 넘게 올라갔어요."

과연, 화들짝 놀란 초만녕이 휘둥그레진 눈으로 물었다.

"그렇게나 높이?"

"네."

묵연이 웃었다.

"이번에 이렇게 높이 올라가셨으니, 다음에는 500척도 문제없을 거예요."

"……."

500척이라는 말에 그렇지 않아도 창백한 얼굴이 더 사색이 되었다. 그가 말없이 손을 내저으며 회사를 멍하니 바라보았다.

묵연은 잠시 고민한 후 말했다.

"아니면 높이에 적응할 수 있게 제가 사존을 태우고 한 바퀴 날아 볼게요."

"굳이 그럴 필요 없다. 내가 안 타 본 것도 아니고."

"하지만 예전에는 검을 타는 내내 아래를 보지 않으셨잖아요."

정곡을 찌르는 말이었다. 다른 사람의 검에 함께 탈 때, 초만녕은 늘 앞사람의 등이나 특정 지점에 시선을 둔 채 땅 위에 있다고 자기 암시를 걸었다.

묵연이 다시 패검을 소환했다. 그는 검의 폭을 늘리고 그 위로 올라탄 다음, 초만녕을 돌아보며 부드럽게 말했다.

"자, 올라오세요."

초만녕은 조용히 이를 악물고 훌쩍 뛰어서 칼자루 위에 사뿐히 올라탔다.

묵연이 말했다.

"잘 서 계세요."

말을 마치고 발끝으로 툭 건드리자 패검이 곧장 위로 솟구치며 순식간에 구름을 뚫고 들어갔다. 초만녕은 습관대로 눈부터 질끈 감았지만, 묵연의 웃음소리가 귓가에 들려오자 퍼뜩 정신을 차리고 아래를 내려다보았다.

보지 않을 때는 그나마 괜찮았지만, 보는 순간 초만녕은 전신의 솜털이 곤두서는 것을 느꼈다.

묵연 녀석이 자신을 태운 채 엄청난 속도로 올라가 구름 너머로 깊숙이 들어갔다. 비화도는 이미 멀찍이 떨어져서, 갈수록 아득하게 보였다. 귓가에는 쌩쌩 세찬 바람 소리만 들리고,

밤의 한기가 스며든 옷은 서릿발처럼 차가웠다. 발치에는 패검 말고 의지할 게 아무것도 없었다. 두 사람은 바다 위를 스치고 지나갔다. 밤하늘 아래 검은 바다는 태곳적 야수처럼 시커먼 아가리를 쩍 벌린 채 다가오는 생령을 모조리 삼킬 듯했다.

차가운 눈썹이 잘게 떨렸다. 초만녕이 본능적으로 눈을 감으려는데 묵연이 뒤에서 말했다.

"무서워하지 마세요. 아무 일도 없을 거예요."

"난…… 무섭지 않다."

초만녕의 얼굴은 이미 백지장처럼 하얬다.

묵연이 웃었다.

"알았어요. 무섭지 않다고 하셨으니 무섭지 않은 거겠죠. 그래도 혹시 춥거나 재미없으면 말씀하세요. 섬으로 돌아갈게요."

초만녕은 아무런 대꾸도 하지 않았다. 그는 묵연이 자신의 체면을 세워 주고 있다는 것을 알고 있었다.

확실히 검 위에 서서 추위에 떠는 것이 두려움에 떠는 것보다 덜 초라해 보이긴 했다.

그러나 초만녕은 기어코 입을 열려 하지 않았다. 묵연은 더 두고 볼 수 없었다.

"검을 더 키울게요."

그가 두 사람이 어깨를 붙이고 나란히 설 수 있을 만큼 패검을 키웠다.

"사존, 며칠만 더 지나면 임기의 겁화도 꺼질 거예요. 우리야 사생지전으로 돌아가면 되지만 여기에 함께 온 사람들은 어쩌죠?"

팽팽하게 당겨진 활시위처럼 잔뜩 긴장한 초만녕을 달래 주려고 묵연이 말을 걸었다.

초만녕은 역시 대단했다. 이런 상황에서도 곰곰이 생각을 하더니 입을 열었다.

"촉 땅으로 데려가야지."

"네?"

"우선 촉 땅으로 데려갈 것이다. 겁화가 진압되어도 임기는 이미 초토화되어 사람이 살 수가 없어."

"알겠어요."

초만녕의 창백한 얼굴을 보며 안쓰러움을 느낀 묵연이 물었다.

"돌아갈까요?"

"조금만 더."

묵연이 패검을 더 넓힌 뒤 초만녕을 앉혔다. 앉아서 보는 것이 서서 보는 것보다 낫다고 생각했기 때문이다. 그가 결계를 치자 초만녕이 고개를 돌려 물었다.

"뭐 하는 것이냐?"

"방한 결계를 쳤어요."

묵연의 눈빛이 부드러웠다.

"너무 높으면 추우니까요."

이에 초만녕도 그가 하는 대로 내버려 두었다.

이 결계는 초만녕의 것과 일맥상통하고 지극히 유사했다. 광채가 유유히 흐르는 얇은 막 위에 해당화가 맺히는 것까지 똑같았다. 굳이 차이점을 따지자면 초만녕은 금색, 묵연은 붉은색이라는 것 정도였다.

이 반투명한 결계를 치자 방한 외에 아무 기능이 없다는 것을 알면서도 왠지 사방에 방호벽이 생긴 것 같았다. 게다가 결계를 통해 바라본 바다는 더 이상 섬뜩할 만큼 어둡지 않았다. 어쨌든 긴장으로 굳어 있던 초만녕의 몸이 서서히 풀리고, 호흡 역시 다소 진정되었다.

묵연이 그의 옆에 앉아 웃으며 말했다.

"사존, 저기 보세요."

"뭘?"

"보셨어요?"

"……."

초만녕은 묵연이 가리킨 방향을 한참 보더니 미간을 좁히며 말했다.

"달밖에 없지 않으냐."

"네, 달이요."

초만녕이 약간 당황한 얼굴로 말했다.

"땅에서도 보는 달인데 뭐가 특별하다고?"

묵연이 웃었다.

"처음으로 사존과 함께 달구경하는 거잖아요."

초만녕은 아무 대꾸도 하지 않았다. 한참이 지나 그의 말을 듣기 힘들 것이라 생각하던 그때, 초만녕이 조용히 입을 열었다.

"처음이 아니다."

"……네?"

묵연이 의아한 얼굴로 고개를 틀어 그를 바라보았다.

달빛이 초만녕의 반듯하고 준수한 얼굴에 고였다. 그의 피부는 서늘한 밤에 피어난 순백의 꽃잎 같았고, 짙은 속눈썹 사이로 드러난 눈동자는 바다보다 깊고 아득한 기억을 떠올리는 듯했다.

"너무 오래전이라 잊었겠지."

초만녕이 말했다.

"아무것도 아니다."

묵연은 순간 할 말을 찾지 못했다. 그는 초만녕보다 더 많은 세월을 살았기에 수많은 처음과 옛일을 자로 잰 듯 분명하게 기억하지 못했다. 초만녕이 기억하는 과거라도 묵연이 반드시 가슴에 간직하고 있으리란 법도 없었다.

그는 초만녕의 옆모습을 바라보며 미안한 마음이 들었다. 하지만 미안한 와중에 스멀스멀 피어나는 달콤한 기분은 감출 수가 없었다. 나아가 합환 주머니까지 생각나자 어제 물어보려고 했던 말까지 떠올랐다. 어째서 우리의 결발을 간직하고 있었는지, 자잘한 기억까지 가슴속에 품어 둔 이유가 무엇인지 물어보고 싶었다…….

채접진, 금성호…….

천열이 일어났을 때도 그는 목숨을 걸고 자신을 구했다.

왜.

예전에 묵연은 감히 그 어떤 추측조차 할 수 없었다. 그러기엔 자신이 너무 대담한 후안무치 같았기 때문이다.

하지만 요 며칠 조금씩 알게 된 것들이 그의 탐욕스러운 본능을 부채질하고 있었다.

……대체 왜.

"사존."
"응?"
가슴속에서 뜨거운 피가 거칠게 끓어올랐다. 지독한 갈증을 느끼며, 초만녕을 응시하는 그의 눈빛이 유독 반짝였다. 묵연은 그에게 바짝 다가가 얼굴에 입을 맞추고는 용감하게 묻고 싶었다. 날…… 좋아하냐고.
검을 탄 채 하늘과 땅 사이에 있자니 묘한 착각이 들었다.
이 세상에 두 사람을 속박하는 건 아무것도 없고 과거의 사랑과 증오, 애정과 원한도 애초에 존재하지 않은 것처럼 느껴졌다. 모든 것이 가늘게 펴진 구름 사이로 쏟아지는 달빛처럼 고요하고 순결했다.
묵연의 마음속 새싹이 커다란 나무로 훌쩍 자라났다. 굵고 튼튼한 줄기가 죽은 땅을 뚫고 나와 대지 깊숙이 스며 있던 비릿한 흙냄새를 퍼뜨리고 있었다.
묵연이 한참 말이 없자 초만녕은 고개를 돌려 물었다.
"왜?"
묵연은 대답하지 않았다. 머리가 무겁고 어지러웠다. 초만녕을 갖고 싶고, 안고 싶고, 입 맞추고 싶었다.
묵연은 저도 모르게 초만녕에게 가까이 다가갔다.
그제야 불현듯 초만녕의 상태가 눈에 들어왔다. 결계를 친 후 그는 전보다 나아지긴 했지만, 굳게 다문 입술은 여전히 새파랬고 낯빛도 좋지 않았다. 아는지 모르는지 그는 팔짱을 낀 채 길고 가는 손가락으로 자기 팔꿈치를, 제 서늘한 옷자락을 단단히 쥐고 있었다.

초만녕은 두려울 때조차 남이 아닌 자신을 잡았다.

묵연은 멍해지고 말했다.

소유욕에 번뜩이던 눈빛이 사그라들고 알알이 부서져 고기잡이배의 등불처럼 총총히 빛났다.

따듯한 눈빛이었다.

초만녕에게 입 맞추고 싶었던 입술이 살짝 닫힌 채 부드럽고 쌉싸래한 미소를 그렸다.

초만녕을 힘껏 끌어안고 싶었던 손이 잠시 멈칫하다가 차디찬 그의 손등에 포개졌다.

"너……."

초만녕의 창백한 얼굴이 깜짝 놀라 붉게 달아올랐지만, 목소리는 낮고 조심스러웠다.

"뭐 하는 거냐?"

손을 빼고 싶었지만, 묵연이 놓아주지 않았다. 초만녕의 꽁꽁 언 손가락이 따뜻하고 커다란 손안에 들어갔다. 묵연은 그의 손바닥부터 손끝까지 빈틈없이 감싸 단단히 그러쥐었다.

"늘 혼자 감당하려고 하지 마세요."

묵연이 말했다.

"제가 여기 있잖아요. 저한테 기대셔도 돼요."

조금 전까지 그래도 침착함과 태연함을 유지할 수 있었던 초만녕이었지만, 아무리 둔감하고 헷갈려도 이 말 속에 담긴 의미를 눈치채지 못할 리가 없었다.

더구나 묵연은 칠흑같이 새까만 두 눈동자로 진지하고 신중하게, 따뜻하고 절절하게 자신을 응시하고 있었다. 순간 초만녕의 심장은 억수같이 쏟아지는 폭우에 노출된 것처럼 세차게 두근거렸다. 그 세찬 빗방울이 그의 영혼까지 두드렸다.

초만녕은 더는 묵연의 눈을 쳐다볼 자신이 없어 얼굴을 홱 돌린 후 고개를 아래로 떨구었다.

너무 뜨거웠다.

100척 높이에서도 이렇게 뜨거울 수 있다니.

초만녕은 늘 도도하고 초연했다. 하지만 지금은 제가 어디에 있는지도 모를 정도로 정신이 까마득했다. 몸에 두른 갑주가 벗겨지고 날카로운 발톱이 깎여 나가는 기분이었다. 갑작스레 훅 들어온 묵연의 진심 앞에서, 초만녕이 늘 쓰던 대처법은 무용지물이나 다름없었다.

남자는 그를 뜨겁게 달궈 단단한 조개껍데기를 벌리고 안에서 파르르 떨고 있는 하얀 속살을 뚫어지게 들여다보았다. 광채를 머금은 진주도, 들큼한 조갯살도 남자의 시선 앞에 적나라하게 드러났다.

늘 고고하고 여유 있던 초만녕은 제 몸의 갑주를 잃자 초조한 마음에 안절부절못했다.

어쩌지…….

뭐라고 말해야 하지?

나는…….

제 손은 여전히 묵연에게 단단히 붙잡힌 채였다.

초만녕은 어떻게 해야 좋을지 알 수 없었다. 초조하고 긴장됐다. 그는 눈가를 붉히며 본능적으로 손을 빼려고 했다.

하지만 손가락이 움찔하는 순간 묵연이 더 꼭 잡아 왔다.

남자의 손바닥은 배어 나온 땀으로 축축했다.

"가만히 있어요."

"……."

그가 힘을 주며 고집스럽고 완강하게 나왔지만, 초만녕은 그의 말투에서 까닭 모를 슬픔을 느꼈다.

묵연이 깊고 뜨거운 눈빛으로 한참 그를 보다가 저음의 갈라진 목소리로 입을 열었다.

"초만녕……."

"……너 뭐라고?"

"……잘못 말했어요."

초만녕은 전보다 몸이 더 뻣뻣해지는 걸 느꼈다. 심장이 처음 검을 탔을 때보다 더 빨리 뛰었다. 불편했다. 불편해도 너무 불편했다.

그는 자신의 상태를 수습하려고 애쓰며, 더 깊은 심연으로 빠지기 전 마지막 사투를 벌였다.

그는 시선을 아래로 늘어뜨린 채 말했다.

"그래, 실수한 걸 알았다면 아예 구제……."

묵연은 뜨거운 심장을 느끼며 결국 저도 모르게 말을 뱉었다.

"만녕."

불능은 아니니까.

초만녕이 그렇게 말을 끝맺기도 전이었다.

탄식 섞인 부드러운 목소리를 듣자 초만녕은 머릿속이 웅웅 울리며 금세 새하얘졌다.

그는 기어이 말을 끝맺지 못했다.

구제 불능.

구제 불능…….

두 사람은 애욕의 늪 주변에서 오랫동안 배회하다가 결국 한 발을 들여놓았다. 여기에 빠진 이상 뼛속 깊이 파고들어 벗어날 수 없을 터였다.

묵연은 잠긴 목소리로 초만녕을 응시한 채 물었다.

“만녕, 사실 요 며칠 물어보고 싶은 게 있었어요.”

“…….”

가슴이 지독히도 뜨거웠다. 초만녕의 손을 단단히 잡은 묵연의 손가락이 파르르 떨렸다.

“아니, 안 물어볼래요.”

초만녕이 안도의 한숨을 쉬는데, 묵연의 다음 말이 들려왔다.

“아무것도 묻지 않을 거예요. 그냥 제 얘기를 할게요.”

묵연은 결의에 찬 얼굴로 한시도 그에게서 시선을 떼지 않았다.

한숨에 모든 용기를 쏟아부었다.

“좋아해요.”

심장이 격렬하게 요동쳤다.

“당신을 좋아해요. 제자가 사존을 좋아하는 그런 감정이 아니라…… 제가…… 감히…… 당신을 좋아합니다.”

초만녕은 눈을 질끈 감았다. 묵연의 뜨겁고 습한 온기 안에서 손끝이 덜덜 떨리다가 천천히, 아주 천천히 움직임을 멈추었다.

어떻게 이런 일이.

어떻게…….

잘못 들은 게 틀림없었다. 얼굴도 못생기고, 성격도 고약하고, 말주변도 없고, 재미도 없고, 좋은 구석이라고는 하나도 없는 바보인데 누가 날 좋아하겠는가?

"좋아해요."

초만녕은 얼빠진 얼굴로 오랜 시간 그대로 있었다. 무슨 말을 해야 할지 알 수 없었다. 울고 싶었다. 혼란스러웠다. 외려 씁쓸하고 두려운 마음이 들며 머릿속이 하얘졌다. 여느 때처럼 소매를 털며 '헛소리'라고 호통치고 싶었고, '재밌구나'라며 아무렇지 않게 넘기고 싶었다. 오만 가지 생각이 휘몰아쳤으나 목구멍에서만 맴돌 뿐 입 밖으로 꺼낼 수가 없었다.

오랫동안 굳어 있던 초만녕이 쉰 목소리로 두서없이 말을 꺼냈다.

"……난 성격이 나쁘다."

"저한테 잘해 주시잖아요."

"난, 난 나이도 많아."

"저보다 어려 보여요."

초만녕은 막다른 길에 몰린 듯 조급하게 말했다.

"난 추하게 생겼어……."

이번에는 묵연이 얼떨떨해졌다. 그는 눈을 커다랗게 뜬 채 수려함의 극치인 남자를 물끄러미 바라보았다. 어째서 이렇게 아름다운 사람이 열등감을 느끼는지 알 수가 없었다.

묵연이 말을 않자 더 당황한 초만녕이 고개를 숙인 채 말했다.

"난 못생겼다."

"……."

"너만큼 잘생기지 않았어."

그가 낮게 중얼대는데, 문득 따뜻한 손이 제 뺨에 닿으며 묵연의 탄식이 들렸다. 그가 밤하늘의 달빛보다 더 그윽한 목소리로 말했다.

"제 눈을 좀 보실래요?"

"네 눈……?"

묵연의 촉촉하고 매끈한 눈동자에 하얀 옷을 입은 남자가 담겨 있었다.

"보셨어요? 이 사람이 세상에서 제일 아름다운 사람이에요."

초만녕은 휘둥그레진 눈으로 묵연을 바라보았다. 마음속에는 격랑이 휘몰아쳤지만, 평생 차갑게 굳히고 살아온 얼굴에는 큰 표정 변화가 없었다.

그를 잡은 묵연의 손은 흠뻑 젖어 있었다.

묵연이 다시금 가만히 고백했다.

"좋아해요."

초만녕은 무언가에 찔린 사람처럼 손가락을 파르르 떨더니 돌연 고개를 떨구었다. '좋아해요'라는 묵연의 말이 날카로운 칼날처럼 그의 심장을 파고들어 뜨거운 피가 걷잡을 수 없이 콸콸 쏟아졌다. 초만녕의 눈시울이 붉어졌다. 정말 오래 기다려 온 말임에도 자신이 이 말을 듣는 순간 이렇게 반응하게 될 줄 몰랐다. 그는 애타는 마음에 금방이라도 눈물을 쏟을 것만 같았다.

"난 좋은 사람이 아니야. 지금껏…… 날 좋아한 사람은 없었다."

지금껏 날 좋아한 사람은 없었다.

나를 가져서 기뻐하고 자랑삼고 소중히 여긴 사람은 아무도 없었어.

무려 삼십이 년 동안.

아무도 날 좋아한 적이 없었다.

묵연은 눈앞에 고개를 숙인 채 얼굴조차 들지 못하는 남자를 보았다. 가슴이 너무 아팠다. 너무 아파서 심장이 갈라지고 갈기갈기 찢기는 기분이었다.

초만녕은 제 보물이지만, 반평생 먼지 속에 묻혀 있었다.

그는 가슴이 아파서 무슨 말을 해야 좋을지, 어떻게 말을 꺼내야 할지도 몰랐다.

결국 묵연은 서툴게 초만녕의 손을 꽉 잡으며 같은 말을 반복했다.

"있어요, 있어요."

당신을 좋아하는 사람이 있어. 내가 당신을 좋아해.

누군가가 당신을 원하고 있어, 당신을 원하고 있다고. 그러니 다시는 자신을 낮추지 말고 바보처럼 생각하지도 마. 당신처럼 좋은 사람이 어디에 있다고 한 푼 가치 없는 사람처럼 말하는 거야, 바보.

바보 같은 초만녕.

내가 당신을 좋아해.

한참 뒤에 묵연이 물었다.

"당신은요?"

"……뭐?"

묵연이 시선을 내리고 눈썹을 잘게 떨면서 말했다.

"저는…… 되게 바보 같고 철딱서니도 없고 믿음직스럽지도 않아요. 그리고…… 저는 용서받을 수 없는 나쁜 짓도 많이 저질렀습니다."

그가 잠시 멈췄다가 작은 목소리로 말했다.

"그래도 저를 좋아해 주실 수 있나요?"

어느새 고개를 들고 있던 초만녕은 그의 질문에, 그의 부드럽고 새까만 눈동자에 다시금 혼란과 당황에 휩싸였다. 초만녕은 어디서 힘이 났는지 힘껏 손을 빼고 고개를 돌렸다.

그는 고개를 끄덕이지도, 가로젓지도 않았다.

긍정도 부정도 하지 않았다.

하지만 묵연은 초만녕의 귀가 붉게 달아오르더니 꽃가지처럼 아름다운 목덜미까지 발갛게 물드는 것을 보았다.

"그 비단 주머니……."

"그만."

초만녕이 돌연 입을 뗐다. 이제는 얼굴까지 새빨개졌다.

"말하지 마!"

초만녕은 불편하고 부끄럽고 화가 나고 당황스러웠다. 이 모습에, 묵연의 눈동자가 촉촉해지며 그 안에 달빛이 은은하게 감돌았다.

묵연이 다가가 손을 뻗어 초만녕의 손끝을 잡았다.

초만녕은 떨고 있었다. 묵연의 손가락도 미세하게 떨렸다. 그는 초만녕의 길고 가느다란 손가락을 덮고 한 번도 해 보지 않은 방식으로 하나하나 겹쳤다.

열 손가락이 꼭 얽히며 손바닥이 완전히 맞닿았다.

홍당무가 된 초만녕이 얼굴을 옆으로 더 돌렸다.

그러나 묵연의 손을 뿌리치진 않았다.

묵연은 초만녕의 손을 잡고서 조마조마한 마음속에서 뒤늦게 깨달았다.

초만녕도…… 그를 좋아한다.

묵연은 마침내 알았다.

178장 사존, 어찌 당신을 저버릴 수 있었을까요

초만녕에겐 이번이 묵연과 처음 끼는 손깍지였다.

그는 이것으로 충분했다. 벅찼다. 다행히 묵연도 더는 진도를 나가지 않았다. 그게 아니었다면 단박에 100척 고공에서 뛰어내려 그 길로 줄행랑을 쳤을 것이다.

정말 다행이었다.

묵연에겐 이번이 초만녕과 잡은 몇 번째 손깍지인지 몰랐다.

그는 충분하지 않았다. 아쉬웠다. 하지만 다행히 더는 진도를 나가지 않았다. 그게 아니었다면 손을 끌어당겨 입을 맞추고, 더 많은 것을 갈구하고 맛보려 했을 것이다.

정말 불행이었다.

그런데도 묵연은 여전히 초만녕이 도망치려는 것을 느꼈다.

그날 검에서 내려온 후 초만녕은 두말없이 몸을 돌려 달아났다. 그러다 문득 제 걸음이 빨랐다고 느꼈는지 얼마 가지 않고 바로 속도를 늦췄다.

하지만 걸음을 늦춘 채 조금 걷다가 뒤에서 따라오는 묵연의 기척을 느끼고는 부끄럽고 당황스러운 마음에 또다시 발걸음을 빠르게 놀렸다.

"……."

성큼성큼 걸어가는 초만녕을 보는 묵연의 가슴은 간지럽기도 하고 따끔거리기도 했으며, 뜨거워지기도 하고 말랑해지기도 했다.

머리를 떨군 초만녕은 앞을 보지 않고 걸었다. 그의 앞쪽으로 커다란 나무를 발견한 묵연이 소리쳤다.

"조심해요!"

쿵!

하지만 역시 정통으로 부딪치고 말았다.

그가 얼른 다가가 물었다.

"괜찮으세요? 어디 좀 볼게요."

초만녕은 이마를 짚은 채 말없이 있다가 이내 다시 앞으로 걸어갔다.

묵연이 따라나서는데 초만녕이 한마디 했다.

"따라오지 마."

"저도…… 쉬러 가야죠."

"바람 좀 쐬면서 식힌 다음에 들어오거라."

식혀?

묵연은 웃음이 나왔다. 어떻게 식혀?

당신 손을 잡은 이 밤, 내 심장은 계속 뜨거울 텐데.

하지만 묵연은 그의 말대로 뒤쫓아 가지 않았다. 서늘한 달빛 아래서 초만녕이 멀어지다 담장 뒤로 사라질 때까지 눈으로 좇았다. 그는 초만녕이 부딪친 나무 앞으로 다가가 조용히 서 있다가 기둥에 이마를 갖다 댔다.

까끌까끌한 나무에 기댄 채 눈을 감았다.

초만녕이…….

그를 좋아한다.

꽃이 흩날리고 물이 흐르니 고독한 섬에도 봄이 온다.

달빛은 하늘에 떠 있고 청색 구름은 해를 덮는다.

밀물과 썰물이 조용히 굽이치니 바다와 하늘이 같은 빛이다.

인간 세상이 아무리 좋아도 초만녕이 그를 좋아한다는 한 마디에 비할 수 있을까.

그는 비록 언어가 부족하고 자질이 우둔해도 이 순간 벅찬 가슴에 영감이 샘솟듯 떠올랐다. 사랑은 묵미우처럼 단순 무식한 목석을 시인으로 만들었다. 초만녕이 나를 좋아한다. 초만녕이…… 초만녕이 나를 좋아한다!

그는 나무에 이마를 쿵쿵 박으며 진정하려 했고, 참으려고 했고, '식히려고' 했다. 그리고…….

안 돼, 못 해.

그는 진정할 수도, 참을 수도, 식힐 수도 없었다. 질끈 감은 두 눈이 파르르 떨렸고, 눈썹 틈새에는 애정과 환희가 배어 있었다. 입꼬리는 말려 올라갔고, 갈수록 짙어지는 보조개에서는 달콤함이 넘쳐흘렀다.

초만녕이 날 좋아해.

날 좋아해.

그는…… 묵연이 푹 빠진 사람이었다. 이 세상에서 가장 좋은 사람이었고 남은 생 동안 품에 안고 싶은 사람이었다. 초만녕…… 초만녕이었다…….

전생의 답선제군이자 현생의 수진계 묵 종사는 황량하고 인적 없는 순백의 백사장에서 나뭇잎이 바스락대는 소리를 들으며, 눈을 감고 고개를 떨군 채 어깨를 가느다랗게 떨었다. 웃음이 절로 나왔다.

초만녕이 자신을 좋아한다는 사실에 바람 소리도, 파도 소리도 감미롭게 들렸다.

초만녕이 날 좋아해.

그는 시선을 아래로 내린 채 웃고 있었다. 웃다 보니 어느새 눈물이 나왔다.

묵연은 정신 나간 사람처럼 입을 벌린 채 눈물을 흘렸다. 기껍고 달았지만, 이상하게도 가슴이 미어졌다.

초만녕이…….

나를 좋아했다.

채접진에서부터 초만녕은 그들의 결발 주머니를 몰래 간직해 왔다.

나를 좋아했다…….

문득 궁금했다. 초만녕은 언제부터 내 뒤에 있었을까. 그렇게 뒤에 서서, 내가 고개를 돌리고 손을 내밀고 몸을 돌려 그를 바라볼 때까지 얼마나 기다렸을까.

초만녕은 대체 얼마나 기다린 걸까?

현생과 전생.

도합 이십 년?

이십 년보다 더 길었을 터다.

그는 세상사를 꿰뚫어 보는 묵미우였다. 이 세상에서 가장 값진 것이 시간이라는 것을 그는 잘 알고 있었다.

권력을 손에 쥐고 천하를 호령하니 세상의 모든 금은보화와 달콤한 절세 미녀는 끊임없이 흘러들어 왔지만, 시간만은 달랐다. 흐르는 강물처럼 지나가고 나면 어떻게 해도 되돌릴 수 없었다.

황금 만 냥과 당신을 바꾸려는 것은 욕망이요,

장밋빛 미래와 당신을 바꾸려는 것은 사랑이다.

하지만 이십 년이라는 세월을, 가장 아름다운 시절을 당신이 바꿔 기다린다면,

말없이, 대가 없이, 결과는 바라지도 않은 채 그저 기다린다면,

그건 바보다.

정말 바보 같고 미련한 짓이다.

목구멍이 매캐하고 혀끝까지 쓴 물이 올라왔다. 묵연은 생각했다.

초만녕, 당신 정말…… 바보야.

어째서 그런 거지? 어떻게 그럴 수 있어?

묵미우가 대체 뭐라고…… 당신이 그렇게까지 해.

당신은 세상에서 가장 좋은 사람인데, 난?

양손 가득 피를 묻히고 미친 듯이 도륙하고 만인의 지탄을 받은, 영원히 구제할 수 없는 사람이 바로 나야.

난 당신을 괴롭히고 증오하고 저버리고 죽였어.

당신은 내가 무슨 짓을 저질렀는지 전혀 몰라…….

아무것도 모른다고!

묵연은 나무를 부둥켜안고 오열했다. 그의 울음소리가 스산한 바닷바람에 섞여 들었다. 그는 무슨 짓을 저질렀던가…….

초만녕의 눈을 보며 다른 사람의 뒷모습을 좇았다.

초만녕의 눈을 보며 다른 사람이 뒤돌아봐 주길 기다렸다.

금성호의 환각에서 묵연은 초만녕에게 말했었다, '사매, 좋아해'라고.

자신이 날카로운 칼로 초만녕의 심장을 후벼 판 것이다!

그렇다면 초만녕은?

그는 급류에도 휩쓸리지 않는 단단한 바위처럼 침묵했다. 칼날이 심장을 파고들어도 그는 아무 일도 없었던 것처럼 묵연을 돌보고 포용하고 동행했다.

죽을 때까지.

……죽을 때까지.

묵연은 크게 웃고 크게 울었다. 바다와 하늘이 달빛으로 물든 이곳에 오로지 묵연 혼자만 덩그러니 남아 미쳐 가고 있었다.

초만녕은 두 번의 생에서 죽을 때까지 묵연에게 제 마음을 들키지 않았다. 그의 대쪽 같던 인생에서 가장 비루한 일은 한 사람을 좋아한 일이었다.

그 사람을 위해 모든 것을 희생했지만, 기나긴 기다림 속에서 상대의 눈동자에 영원히 자기 자리는 없다는 것을 깨달았다. 상대가 자기를 좋아할 리 없다는 확신 속에서, 그는 상대를 방해하지 않고 귀찮게 하지 않고 난처하게 만들지 않기를 선택했다.

마지막 존엄을 지키는 것을 선택했다.

전생에 그가 죽기 전에 말했다.

– 내가 네게 야박했다. 살아서도 죽어서도 원망하지 않겠다.

이번 생에서 묵연의 고백을 받은 초만녕은 그토록 좋은 사람임에도, 그토록 고고한 사람임에도 '난 좋은 사람이 아니야. 지금껏 날 좋아한 사람은 없었다'라고 말했다.

답선군…… 묵미우…… 대체…… 무슨 짓을 한 거냐…….

무슨 짓을 한 거야!

눈이 삐었나? 정신이 나갔어?

어떻게 보지 못할 수 있었을까. 어떻게 그를 저버릴 수 있었을까.

초만녕은 휘장을 내린 채 침상에 누워 있었다. 짙은 안개처럼 첩첩이 겹쳐진 허상을 사이에 두고 휘장 밖 등불을 바라보았다.

얼굴은 뜨겁고 심장은 빠르게 뛰었지만, 머리는 굳은 채 느리게 돌아갔다.

영혼이 죄로 뒤덮여 순수하게 달콤함을 누리지 못하는 묵연과 달리, 초만녕은 확실히 순진하고 깨끗했다.

그는 제 눈앞에 다섯 손가락을 폈다. 정신이 돌아왔을 때, 한 손으로 다른 한 손의 손등을 감싼 자신을 발견했다. 손바닥과 손등이 포개진, 아까 묵연이 제 손을 잡았던 그 모습이었다.

"……."

자기 행동을 인지하고 잠시 멍해졌던 초만녕은 곧 부끄럽다 못해 화가 났다. 이토록 널뛰는 마음을 주체 못 하고, 조금 전 그 강인한 힘을 잊지 못해 곱씹고 있다니.

덜떨어진 놈!

그는 얼른 손을 풀고 왼손으로 오른손을 때렸다.

삐걱.

문이 열렸다. 휩쓸리듯 들이친 밤바람에 휘장이 펄럭였다.

초만녕은 냉큼 몸을 돌린 후 눈을 감고 자는 척했다. 방으로 들어온 남자가 침상 앞까지 걸어오는 소리가 들렸다. 커다란 그림자가 미약한 촛불을 가렸다. 휘장을 사이에 두고 있었지만 갑작스러운 명암의 변화는 느낄 수 있었다. 초만녕은 침상 위를 드리운 묵연의 그림자가 제 숨통을 조여 오는 것만 같았다.

"사존, 주무세요?"

묵연의 목소리는 무척 부드러웠지만 어쩐지 약간 쉬어 있었다. 바닷물이 스며든 것처럼 몹시 짜게 느껴졌다.

초만녕은 대답하지 않았다

묵연은 그대로 한참 서 있었다. 잠시 뒤 바스락대는 소리가 들렸다. 초만녕이 깰까 봐 조심스럽게 움직이는 소리였다. 그는 어제 자기가 잤던 자리에 차분히 이불을 깔고 촛불을 불어 껐다.

순식간에 어둠이 깔렸다. 방 안을 가득 메웠던 나비와 해당화도 없었기에 어젯밤보다 더 캄캄하고 고요했다. 이 어둠이 감각을 예민하게 만들며 초만녕을 궁지로 몰아갔다. 그는 어둠 속에서 일어날 일을 두려워하는 동시에 어둠 속에서 일어날 수 있는 일을 기대했다.

하지만 묵연은 아무것도 하지 않았다. 과거 유곽에서 명성을 날렸던 사람이 갑작스레 무뚝뚝하고 신중하고 믿음직스럽고 깍듯한 사람이 되었다.

그는 옷을 입은 채 누웠다.

초만녕은 안도의 한숨을 내쉬면서도 내심 실망했다. 하지만 자신이 느끼는 실망감에 낯부끄러워하기도 전에 묵연이 다시 일어나는 소리가 들렸다. 휘장이 살짝 흔들리더니 곧 침상 휘장이 젖혀졌다.

초만녕은 심장이 목구멍까지 튀어나올 것 같았지만, 미동도 하지 않고 몸을 웅크린 채 최대한 고른 숨소리를 내려 노력했다. 묵연이 눈치채지 않기를 바라면서.

묵연이 왜 일어났는지 알 수 없었다.

초만녕은 동반자를 찾은 적도, 청계[#2]를 어겨 본 적도 없었다. 성적으로 유일하게 아는 것은 허무맹랑한 꿈속에서 보았던 것이 전부였다.

초만녕은 바다에 한 번도 들어가 본 적 없는 사람처럼 용솟음치는 파도에 대한 두려움이 갈망보다 훨씬 컸다. 그래서 수심이 허리 높이 정도인 얕은 연못에서 두어 번 첨벙거린 후에 바다에 들어가고 싶었다. 당장에 거칠게 밀려오는 물살과 정면

#2 청계 淸戒. 술과 고기, 성에 대한 금욕적인 생활 규칙

으로 마주한다면, 그는 소용돌이에 휩쓸려 익사할지도 몰랐다.

이런 이유로 그는 묵연이 더 진도를 나갈까 두려웠다.

하지만 그의 미세한 떨림을 느꼈는지, 불안정한 호흡과 맥박 소리를 들었는지, 묵연은 한참을 조용히 서 있다가 마침내 몸을 숙였다.

몸을 조금만 숙였을 뿐인데, 초만녕은 그의 덥고 강렬한 숨결이 느껴지는 것 같았다. 뜨거운 가슴이 금방이라도 저를 내리누를 것만 같았다.

하지만 묵연은 그렇게 한동안 자신을 보다가 옆으로 흘러내린 잔머리를 귀 뒤로 넘겨 주고 이불을 살포시 덮어 줄 뿐이었다.

조금 진정이 된 초만녕은 좋기도 하고 싫기도 했다. 어쨌든 지금 보니 묵연은 점잖은…….

'사람'이라고 생각하기도 전에, 그 점잖은 묵연이 다시 고개를 숙였다. 초만녕의 뺨에 따뜻하고 부드러운 촉감이 느껴졌다. 쿵, 소리와 함께 머릿속에 사나운 파도가 밀어닥쳤다. 파도는 해안의 거대한 바위를 매섭게 때리고는 수많은 물보라를 일으켰다.

묵연의 숨결이 그를 감쌌고, 달궜고, 애태웠다.

묵연이 그의 얼굴에 입을 맞췄다.

사랑하는 사람이 눈앞에서 자고 있는데, 팔짱 끼고 보거나 이불을 덮어 주거나 잘 자라고 인사만 할 수 있는 사람이 몇이나 될까?

묵미우는 모든 자제력과 인내심을 동원해 욕망에 젖은 육신에 족쇄를 채우며 다른 모든 것을 억눌렀지만, 결국 따뜻한 입맞춤을 흘리고 말았다.

피가 끓어올랐다. 언제나 지혜롭고 차분하고 당당하고 기개가 넘치던 만야옥형은 가련하게도 묵미우의 뜨겁고 묵직한 숨결과 마주하자 얼굴이 달아오르고 손바닥에 땀이 차올랐다.

그는 사고할 수도, 인지할 수도 없었고 숨 쉬는 것조차 잊었다. 심장은 제 것이 아닌 듯 빠르게 질주했고, 세상천지에 아무것도 남지 않은 듯한 착각이 들었다. 배 속에서 뜨거운 불길이 일고 눈앞에는 어지러운 빛 방울이 깜빡였다. 머리가 아찔한 와중에 그는 오로시 한 가지 사실만 간신히 인지할 수 있었다.

묵연이 그에게 입을 맞췄다.

뺨에 한 것이라 해도 그것은 입맞춤이었다.

다른 것은, 예컨대 묵연이 얼마나 오래 입을 맞췄는가 하는 것은 생각할 여력조차 없었다. 초만녕은 이불 밑에서 손을 꽉 쥐었다. 뜨거운 땀이 배어 나오고 눈꺼풀이 한없이 떨렸다. 그렇게 떨고 있었다…….

다행히 캄캄한 밤이라 파르르 떨고 있는 속눈썹을 묵연에게 들키지 않았다.

다행히 초만녕은 얼굴이 뜨겁게 달아오르고 정신이 없던 터라, 묵연이 입을 맞출 때 따듯한 눈물이 톡 떨어져 자기 목에 스며든 것 역시 알아채지 못했다.

179장 사존의 기억

고백받은 다음 날, 초만녕은 아침 일찍 잠이 깼다.

하지만 침상에서 일어나진 않았다. 휘장 사이로 슬그머니 밖을 보니 묵연이 아직 자고 있었기 때문이다. 그의 단출한 잠자리가 침상 옆에 바짝 붙어 있었다.

휘장 때문에 그가 잘 보이지 않자 초만녕은 잠시 망설이다가 휘장을 걷으려고 손을 뻗었다. 그러다 휘장에 닿기 전에 멈칫하더니 손가락 하나만 뻗어 손끝으로 아주 조금만 젖혀 보았다.

아주 조금이니 몰래 훔쳐본 것은 아니라고 나름 위안했다.

청초한 햇살이 창호지를 뚫고 방 안에 들어왔다. 발갛게 물든 꿀빛 햇살이 길고 가늘게 오려진 채 묵연의 준수한 얼굴 위로 떨어졌다.

무척 오랜만에 묵연의 자는 모습을 보는 것 같았다. 초만녕은 조용히, 찬찬히, 오래도록 그를 바라보았다.

그러다 문득 설정옹이 묵연을 사생지전에 데려온 그해가 생각났다. 수줍은 얼굴을 한 소년은 기쁠 때는 불꽃처럼 찬란한 미소를 터뜨렸고, 괜히 그의 옆에 찰싹 달라붙어 뭐라 해도 그를 사존으로 모시겠다고 고집을 피웠다.

쫓아내도 다시 돌아왔다.

통천탑 앞에서 처음 만났을 때, 초만녕은 '가장 따뜻하고 말이 잘 통할 것처럼 보인다'던 묵연의 말이 황당하고 믿을 수 없어 그를 제자로 삼고 싶지 않았다.

그래서 열나흘간 묵연을 차갑게 대했다.

어느 날, 묵연이 그의 문하로 들어오기 위해 설정옹, 왕 부인, 사명정 그리고 설자명에게 찾아갔다는 얘기를 들었다.

결국엔 누가 생각해 낸 꼼수인지는 모르겠지만, 사존에 대한 예의범절을 익힌 묵연이 그날로 홍련수사 밖에서 기다림을 시작했다. 아침에 초만녕이 나오면 문안 인사를 올리며 제자로 받아 달라 사정했고, 저녁에 돌아오는 초만녕에게 또 인사하며 제자로 받아 달라 간청했다. 비바람도 막을 수 없는, 물방울도 바위를 뚫을 수 있을 법한 의지였다.

이에 대한 초만녕의 반응은 '흥' 한마디가 다였다.

그러고는 그를 못 본 체하고 자리를 떠났다.

초만녕은 누군가 자신을 열렬히 쫓아다니는 것을 좋아하지 않았다. 무감하고 담백한 성격의 초만녕은 마찬가지로 평온하고 담담한 감정만 상대하고 싶어 했다.

소년은 어릴 적 자라 온 환경 탓인지 사람의 말투와 안색을 살펴 의중을 헤아리는 데 능했다. 그 역시 초만녕의 냉담함을 느낀 것인지 고작 이틀간만 죽도록 쫓아다녔을 뿐, 이후에는 그를 귀찮게 하거나 제자로 받아 달라 조르지 않았다.

그러나 묵연은 마치 일과처럼 홍련수사를 찾았다. 처소 문 앞에 떨어진 마른 나뭇가지와 낙엽을 쓸다가 초만녕이 나오면 빗자루를 짚고 머리를 긁적이며 '옥형 장로님' 하며 웃었다.

아침은 물론이고 저녁에도 형식적인 인사는 하지 않았다.

대신 '옥형 장로님' 하고 부르고는 그저 웃기만 했다.

초만녕은 눈길 한번 주는 법 없이 쌩하고 지나갔다. 그래도 묵연은 기분 나쁜 기색 없이 그의 뒤에서 쓱쓱 낙엽을 쓸었다.

평화로운 날들을 이어 가다, 열흘이 지나고 어느 아침이 되었다. 홍련수사의 연꽃이 하룻밤 사이에 열 송이 이상 활짝 피어서 향기가 진동했고, 이에 초만녕도 모처럼 기분이 좋았던 날이었다.

그가 문을 열고 나왔다. 구불구불 이어진 푸르스름한 산길에서 소년 묵연은 고개를 떨군 채 한 계단씩 오르며 낙엽을 쓸고 있었다. 이때, 낙엽 하나가 돌계단 틈에 끼어 처리가 쉽지 않았는지 그가 몸을 숙여 손으로 낙엽을 빼냈다.

수풀에 버리려고 몸을 들었을 때 문 앞에 서 있는 초만녕이 보이자 소년은 순간 멈칫하더니, 이내 헤벌쭉 웃으며 반쯤 말아 올린 소매 사이로 맨살을 드러낸 채 낙엽 든 손을 흔들었다.

"옥형 장로님."

청량하면서도 신선한 과일처럼 달콤한 목소리였다. 그리 크지 않았음에도 소리는 산봉우리의 메아리처럼 오랫동안 울려 퍼졌다. 새하얀 구름이 지나가고 햇살이 구름 사이로 쏟아져 내려와 숲과 나무를 비추었다. 대나무 숲으로 불어오는 바람에 잎들이 사락사락 부딪쳤다.

초만녕은 그대로 잠시 서 있었다. 눈부신 아침 햇살이 그의 눈을 호박색으로 물들였다. 눈을 가늘게 떴다. 순간 소년의 손에 들린 낙엽이 더는 말라비틀어진 잎사귀가 아닌 해사한 미소를 짓고 있는 소년처럼 눈부시게 반짝였다.

그는 표정 없는 얼굴로 돌계단을 내려갔다.

묵연은 냉담한 그에게 익숙해진 터라 그리 개의치 않고, 그저 평소처럼 초만녕이 지나가도록 한쪽에 비켜설 따름이었다.

그날도 초만녕은 여유롭게 계단을 내려가 그의 옆을 스치고 지나갔다.

그런데 갑자기 고개를 살짝 옆으로 돌리더니 소년에게 눈길 한번 건네고는 샘물처럼 맑고 호수처럼 고요한 목소리로 한마디 던졌다.

"고맙다."

잠시 멍해진 묵연은 금세 눈을 반짝이며 황망히 손사래를 쳤다.

"고맙다니요, 당치도 않습니다. 제자로서 당연한 일인걸요."

초만녕이 대답했다.

"……널 제자로 삼을 생각 없다."

그러나 말투나 태도가 예전만큼 단호하진 않았다.

그는 말을 마치고 계속 걸어가다가 왠지 모르게 마음에 걸려 다시 묵연을 돌아보았다.

소년은 전혀 의기소침한 기색 없이 빗자루를 들고 팔짝팔짝 뛰고 있었다. 앳된 얼굴은 싱그러운 생기로 가득했고, 광채와 열정을 맘껏 발산하고 있었다.

……마지막 말은 아예 안중에도 없이, 그저 고맙다는 말 한 마디에 저리 기뻐하는 것일까?

또 며칠이 지났다. 그날은 비가 오고 있었다.

빗줄기가 굵지 않은 데다 초만녕은 원래 우산을 드는 것도, 비를 막아 주는 결계를 치는 것도 귀찮아하는 사람이었다. 선악대까지 가는 데 향 한 대가 타는 시간이면 충분할 듯했다. 가는 동안 비에 젖어도 법술로 말리면 되니까 상관없었다.

그가 문을 열고 나갔다.

묵연은 여전히 나와 있었다.

하지만 여느 때처럼 마당을 쓰는 대신 빗자루를 한쪽에 세워 둔 채 종이우산을 들고 쪼그려 앉아 있었다. 초만녕을 등진 그는 무언가에 정신이 팔린 상태였다. 한쪽 어깨가 살짝살짝 들썩였다. 가뜩이나 키도 작은데 쪼그리고 앉아 있으니 더 작아 보였다. 반면에 우산은 상대적으로 컸고 진한 갈색이라, 봄비 속에 머리를 내민 버섯처럼 보여 웃음이 나왔다.

초만녕은 옅은 웃음을 참으며 그의 뒤로 걸어가 짧게 헛기침했다.

"무엇 하느냐?"

"아!"

소년이 깜짝 놀라 고개를 돌려 그를 올려다봤다.

그러곤 첫 마디가 '옥형 장로님'이었다.

초만녕이 대답하기도 전에 소년의 눈이 동그래지더니 두 번째 말을 꺼냈다.

"우산은요?"

소년은 또다시 초만녕이 대답하기도 전에 벌떡 일어나 까치발을 하고서 종이우산을 최대한 높이 치켜들며 세 번째 말을 뱉었다.

"이거 가져가세요."

하지만 소년은 키가 작고 초만녕보다 한 계단 아래에 서 있었기에 우산을 초만녕의 머리에 겨우 씌웠을 뿐 제대로 잡고 있지 못했다. 바람이 불자 우산이 한쪽으로 기울어졌고, 우산 끝에 걸린 빗줄기가 초만녕의 옷깃 틈으로 떨어져 목선을 타고 타고 흘러내렸다.

묵연은 초만녕이 뭐라 하기 전에 허둥대며 말했다.

"죄송합니다! 죄송합니다!"

"……."

묵연의 첫 마디에는 '응'이라고 대답하면 되었다.

두 번째 말에는 '괜찮다'라고 대답하면 되었다.

세 번째 말에는 '네가 쓰거라'라고 대답하면 되었다.

하지만 묵연이 거듭 뱉은 네 번째 말, '죄송합니다'에는 할 말을 찾지 못했다. 무감한지 울적한지 모를 표정으로 눈을 내리깐 초만녕은 결국 한숨을 내쉬고는 묵연의 우산을 받아 들고 두 사람의 머리 위로 씌웠다.

그는 눈을 들고 묵연을 보며 잠깐 생각하다가 처음 질문으로 되돌아갔다.

"뭐 하느냐?"

"지렁이를 구하고 있었어요."

초만녕은 잘못 들은 줄 알고 눈살을 찌푸리며 재차 물었다.

"뭐?"

묵연이 웃었다. 보조개가 깊게 패는 것이 퍽 귀여웠다. 소년이 약간 수줍은 듯 머리를 긁적이며 더듬더듬 말했다.

"그, 그게, 지렁이를 구하고 있었어요."

초만녕의 시선이 묵연의 손 위로 떨어졌다. 소년의 손에는 물이 뚝뚝 떨어지는 나뭇가지 하나가 들려 있었다. 땅에서 주운 것 같았다. 다시 앞을 보니, 계단 위에 굼뜬 지렁이 한 마리가 물웅덩이에 빠져 천천히 꿈틀대고 있었다.

"비가 그치면 진흙에서 기어 나온 지렁이는 햇볕에 말라 죽을 거예요."

묵연이 겸연쩍게 말했다.

"그래서 얘들을 풀 속에 옮겨 두려고요."

초만녕이 무감하게 물었다.

"나뭇가지로?"

"……네."

초만녕의 차가운 얼굴을 보자 묵연은 그가 자기를 무시할까 봐 얼른 말을 보탰다.

"손, 손으로 잡는 게 무서워서 그런 게 아니에요. 다만 어릴 때 어머니가 지렁이는 손으로 잡으면 안 된다고 하셨거든요. 더러워진다고."

초만녕은 고개를 가로저었다.

"내 말은 그게 아니다."

그가 손을 살짝 들어 허공에 대고 손끝을 까딱하자, 가느다란 금빛 버들가지가 청석 계단의 틈을 뚫고 나와 물웅덩이 안에서 꿈틀대는 지렁이를 감싸더니 가까운 풀숲으로 옮겨 놓았다. 이를 본 묵연이 눈을 동그랗게 뜨며 깜짝 놀라 물었다.

"이게 뭐예요?"

"천문."

"천문이 뭐예요?"

초만녕이 그를 힐끔 쳐다본 후 말했다.

"내 무기다."

묵연은 더 깜짝 놀랐다.

"장로님 무기가…… 너무…… 너무……."

"작다고?"

초만녕이 묵연 대신 말을 마쳤다.

"헤헤."

소매를 터는 초만녕의 얼굴은 냉담했다.

"사나워질 때도 있다."

"그럼, 저도 볼 수 있어요?"

"영원히 보지 않는 게 좋지."

당시 묵연은 초만녕의 말뜻을 이해하지 못했다. 소년은 고개를 돌려 청석 계단의 갈라진 틈새마다 버들가지가 뚫고 나와 빗물이 고인 웅덩이에서 허우적대는 지렁이들을 감싸 축축한 흙 위로 옮겨 놓는 것을 지켜보았다. 묵연의 얼굴에 점점 선망의 빛이 드러났다.

초만녕이 갑자기 물었다.

"배우고 싶으냐?"

순간 얼이 빠진 묵연은 곧 눈을 휘둥그레 뜨고 뭐라 말해야 좋을지 고민하다 결국 고개만 연신 끄덕였다. 잘생긴 조그만 얼굴이 빨갛게 물들었다.

초만녕이 말했다.

"내일 아침 수련 후에 선악대 뒤에 있는 대나무 숲으로 오거라. 거기서 기다리마."

말을 마친 그의 하얀 신발이 축축한 돌계단을 밟았다. 그가 종이우산을 들고 곧장 산 아래로 내려갔다. 묵연은 마치 그림처럼 유유히 걸어가는 그의 뒷모습을 멍하니 바라보았다. 잠시 뒤 초만녕의 말뜻을 알아차린 순간, 묵연의 얼굴이 더 빨개지며 눈빛이 놀라우리만치 반짝이기 시작했다.

그는 땅이 축축하든 말든 상관없이 곧바로 무릎을 꿇고 머리를 조아리며 감격과 기쁨에 벅차올라 앳된 목소리로 외쳤다.

"네, 사존!"

"……."

초만녕은 긍정도 부정도 하지 않았다. 그저 잠시 발걸음을 멈추고 서 있다가 다시 앞으로 걸어갈 따름이었다. 우산을 톡톡 때리는 빗소리가 마치 공후의 연주 소리 같았다.

그의 뒷모습이 시야에서 완전히 사라지고 나서야 묵연은 일어났다. 그리고 그때야 제 머리 위에 펼쳐진 금빛의 반투명한 보호막을 발견했다. 언제부터 씌워져 있었는지 모르겠지만, 보호막은 꽃잎이 다섯 장인 꽃 형태로 일렁이면서 보슬비를 막아 주고 있었다.

설정옹이 초만녕의 결정을 알았을 때, 안심하면서도 의외라는 듯 관심 있게 물었다.

“옥형, 어찌 그 아이를 받기로 한 것인가?”

당시 그는 선악대 상석에 앉아서 묵연이 준 종이우산을 들고 있었다. 그가 길고 가느다란 손가락으로 소박한 우산대를 매만지고는 담담하게 대답했다.

“지렁이를 구할 때 수월하라고요.”

‘아’ 하고 짧게 탄식한 설정옹이 부리부리한 눈을 고양이처럼 동그랗게 키우고는 물었다.

“뭘 구해?”

초만녕은 더는 아무 말도 하지 않고 시선을 내린 채 푸른 대나무로 만든 우산살을 바라보며 옅은 미소를 지었다.

눈 깜짝할 사이에 벌써 이리도 많은 시간이 흘렀다.

당시 제자로 삼은 순박했던 소년은 이후 잘못된 길을 걷다가 결국 제자리로 돌아왔다. 소년은 어엿한 선군으로 성장했고, 그를 실망시키지 않았다.

초만녕은 하얀 손가락으로 살짝 벌린 휘장 틈새로 묵연의 자는 얼굴을 물끄러미 바라보았다.

그때 그 소년은 지금 이렇게 출중하고 강한 청년이 되었다. 이목구비는 예전보다 더 깊어지고 또렷해졌으며 표정에서는 진중함과 성숙미가 느껴졌다.

다만 잘 때 미간을 살짝 좁히는 버릇은 여전했다. 아래로 길게 늘어진 속눈썹은 근심에 짓눌린 듯 무거워 보였다.

생각해 보니 우스웠다. 아직 나이도 어린 청년이 근심 걱정이랄 게 뭐 있다고?

초만녕이 생각에 잠긴 그때, 살짝 말아 올라간 묵연의 기다란 속눈썹이 움찔하더니 천천히 올라갔다.

"……."

초만녕의 손가락이 그대로 경직되었다. 손을 거두고 자는 척을 해야겠다 생각했다.

그런데 묵연은 특이하게 나이도 어리면서 침상에서 늑장 부리는 법이 없었다. 오히려 연세 지긋한 어르신처럼 굴었다. 바꿔 말하면, 굉장히 빨리 깼다.

게다가 이유는 모르겠지만, 잠잘 때 주변의 미세한 변화에 극도로 예민한 감각을 발휘했다. 마치 일 년 내내 암살 위험에 시달리는 사람처럼 살얼음판을 걷듯 조심스러워했다.

초만녕이 휘장 틈새에 어정쩡하게 놓인 손을 미처 수습하기도 전에 묵연의 시선이 이미 그의 손끝에 닿았다.

"……."

옥형 장로의 명예와 체면이 깎일 위기에 놓이자, 초만녕은 기지를 발휘해 아예 몸을 돌려 휘장 밖으로 손을 뻗고는 침상 가장자리로 축 늘어뜨렸다.

이렇게 하면 휘장 사이로 몰래 훔쳐본 것이 아니라 잠든 사람이 몸을 뒤척이는 통에 어쩌다 팔이 휘장 밖으로 튀어나온 것처럼 보였다.

융통성이라고는 전혀 없는 초만녕이 이런 잔꾀를 부릴 줄 묵연이라고 상상이나 했겠는가. 그렇게 속아 넘어간 묵연은 곤히 자는 초만녕을 깨울까 봐 살금살금 몸을 일으켰다.

하지만 바로 나가는 대신 침상 밖으로 빠져나온 그의 손목을 잡고 조심스럽게 이불 안으로 넣어 주었다. 그러고는 잠시 뒤 삐걱 문 열리는 소리가 들렸다.

묵연이 나갔다.

천천히 눈을 뜬 초만녕은 바깥에서 들어오는 어슴푸레한 아침 햇살을 보면서 한참 동안 넋을 놓고 있었다.

여태껏 단 한 번도 묵연과 연인이 될 수 있을 거라 기대한 적도 없고, 비슷한 상상을 해 본 적조차 없었다. 그래서인지 하룻밤이 지나 아침이 되었건만, 그는 이 모든 것이 여전히 꿈만 같았다.

제가 알기로 묵연은 분명 사명정을 좋아했다. 초만녕은 지난 몇 년 동안 두 사람 뒤에 서서 모든 것을 똑똑히 지켜봤다.

사명정을 향한 묵연의 눈부신 미소, 사명정을 위해 국수를 삶는 모습, 사명정 몰래 파견 임무를 돕는 모습, 아무도 모를 거라 여기고 좋아서 배시시 웃는 모습까지.

초만녕은 사실 다 알고 있었다.

그래서 부러운 적도 있고 질투한 적도 있으며, 괴로운 적도 있고 심술이 난 적도 있었다.

한때는 속 시원하다고 착각한 적도 있었다.

하지만 사실 그러기가 쉽겠는가? 불가능한 일이라는 것을 알면서도 초만녕은 고개를 빳빳하게 세운 채 시선을 피하지도, 자리를 비켜 주지도 않았다.

지난 몇 년 동안 초만녕은 종종 가슴에 손을 얹고 스스로에게 물어보았다. 아무 가망도 없는 기다림이 과연 의미가 있을까? 이 미련한 기다림이 비루한 것은 아닐까? 하지만 수없이 자문해도 해답은 찾을 수 없었다.

사랑에 빠진 남녀를 한심하게 보던 냉혈한 초만녕은 이렇게 아픈데도 왜 이 감정을 가슴에 품고서 온몸이 상처투성이가 되면서까지 포기하지 못하는지 이해할 수 없었다. 결국 오매불망 바라 오던 불꽃이 제 심장을 태웠을 때, 그는 비로소 알 수 있었다.

이 세상의 깊고 진실한 사랑이란 원래 다 그렇다는 것을.

내려놓을 수는 있지만, 영원히 포기할 수는 없다는 것을.

그래서 사명정을 향한 묵연의 진짜 마음을 모르는 초만녕은 혼란스럽고 망설여졌다. 어째서 묵연의 시선이 사명정에게서 초라한 그에게 옮겨진 건지 이해할 수 없었다.

음…… 고마워서?

미안해서?

은혜 갚은 까치처럼 보은하기 위해서?

……설마, 사매한테 고백했는데 거절당해서 그런 건 아니겠지……?

초만녕은 멍해졌다. 갑자기 머릿속에서 상상의 나래가 펼쳐졌다. 천녀유혼, 우렁 각시, 진세미[#3]의 변심 등 온갖 잡생각이 한꺼번에 몰려왔다. 생각할수록 부아가 치밀어, 초만녕은 벌떡 일어나 아무도 없는 틈에 묵연이 어제저녁 바닥에 깐 이불을 쾅쾅 발로 밟았다.

#3 진세미 陳世美, 희곡 〈찰미안〉의 등장인물로 장원급제 후 조강지처를 버림

180장 사존의 촉룡

추측은 추측일 뿐이다. 결론이 나기 전까지 초만녕은 괜히 더 생각해서 기분을 망치고 싶지 않았다.

하지만 이 갑작스러운 감정을 말끔히 털어 낸 것도 아니었기에, 겁화가 진화되어 비화도를 떠날 때 초만녕은 묵연의 검에 타지 않을 생각이었다.

물론 20척 높이에서 저공비행만 겨우 가능한 옥형 장로는 회사를 타고 이 망망대해를 건널 생각이 없었다. 그래서 묵연이 기암괴석 근처의 간석지 주변에 모인 피난민들을 크기를 키운 장검에 태울 때, 초만녕은 자신의 승룡 부적을 꺼냈다.

손가락에 피를 내어 용의 비늘 위에 떨어뜨리자 부적 안에 그려진 용이 튀어나와 하늘로 날아오르더니 여러 번 공중제비를 넘고 주인의 주변을 뱅글뱅글 돌면서 꽥꽥 시끄럽게 떠들어 댔다.

"초만녕, 오랜만이다. 꽤 보고 싶었어. 이번에는 또 무슨 부탁을 하려고 본좌를 불렀지?"

"날 육지까지 태워 주면 된다."

"흥! 본좌는 천지가 개벽한 이래 최초로 신선이 된 촉룡이시다. 이런 내가 어찌 말이나 나귀 따위가 할 일을 하겠느냐. 안 태워, 못 태워!"

사람들의 시선이 한곳에 쏠렸다. 손바닥만 한 종이 용이 고개를 휘휘 젓고 꼬리를 흔들 때마다 펄럭펄럭 소리가 났다. 보잘것없는 몸집에 비해 목청은 어찌나 우렁찬지, 아이들이 종이 용의 말을 듣고 까르르 웃음을 터뜨렸다.

낯빛이 다소 가라앉은 초만녕이 돌연 손을 들더니 손바닥 위에 금빛 화염을 만들고는 낮게 으름장을 놓았다.

"날 안 태우면 널 태워 버리겠다."

"……."

화가 난 촉룡이 벌러덩 눕더니 간석지 위로 나자빠졌다. 그러더니 이를 드러내고 발톱을 세우고는 씩씩거리며 눈을 부릅떴다.

"뭐 이런 놈이 다 있어. 생떼를 쓰지 않나, 야박하게 굴지 않나, 뻔뻔하기까지 하고. 성질이 이 모양이니 매번 볼 때마다 혼자 있지!"

그 소리에 묵연이 고개를 돌려 뭐라 한마디 하려 했지만, 주변에 사람도 많고 초만녕의 체면도 있기에 잠자코 웃으며 도리질했다.

초만녕이 버럭 화를 냈다.

"말이 많다!"

그가 손을 휘둘러 바닥에 있던 용에게 화염을 던졌다. 다만 초만녕도 진짜 태울 생각은 아니었기에 화염구는 맹렬한 기세와는 다르게 용의 수염을 스치고 간석지 바위 위에 떨어졌다. 깜짝 놀란 용이 하늘이 떠나가라 고래고래 소리치며 이리저리 바둥대더니 통통한 발로 자기 수염을 연신 때렸다.

"본좌의 꼬리는! 수염은! 본좌…… 본좌의 머리는! 괜찮나? 아직 붙어 있어?"

"계속 시끄럽게 굴면 진짜 떨어질 줄 알거라!"

초만녕이 잇새로 으르렁거리며, 손바닥 위로 금빛 화염을 다시 모았다.

"커져라."

"……아, 흑흑흑!"

촉룡이 진짜인지 가짜인지 모를 대성통곡을 한참 하더니 앞발을 들어 있지도 않은 눈물을 처량하게 튕겨 냈다. 하지만 녹두 빛깔 눈동자로 비수처럼 싸늘한 초만녕의 눈빛과 맞닥뜨린 순간, 종이 용은 저도 모르게 몸서리를 치더니 돌연 '끅!' 하는 우스꽝스러운 딸꾹질 소리를 끝으로 꼬리를 내렸다.

용이 바닥에서 흐느적흐느적 일어났다. 이번에는 진짜 종이 용처럼 온몸을 흐물거리며 말린 수염을 아래로 축 늘어뜨린 채였다. 용은 또 한 번 딸꾹질하더니 최대한 불쌍하고 애처로운 모습으로 말했다.

"이번만이야. 다음은 없어."

"알았다."

앞서 탈 때도 이 용은 똑같은 말을 했었다.

종이 용은 마치 근골을 펴는 것처럼 네 다리를 펴더니 날카로운 울음소리를 냈다. 그러자 갑자기 얇고 야리야리한 몸체에서 금빛이 뿜어 나와 주변으로 퍼졌다. 금빛은 갈수록 강렬해져, 금세 종이 용을 완전히 집어삼켰다.

"크앙!"

순간 종이 용의 가늘고 날카로운 울음소리가 웅장한 포효로 바뀌고, 금빛은 순식간에 자줏빛 번개를 번쩍이며 굉음을 터뜨렸다. 사방에 광풍이 일고 파도가 거칠게 일렁였다. 사람들은 눈이 부셔 고개를 숙이거나 소매로 얼굴을 가렸다.

초만녕도 실눈을 떴다. 한데 묶은 머리카락이 커다란 장포와 함께 바람에 세차게 펄럭였다. 금빛이 사그라들 즈음, 사람들이 주변을 두리번거렸지만 방금까지 있었던 작은 용은 보이지 않았다. 간석지에는 아무것도 없이 고요하기만 했다.

"어? 없어졌다!"

제법 용기 있는 아이가 깜짝 놀라 소리쳤다. 하지만 말이 채 끝나기도 전에 머리 위에서 하늘을 뒤흔들고 구름마저 멈추게 할 만큼 우렁찬 포효가 들렸다. 분노한 바다가 용솟음치고 바람과 구름이 무서운 기세로 일렁였다.

사람들은 경악한 채 머리를 들어 올렸다. 잠깐의 적막이 흐른 뒤 위풍당당한 거룡이 짙은 구름을 뚫고 나타났다. 성난 눈을 동그랗게 뜨고 단단한 발톱을 세운 촉룡은 그 수염만 해도 백 년 묵은 고목만큼이나 굵고 단단했다. 구름 사이를 힘차게 선회하던 촉룡이 별안간 머리를 위로 젖히더니 갑자기 땅을 향해 급강하하기 시작했다.

사방에 세찬 바람이 일었다!

“아!”

“아버지!”

부모를 잃은 아이가 깜짝 놀라 습관적으로 아버지를 부르며 울음을 터뜨렸다. 묵연은 얼른 아이를 안아 올려 살살 달랬다.

아이가 놀랄 것이라고 생각하지 못한 초만녕은 잠시 멈칫하다가 급강하하는 거룡을 보며 말했다.

“속도를 줄여라.”

“뭐?”

어마어마하게 큰 거룡이 갑작스러운 명령에 ‘끙’ 하고 앓는 소리를 내더니, 이내 쿵 소리와 함께 바닥에 내려와 앉아 천천히 몸을 아래로 기울였다.

몸체가 워낙 거대했기에 등에 올라타면 땅 위에 있는 것과 별반 다르지 않았다. 그래서 초만녕은 검을 타는 것보다 용을 타고 비행하는 것을 더 선호했다.

묵연은 초만녕을 편하게 해 주려고 제가 안고 있는 아이에게 물었다.

“저 형아랑 같이 촉룡 등에 타지 않을래?”

예상과 달리 아이는 타기 싫다는 듯 묵연의 어깨에 얼굴을 묻고 속삭이듯 말했다.

“형아만 알고 있어. 난 저 사람이 싫어…….”

묵연이 말했다.

“너만 알고 있어. 난 저 사람을 좋아해.”

"응?"

아이는 어리둥절했지만, 이내 천진난만한 얼굴로 조용히 물었다.

"정말?"

"쉿! 다른 사람한테는 비밀이다."

아이는 방긋 웃더니 제 입을 틀어막고는 연신 고개를 끄덕였다.

"웬 잡담이냐? 안 갈 거냐?"

초만녕은 애초에 사람들과 같이 탈 생각이 없었는지 무심한 얼굴로 사람들을 흘깃 보고는 용을 타고 날아올랐다. 순식간에 100척까지 올라간 그는 이내 구름 속으로 사라졌다.

많은 사람을 태우고 가느라 어검 속도가 빠르지 않았기에 묵연 일행은 해 질 녘이 되어서야 촉 땅의 무상진에 도착했다. 초만녕은 이들보다 일찍 도착하여 무상진의 몇몇 대갓집을 들러 인사를 나누었다. 무상진은 사생지전의 보호를 받는 곳이라 선군의 말이라면 마을 사람들도 최대한 협조했다.

임기에서 데려온 피난민들은 몇몇 대지주가 돌봐 주기로 했다. 묵연이 안고 있던 아이는 헤어질 때가 되자 아쉬운지 연신 고개를 돌리며 손을 흔들었다.

"은공[#4] 형아, 나중에 만나."

"그래, 나중에 보자."

묵연은 미소를 띤 채 석양 속에 서서 그들을 눈으로 배웅했다.

초만녕은 이런 작별의 순간을 싫어했기에 제자리에 잠시 서

#4 은공 恩公. 은인을 높여 부르는 호칭

있다가 금세 발걸음을 돌렸다. 묵연도 얼른 그를 쫓아 함께 문파로 돌아갔다.

두 사람은 말없이 산어귀에 있는 돌계단에 도착한 후 한 계단씩 오르기 시작했다. 나무 그림자가 짙게 드리우고 노을빛은 유독 찬연했다. 묵연은 문득 과거 영력을 모두 소진한 초만녕이 중상을 입은 채 사경을 헤매던 자신을 등에 업고 이곳을 기다시피 올라간 일이 떠올랐다. 지금 이렇게 무탈한 모습으로 제 옆에 서서 돌계단을 오르는 그를 보자 묵연은 만감이 교차했다.

그는 달콤 쌉싸름한 감정을 느끼며 손을 내밀어 초만녕의 손끝을 살짝 잡았다.

"……."

앞서 손을 한번 잡긴 했지만, 초만녕은 여전히 낯설고 서툴고 불편했다. 그는 담담하고 태연해 보이고 싶었기에 최대한 차분한 얼굴을 하려고 애썼다.

하지만 안타깝게도 상대가 다름 아닌 묵연이었다.

초만녕의 내력을 알고, 마음도 알고, 귀에 난 점이 민감하다는 것도 알고, 발이 차가운 것도 아는 묵미우였다.

두 사람은 입을 다문 채 아무도 먼저 말을 꺼내지 않았다. 다만 초만녕은 잡힌 손을 빼지 않았고, 이에 묵연은 그의 손 전체를 감싸 잡았다.

기다란 계단을 오르며 묵연은 이 길이 더 길었으면 좋겠다고 생각했다. 그래야 조금 더 오래 초만녕의 손을 잡을 수 있을 테니까.

기다란 계단을 오르며 묵연은 이 길이 더 짧았으면 좋겠다고 생각했다. 짧았더라면, 그날 자신을 업고 계단을 오르던 초만녕이 덜 고생했을 테니까.

이렇게 산 정상을 향해 오르다 보니 어느새 우뚝 솟은 산문이 보였다.

이때 어지럽게 흔들리는 나무 그림자 사이에서 인영 하나가 홀연히 나타났다. 길고 호리호리한 몸에 흰 여우 가죽으로 만든 겉옷을 걸친 자였다. 두 사람이 누군지 자세히 보기도 전에 그자가 소리쳤다.

"사존?"

흠칫 놀란 초만녕이 얼른 묵연의 손에서 제 손을 빼내 소매 안에 감추고는 걸음을 멈추고 고개를 들었다.

사매가 몇 계단 높은 곳에서 내려오고 있었다. 석양에 희미하게 비친 얼굴이 연꽃처럼 곱고 아름다웠다. 그의 눈부신 자태에 하늘을 붉게 물들인 노을마저 빛을 잃은 듯했다.

사매는 정말 아름다웠다.

사매는 두 사람이 손잡고 있는 모습을 보지 못한 듯 반갑게 미소를 지었다.

"정말 잘됐어요! 드디어 오셨군요!"

묵연은 예상치 못한 갑작스러운 만남에 다소 어색한 얼굴로 물었다.

"사매, 어디 가?"

"응, 존주 대신 물건을 사러 내려가는 길이었어. 여기서 사존과 연이 너를 먼저 만날 줄이야. 며칠 전에 존주께서 사존의 전음해당화를 받긴 하셨는데, 아무래도 직접 본 게 아니라 계속 걱정하셨어요……."

초만녕이 말했다.

"우린 무탈하다. 다른 사람들은 어떠냐?"

"다들 무사해요."

사매가 말했다.

"소주는 진롱기국에 당하긴 했지만, 다행히 당한 시간이 길지 않아 혈맥까지 상하진 않았어요. 요 며칠 탐랑 장로님이 열심히 치료해 주셔서 오늘 아침에는 침상에서 내려와 거동도 했고요."

초만녕이 탄식하며 말했다.

"그거 다행이구나."

미소 띤 사매가 묵연에게 살짝 눈길을 주고는 부드럽게 눈을 내리깔며 읍했다.

"할 얘기가 많지만, 고월야에서 보낸 약재를 가지러 빨리 가지 않으면 심부름한 사람이 너무 오래 기다릴 것 같아요. 저 먼저 가 보겠습니다. 사존, 연아, 저녁때 봬요."

"그래, 일 보거라."

초만녕이 말했다.

"얘기는 나중에 차차 하자."

사매의 옷자락이 펄럭이는 소리가 점차 멀어지고 그의 형체가 까마득해질 즈음, 초만녕이 고개를 돌렸다. 방금 묵연은 손의 힘을 풀지 않았다. 잡은 손을 먼저 뺀 것은 초만녕 자신임에도 은근히 배알이 꼴렸던 그는 칼날처럼 차가운 눈동자로 묵연을 매섭게 노려본 후 소매를 펄럭이며 다시 계단을 올랐다.

"……."

묵연은 뭐라 할 말을 찾지 못했다.

앞뒤로 단심전에 도착한 두 사람은 문을 열고 들어갔다가 눈앞에 펼쳐진 광경에 입을 다물지 못했다. 사생지전의 주전 안에는 입구에서 제일 안쪽 상석까지 금은보화와 비단, 법기, 영석 등으로 꽉 들어차 있었다. 심지어 번쩍번쩍한 무기 제련용 수정석 더미가 문을 막고 있어 초만녕도 반만 열고 겨우 들어갈 수 있었다. 이 물건들만 있었다면 그나마 나았다. 무슨 괴상한 이유에선지 주전 안에는 절세 미녀 서른 명 이상이 불안한 얼굴로 서 있었다.

설정옹은 웃지도 울지도 못하는 얼굴로 담홍색 옷을 입은 화황각 제자를 설득하고 있었다.

"안 돼, 정말 안 돼. 다른 건 그렇다 쳐도, 저 가희와 무희들은 제발 데리고 가게나. 우리는 가무를 딱히 좋아하지 않네. 마음만 받도록 하지."

묵연이 초만녕을 따라 들어왔다. 아가씨 서른 명이 문가에 서 있는 바람에 들어서는 순간 진한 연지분 냄새가 코를 찔렀다. 이런 인공적인 향기에 민감한 묵연은 네다섯 번 연속으로 줄재채기를 했다.

고개를 획 돌린 설정옹이 두 사람을 보자 바로 반색했다.

"연아, 옥형! 드디어 돌아왔군! 어서, 어서 나 대신 이……어, 그러니까…… 이 사절을 설득해 주게."

초만녕이 눈꼬리를 살짝 치켜뜨며 물었다.

"사절이요?"

설정옹이 대답하기도 전에 화황각 제자가 얼굴 가득 미소를 띤 채 고개를 돌려 그를 살갑게 맞았다.

"소인은 화황각 제자로 각주의 명을 받고 사생지전과 동맹을 맺고자 왔습니다."

"……."

초만녕은 잠시 아무 말도 하지 않았다.

동맹을 맺는 일은 경솔하게 결정할 일이 아니었기에 세 사람은 한참 동안 그를 설득하여 겨우 돌려보냈다. 설정옹이 사절의 멀어지는 뒷모습을 보며 깊은 한숨을 내쉬더니 이마에 맺힌 땀을 닦았다.

"요 며칠 상수진계의 크고 작은 문파에서 사람을 보냈어. 다들 사생지전과 화친을 맺고 싶다더군. 지난 몇 년 동안 그들과 큰 교류가 없었네. 그나마 우릴 상대해 준 건 곤륜 답설궁이었지. 그런데 갑자기 우르르 몰려와 선물 공세를 하면서 호의를 표하니 어찌 대처해야 할지 모르겠군."

초만녕이 눈살을 찌푸리며 물었다.

"그간 상수진계에 무슨 일이 있습니까?"

설정옹이 탄식하며 대답했다.

"세상이 변한 게지."

"무슨 말씀입니까?"

"엉망이 되었단 말일세."

설정옹이 말을 이었다.

"서상림 그 미친놈이 기억 족자로 수많은 은원을 다 까발리지 않았나. 이번 사태가 그놈의 복수심에 따른 농간임을 다들 알고는 있지만, 그렇다고 뭐가 달라지겠나? 유풍문은 말할 것도 없고 강동당도 사분오열되었어. 고월야와 답설궁도 완전히 척을 지게 되었지. 요새는 철천지원수처럼 만나기만 하면 눈이 벌게져 서로 으르렁댄다니까. 그리고 무비사는……."

문득 회죄대사가 초만녕의 사존임을 떠올린 그가 바로 입을 닫았다.

초만녕은 오히려 담담했다.

"무비사는 부처를 모시는 정결한 곳입니다. 하지만 전임 주지가 유풍문의 후계 옹립 경쟁에 말려든 데다 심보가 사악하여 그 명성이 자연스럽게 땅에 떨어졌지요."

"그렇지……."

초만녕이 한때 자신이 제자로 있었던 문파에 대해 거침없이 말하자, 설정옹과 묵연은 다소 곤혹스러운 얼굴로 그를 바라보았다.

초만녕은 입을 다문 채 더는 무비사를 거론하지 않았다. 잠시 뒤에 그가 또 물었다.

"남궁사는 어떻습니까?"

"모르겠네. 겁화가 사그라든 후 남궁사와 엽 공…… 엽 낭자의 소식은 듣지 못했어."

그 말에 묵연은 저도 모르게 '아' 하고 나지막이 탄식하며 수심 가득한 표정을 지었다.

두 번의 생 모두에서 순수하고 선량한 두 군자는 결국 천수를 다하지 못하는 것일까?

묵연의 얼굴이 어두워지고 눈빛마저 알 수 없게 변하자 설정옹이 물었다.

"연아, 왜 그러느냐?"

묵연은 사실을 말할 수 없었다.

"서상림의 행방이 묘연한 데다 그 두 사람은 그와 깊이 관련되어 있어 혹여 나쁜 일에 연루될까 걱정이에요."

"너무 걱정하지 말거라. 각 문파에서 사람을 보내 수진계에 나타난 기이한 법술의 출처를 조사하고 있어."

설정옹이 말을 이었다.

"남궁서가 앞으로 쥐 죽은 듯 산다면 모를까, 그렇지 않다면 기필코 행방을 찾을 수 있을 게야. 남궁 공자와 엽 낭자는 잠시 산중에 있는지도 모르지. 그렇다면 외부와 연락하는 게 쉽지 않을 것이다."

"네, 그랬으면 좋겠어요."

그들은 지난 며칠 동안 일어난 사건에 대해 몇 가지 더 물었다. 설정옹은 전음해당화를 통해 그들이 비화도에서 지냈다는 사실을 알고 있었지만, 이후에 벌어진 일은 모르는 것이 많아 마찬가지로 근황 몇 가지를 물었다. 초만녕은 그의 물음에 일일이 대답했지만, 묵연과 관련된 일에 대해서는 얼버무리며 말을 피했다.

설정옹은 죽었다 깨어나도 초만녕과 묵연 사이에 뭔가 있을 것이라고 상상하지 못할 것이다.

두 사람은 외모만 빼고 어느 것 하나 어울리는 게 없었기 때문이다.

나이, 신분, 성격…….

심지어 피부색, 입맛, 잠버릇 등 비슷한 것이 하나도 없었다.

기나긴 시간 동안, 만야옥형은 고결의 상징이었고 북두선존은 청렴의 대명사였다. 초 종사는 무정한 성격에 욕망이 없고 체면을 가장 중요하게 생각하는 사람이기도 했다. 그런 그가 자기 제자와 그렇고 그런 사이가 된다?

세상에서 가장 터무니없는 말도 이 말에 비할 바가 못 될 것이다. 혹여 이야기꾼이 이렇게 말했다면, 다들 침을 뱉거나 물세례를 퍼붓고 그 자리에서 흠씬 두들겨 팼을 것이다.

하지만 사랑은 때때로 이렇게 피어나는 법이었다.

흐릿한 불빛에 아무도 관심을 두지 않는 후미진 곳에서 은밀하고 연약한 꽃이 핀다. 활짝 피진 않아도 향기는 그윽하다.

사생지전으로 돌아왔으니 저녁은 맹파당에서 먹을 참이었다.

초만녕이 홍련수사 문을 열고 나가자 대나무 잎새가 흔들리는 산길 끝 청석 계단에 우두커니 서 있는 그림자가 보였다.

인기척을 느꼈는지 그가 고개를 돌렸다. 그의 뒤에서 비친 화려한 노을빛이 그의 수려한 얼굴에 금테를 두른 듯했다.

묵연이 웃으며 초만녕을 불렀다.

"사존."

초만녕의 하얀 신발이 멈칫했다. 불현듯 겹쳐지는 기억. 묵연이 사생지전에 온 첫해, 매일 제 처소 앞에 서서 외출하는 자신을 눈으로 배웅하고 돌아올 때까지 기다렸던 장면을 보는 것 같았다.

다만 그는 더 이상 소년이 아니었고, 그때의 옥형 장로도 이미 그의 사존이 되어 그에게 수천수만 번 그 이름으로 불리고 있었다.

묵연의 공손함 속에는 팽팽하게 억눌린 열망과 자연스레 드러나는 온기가 뒤섞여 있었다.

"여기서 무얼 하느냐?"

"같이 밥 먹으려고 기다리고 있었어요."

초만녕은 묵연이 들고 있는 찬합을 보았다.

"저녁은 홍련수사가 아닌 맹파당에서 먹을까 한다. 한동안 가 보질 못해서."

묵연은 살짝 멍해졌다가 이내 말뜻을 이해하고는 웃으며 말했다.

"아, 이건 빈 찬합이에요. 설몽이 입맛이 없다길래 국수 한 그릇 말아서 방금 갖다주고 오는 길이에요."

묵연이 설몽에게 식사를 챙겨 주었다는 말에 초만녕은 내심 깜짝 놀랐다. 그가 기억하기론 두 사람은 줄곧 앙숙이었다. 사촌지간이지만, 붙기만 하면 향 한 대 탈 시간도 못 되어 죽자 살자 달려들기 일쑤였다.

언제부터였을까. 깊이 잠들었던 오 년간 자신이 많은 것을 놓쳤나 보다. 어쩌면 묵연과 설몽 모두 나이가 들어서일 수도 있다. 어쨌든 사존이 알아채기 전부터 두 사람은 얼어붙은 샘물이 녹는 것처럼 천천히 좋아지고 있었다.

아직 형제의 우애와는 거리가 멀지만, 설몽이 진흙으로 인형을 빚을 때 못생기게 빚더라도 묵연을 빼놓지 않고, 묵연도 설몽이 아플 때 직접 국수를 말아 침실까지 가져다주는 정도는 된 것이다.

초만녕은 한숨을 쉬며 물었다.

"설몽은 좀 괜찮더냐? 아까 보러 갔는데 자고 있던데."

"방금 깼어요. 국수를 먹고 또 산책하러 나오겠다는 걸 겨우 말려서 눕혔어요."

묵연이 말을 덧붙였다.

"진롱기국은 다른 술법과 달라요. 검은 돌이 된 사람은 심하게 조종당한 게 아니어도 한동안 충분한 휴식을 취해야 하죠."

"그렇지."

초만녕은 맞장구치긴 했지만, 내심 의아했다.

……말하는 사람은 대수롭지 않게 내뱉었지만, 듣는 입장에선 쉽게 지나칠 수 없었다. 무언가 미심쩍었다. 진롱기국에 대해 묵연이 생각보다 많이 알고 있는 데다 지나치게 태연하다는 것이 아무래도 마음에 걸렸다.

"사존?"

초만녕은 정신을 차렸다. 묵연이 웃으며 물었다.

"무슨 생각을 그렇게 하세요?"

"……아무것도 아니다."

괜한 노파심일 것이다. 묵연도 인제 종사인데, 금지 술법에 관해 좀 아는 게 그리 이상할 것도 없었다.

그가 화제를 돌렸다.

"어디 가서 먹으려고? 난 밖에 나가고 싶지 않다."

"밖에 나가서 먹고 싶은 게 아니에요."

묵연이 코를 매만지며 낮게 웃었다. 목소리는 다정하고 따뜻했다.

"그냥 같이 먹고 싶은 거니까, 어디서 뭘 먹든 다 괜찮아요."

초만녕은 살짝 두근거린 마음을 인정하지 않았지만, 그의 시선은 저도 모르게 묵연의 새까맣고 촉촉한 눈동자에 잠시 머물렀다.

진심이 담긴 빛나는 그의 눈동자에는 노을과 함께 초만녕의 모습이 담겨 있었다.

순수하고 깨끗했다.

그는 이 눈동자를 거부할 이유를 찾지 못했기에 결국 묵연과 함께 시끌벅적한 식당으로 갔다.

얇은 창호지가 이미 뚫려 버렸기 때문일까. 예전에는 아무 거리낌 없이 초만녕에게 음식을 집어 주고 초만녕의 입가에 묻은 음식을 닦아 주던 묵연이었는데, 지금은 두 사람 모두 조심스럽게 행동했다. 사방에 눈이 있는 곳이라 서로 시선이 얽히는 것조차 부끄러웠다.

얌전히 식사를 마치고 초만녕이 일어나 쟁반을 가지고 나가려는데, 묵연이 그를 불러 세웠다.

"사존, 잠시만요."

"왜?"

묵연이 무심코 내민 손이 초만녕의 얼굴에 닿기 직전에 멈추었다.

그가 손을 거두고 제 입가를 툭툭 가리키며 웃었다.

"여기, 밥알이 묻었어요."

"……."

초만녕은 그대로 굳어지더니 이내 쟁반을 내려놓고 침착하게 손수건을 꺼내 입가를 닦았다. 그가 입술을 오므린 채 나지막이 물었다.

"또 있느냐?"

묵연이 웃었다.

"아니요, 없어요. 깨끗해요."

초만녕은 그제야 쟁반을 다시 들고 자리를 떠났다. 부끄럽고 민망했지만, 내심 인정하고 싶지 않은 실망감이 밀려왔다.

예전 같았으면 바로 닦아 주었을 텐데, 갑자기 정인군자로 변해 버린 묵연의 모습에 초만녕은 영 적응이 되질 않았다.

이후 수일이 지나는 동안 내내 그랬다.

예전에는 그렇게 거리낌 없던 사람이 이제 막 사랑에 눈뜬 사춘기 소년처럼 초만녕에게 정성을 쏟으면서도 정도 이상의 행동은 하지 않았다. 묵연은 그가 놀랄까 봐 그런 건지 행동 하나하나에 신중하고 조심스러웠다. 이따금 묵연의 눈에서 뜨겁게 타오르는 열망을 보았지만, 그때마다 묵연은 속눈썹을 천천히 아래로 드리운 채 크고 포근한 손으로 초만녕의 열 손가락을 감쌀 뿐이었다.

그리고 속눈썹이 다시 위로 올라갔을 때 이글이글 타던 열망은 다정함으로 탈바꿈되어 있었다.

하지만 너무도 다정했기에 초만녕은 가끔 알 수 없는 착각에 빠지곤 했다.

묵연은 산산조각 났다가 겨우 다시 붙인 사기 인형을 대하듯 조심스럽게 그를 대했다. 자칫 세게 건드렸다가 그가 다시 조각 날까 봐, 그를 가루로 만들어 버릴까 봐 두려워하는 것 같았다.

초만녕은 이대로도 좋았다. 급하지도 느리지도 않고 마음도 차분했다. 꿈에서 느꼈던 것처럼 타는 불에 기름을 붓는 강렬함은 자극적이긴 해도 꿈이라 가능한 일이었다. 만약 실제로 일어난다면 초만녕은 견디기 어려웠을 것이다.

하지만 아무리 억누르고 정도를 지키며 연애의 단계를 밟아 나간다 해도 결국 끝은 있기 마련이었다.

이날 초만녕은 여느 때와 같이 저녁을 먹고 복숭아를 들고 나갔다. 겨우 한두 입 먹었는데, 갑자기 손을 붙들렸다. 깜짝 놀라 고개를 든 초만녕은 묵연임을 확인하고 낮게 소리쳤다.

"무슨 짓이냐……."

181장 사존, 저 매운 거 끊었어요

주위에는 아무도 없었다. 묵연이 그를 끌고 맹파당 뒤편에 있는 골목으로 데려갔다. 골목이 워낙 좁아서 초만녕에 이어 묵연이 비집고 들어서자 남는 공간이 거의 없었다.

초만녕이 복숭아를 든 채 그를 노려보았다.

계속된 억눌림이 결국 이 혈기 왕성한 청년을 조급하게 만든 것일까. 성급하게 가슴을 들썩이던 묵연은 까맣게 반짝이는 눈으로 초만녕을 지그시 바라보더니 손을 뻗어 그를 품에 안았다.

"내 복숭아……!"

이미 늦었다. 과즙 가득한 복숭아가 땅에 떨어져 구석으로 때굴때굴 굴러갔다.

"사존."

남자의 뜨거운 숨결이 초만녕의 귓가를 휘감았다. 뜨겁고 절절하지만, 뜨거움 위로 인내를 한 꺼풀 씌운 듯한 밝은 말투였다. 정욕에 물든 목소리에서 약간의 초조함이 느껴졌지만, 그래도 그 이상의 행동은 하지 않았다.

묵연은 그저 초만녕을 품속에 가둔 채 낮게 잠긴 목소리로 말했다.

"저 괴로워요."

초만녕의 눈이 순식간에 커졌다.

"왜? 어디 아픈 것이냐?"

묵연은 멈칫했다가 이내 피식 실소를 터뜨렸다. 그는 열이 나는지 확인하려고 제 이마로 뻗은 초만녕의 손을 붙잡아 입술로 갖다 대고는 입을 맞췄다.

초만녕은 미간을 좁히며 초조한 얼굴로 말했다.

"아프면 얼른 탐랑 장로한테 가서 보이거라."

"그 배추장아찌한테 가도 소용없어요."

묵연이 못 말리겠다는 듯 말했다.

"배추한테 보여야 하거든요."

이제야 말뜻을 알아들은 초만녕은 순간 얼굴을 굳히고 부끄러운 마음에 버럭 성질을 냈다.

"누가 배추라는 거냐?"

묵연이 웃었다.

"제가 잘못했어요."

잠시 머뭇거리던 묵연은 다시금 촉촉하고 까만 눈동자로 초만녕을 응시했다.

"하지만 사존, 보고 싶었어요."

묵연에게 안기고 이런 눈빛을 받으니 '배추'라고 불린 데 대한 화는 풀 곳을 찾지 못하고, 외려 귀만 발개졌다. 초만녕은 한참 뒤에 말했다.

"……조금 전에 같이 식사하지 않았느냐."

"그건 다르죠."

"……."

"전 사존과 오래 같이 있고 싶은데 매번 식사가 끝나면 절 놔두고 혼자 가 버리시잖아요. 사람들 틈에 있으면 전 사존을 만질 수도 없어요……."

목소리에서 옅은 서러움이 묻어났다.

"저랑 조금 더 같이 있어요."

그가 보채자 초만녕은 얼굴이 화끈 달아오르고 심장이 어지럽게 쿵쾅거렸다. 더구나 묵연이 뜨겁고 탄탄하고 열망에 찬 몸으로 자신을 꼭 끌어안고 있는 바람에 그는 결국 한마디도 할 수 없었다.

묵연이 웅얼거렸다.

"사존, 조금만 더 이렇게 안고 있게 해 주세요……."

사생지전에서 두 사람이 따로 시간을 갖는 것은 그리 쉬운 일이 아니었다. 특히 요즘은 각 문파에서 방문하는 횟수가 갈수록 잦아지고 있었기 때문에 설정옹은 대책 마련을 위해 뻔질나게 초만녕을 불러들였다. 이런 이유로 두 사람이 함께할 수 있는 시간은 더 적어졌다.

그나마 식사할 때는 가깝게 붙어 앉을 수 있었는데, 이마저도 주변에 사람이 득시글댔기에 혹여 남다른 촉을 자랑하는 제자에게 들킬세라 조심할 수밖에 없었다. 이런 이유로 묵연이 고백한 후 두 사람은 손잡을 기회조차 얻기 힘들었다.

이렇게 오랫동안 참다 보니 묵연도 한계에 다다른 것이다.

땅거미가 짙어지고, 맹파당에서 나오는 사람도 점차 많아졌다. 왁자지껄 떠드는 여제자들이 골목 옆을 스쳐 지나갔고, 실수로 선기 장로가 기르는 불다람쥐를 건드렸다. 꼬리에 불이 나는 다람쥐가 이리저리 뛰어다니자 다들 박장대소를 했다. 초만녕은 주변이 소란스러워지자 불안했는지 묵연을 밀쳤다.

"나가자."

"조금만 더요……."

"곧 사람이 올 거다. 나가야 해."

초만녕은 어쨌든 오랫동안 수련해 온 사람이었다. 작정하고 유혹한다면, 혼란스러워할 수는 있어도 무턱대고 빠져들 리는 없었다. 묵연은 한숨을 내쉬고는 그가 원하는 대로 팔에서 힘을 풀었다. 초만녕은 곧장 어둡고 좁은 골목을 빠져나가 고개를 돌려 그를 바라보았다.

"안 가고 거기서 뭐 하느냐?"

묵연이 짧게 헛기침을 하고 민망한 얼굴로 말했다.

"사존 먼저 가세요. 전 조금 있다가 나갈게요."

초만녕은 이해가 안 돼서 물어보려고 입을 달싹이다가 묵연의 잘생긴 구릿빛 얼굴에 옅은 홍조가 스민 것을 발견했다. 검은 눈동자는 청량한 밤하늘에 안절부절못하고 떠 있는 별처럼 불안하게 반짝였다.

불현듯 짚이는 데가 있어 초만녕의 시선이 절로 아래로 내려갔다. 특정 부위를 마주하자 귀가 윙 하고 울리면서 전갈에 쏘인 듯이 귀를 포함한 얼굴 전체가 시뻘게졌다.

"너…… 정말……."

그는 말을 마치지도 않고 소매를 휙 휘두르며 발끈하여 자리를 떠났다. 정수리에서 김이 나는 것만 같았다.

그 후로 초만녕은 열흘이 넘도록 묵연을 피해 다녔다. 묵연은 길든 늑대처럼 겉으로는 온순했지만, 내면에 들끓는 피는 갈수록 맹렬해져 폭풍전야처럼 아슬아슬하고 위험한 기운이 넘실댔다. 아침에 수련하고 저녁에 인사할 때마다 그는 높은 단상 위에 있는 옥형 장로를 뚫어지게 응시했고, 그 눈빛에 담긴 욕망은 하루가 다르게 또렷해져만 갔다.

누군가에게 푹 빠지게 되면 혼신의 힘을 다해 마음을 숨기려고 해도 숨겨지지 않는 법이다.

가끔 우연히 묵연의 눈빛을 보게 된 설몽은 화들짝 놀라 묵연과 초만녕의 얼굴을 번갈아 확인하기도 했다. 워낙 고지식한 녀석이라 이상한 쪽으로 생각하진 않았다. 다만 그렇기에 묵연의 눈빛이 무엇을 의미하는지 더더욱 알 수가 없어 갈수록 어리둥절하기만 했다.

설몽은 본능적으로 불편함을 느꼈지만 어디가 불편한지 꼬집어 말할 수는 없었다.

하루는 아침 수련을 하는데, 설몽이 아무도 없는 틈을 타 목소리를 낮추고 묵연을 불렀다.

"야, 물어볼 게 있어."

"뭔데?"

"사존 어디 편찮으셔?"

묵연이 깜짝 놀랐다.
"뭐? 사존 편찮으시대? 왜 난 몰랐지?"
"모른다고?"
설몽이 아래턱을 매만지며 말했다.
"이상하네. 네가 요새 사존을 너무 뚫어지게 쳐다보니까 뭔가 있는 줄 알았지."
"……."
설몽의 말에 뜨끔해진 묵연은 낮게 헛기침을 한 후 눈을 내리깔며 말했다.
"무슨 생각을 하는 거야. 사존 잘못되라고 비는 거냐?"
"내가 언제."
설몽이 잠시 말을 멈추고 중얼거리듯 말했다.
"그럼 넌 왜 그렇게 쳐다보는 거야?"
"네가 잘못 봤어."
"내가 눈이 삐었냐?"
"어."
"뭐? 그럼 넌 개새끼다!"
스무 살이 넘은 다 큰 남자 둘이서 유치하게 티격태격하자, 단상에 있던 초만녕이 냉랭한 눈빛으로 쏘아보았다. 두 사람은 얼른 입을 다물고 각자 머리를 박은 채 약초서를 필사하고 외웠다. 다만 팔꿈치 싸움은 몰래 이어 나갔다. 한동안 팔꿈치로 밀고 밀치기를 계속하다가, 묵연이 갑자기 팔꿈치의 힘을 풀고 잽싸게 손을 뺐다.
세게 힘주던 설몽은 묵연이 힘을 빼자 그의 몸 위로 꽈당 넘어졌다.

묵연은 다리를 탁탁 치며 박장대소했다.
"하하하하."
화가 머리끝까지 치민 설몽이 정숙한 분위기에도 아랑곳하지 않고 소리를 꽥 질렀다.
"뻔뻔한 놈! 비겁하게 무슨 짓이야!"
"묵미우! 설자명!"
제자라는 것들이 또 낯부끄럽게 소란을 피우려고 하자 초만녕은 노기 섞인 얼굴로 봉안을 치켜뜬 채 미간을 찌푸리며 낮게 을렀다.
"싸우려면 나가서 싸워라. 다른 사람 방해하지 말고."
"네, 사존."
묵연이 곧장 점잖게 굴었다.
설몽도 마지못해 입을 다물긴 했지만, 방금 넘어진 일로 제 체면이 깎인 것 같아 여전히 식식대고 있었다. 잠시 생각한 그는 종이를 찢어 그 위에 큼직큼직하게 몇 자 적은 뒤에 동글동글 뭉쳐 묵연의 책상으로 던졌다.
툭!
하필 종이 뭉치가 생각보다 멀리 나갔다. 이내 하얗고 가느다란 손이 펼쳐진 서책 위로 떨어진 그것을 집었다. 사매가 고개를 갸우뚱한 채 잔뜩 구겨진 종이 뭉치를 편 후 읽어 내려갔다.

[너 뚫어지게 쳐다본 거 맞아! 무슨 꿍꿍이가 있어서잖아! 설마 사존한테 심법을 전수받고 싶어서?]

아랫부분엔 개 한 마리가 그려져 있었고, 그 위에 검은색으로 '×' 표시가 되어 있었다.

"……."

아침 수련을 마치고 제자들이 해산한 후 설정옹이 초만녕을 찾아왔다. 그는 여러 차례 임기를 조사한 결과, 겁화로 인해 앞으로 오 년 동안은 그곳에 사람이 살 수 없게 됐으니 사생지전 관할 마을에 상수진계에서 데려온 피난민들의 거처를 마련해 줘야 한다고 말했다.

"내가 데려온 사람들은 무상진, 봉수진, 백수촌으로 보냈네. 문제는 자네와 연이가 데려온 사람들인데."

설정옹이 말했다.

"무상진에 그 많은 사람을 수용할 수 없네. 그러니 절반은 옥량촌으로 보내는 게 어떻겠나. 거긴 젊은 인력도 부족하니 말일세."

초만녕이 대답했다.

"옥량촌이 적당하긴 하죠."

설정옹이 고개를 끄덕였다.

"옥량촌은 예서 멀지 않으니 자네와 연이가 얼른 가 보게. 그곳으로 보낼 사람이 좀 많아. 이건 생필품들인데, 몽이는 잘 몰라 도움이 안 될 터이니 사매를 데려가게."

초만녕이 대답했다.

"……알겠습니다."

초만녕과 묵연은 옥량촌 사람들과 안면이 있었다. 촌장은 이틀 전에 설정옹으로부터 소식을 전해 듣고 일찍부터 마을 어귀에서 사생지전의 선군들을 기다리고 있었다. 여기에는 릉아도 있었는데, 못 본 사이에 얼굴이 더 생기 있고 아름다워져 있었다. 그녀가 묵연을 발견하곤 얼른 인사했다.

묵연은 다소 의외라고 생각했지만 방긋 미소 지으며 인사말을 건넸다.

“낭자는 상수진계로 안 가셨습니까?”

“안 갔어요. 천만다행이죠. 임기로 갔다면 목숨도 못 건졌을지 몰라요.”

릉아는 아직도 무섭다는 듯 풍만한 가슴을 쓸어내렸다.

“하수진계에서 당분간 머물 생각이에요. 최근에 마을도 많이 좋아졌어요……. 예전엔 상수진계로 못 가서 안달이었는데 이번에 처음으로 상수진계 사람들이 이곳에 오는 걸 봤어요. 안 가요, 안 가.”

“맞아요.”

옆 사람이 맞장구쳤다.

“세상일은 모른다잖아요. 설 존주께서 계시니 십 년, 이십 년 뒤에는 상수진계 사람들이 이곳으로 오고 싶어 할지도 몰라요.”

사매가 부드럽게 말했다.

“하수진계는 지난 백 년 동안 청빈하게 살았어요. 하지만 강에도 둔덕이 있고 바다도 끝이 있는 법이지요. 우리만 계속 고생하란 법이 있나요. 이제 잘살 때가 된 거죠.”

사매는 말을 하며 왕 부인에게 받은 초약고를 사람들에게 나누어 주었다. 묵연도 한 통을 건네받아 유심히 살펴보다가 고월야의 뱀 모양 문장에 깜짝 놀라 물었다.

"이건…… 한린성수가 제조한 약이야?"

"맞아. 며칠 전에 강 장문께서 사람을 시켜 보내 주셨어."

초만녕이 말했다.

"화황각보다 강희가 보낸 물건이 더 쓸모 있군. 촉 땅엔 온갖 악귀가 자주 출몰하니 영험한 단약이 가장 부족하지. 그런 물건이라면 존주도 기쁘게 받으실 거다."

"그렇겠죠."

묵연이 중얼거렸다.

"한린성수가 만든 단약은 과장을 조금 보태면 죽은 사람도 살리고 백골에도 살이 붙게 하니까. 아……."

'아' 다음에 이어질 말은 '강희는 정말 부자구나'였지만, 입 밖으로 꺼내진 않았다.

예전에 초만녕은 헌원각에서 맥향로 몇 병에 250만 금이나 주고 샀다. 그런데 강 장문은 아무렇지 않게 단약을 마차로 실어 보내다니.

묵연은 조용히 약통을 전대에 넣고 속으로 한숨을 쉬었다. 유풍문은 확실히 끝장났지만, 득세할 차기 주자는 고월야가 틀림없어 보였다. 당장 사생지전 차례는 안 올 것 같으니 하수진계가 흥하려면 백 년은 걸릴 듯했다.

한나절 바쁘게 보내고 저녁이 되었다. 임기의 피난민들이 입고 먹고 쓰는 것들은 대부분 보급을 마쳤고, 살 집도 깨끗하게 청소해 두었다. 사존과 두 제자가 돌아갈 채비를 하는데 촌장이 식사 대접을 하고 싶다며 그들을 잡았다. 워낙 극진히 청해 온 터라 거절하자니 결례인 듯하여, 그들은 촌장을 따라 옥량촌의 사당에 도착했다.

사당은 마을의 경조사를 치르는 곳이었다. 섣달그믐 밤에 제야 음식을 먹거나 정월 대보름에 극을 보는 것도 이 사당 안이나 밖에 있는 커다란 정원에서 이루어졌다. 상수진계 사람들이 옥량촌에 와서 장기간 머물게 된 것을 환영하는 의미로, 이날 마을 사람들은 30개 이상의 술상을 마련해 갖가지 요리를 푸짐하게 대접했다.

초만녕이 매운 음식을 못 먹는 것을 아는 촌장은 특별히 자리를 따로 마련하여 담백한 음식들로만 한 상 거하게 차린 후 옥형 장로와 매운 음식을 못 먹는 임기 사람들에게 제공했다.

이들은 묵연과 초만녕이 구출한 사람들로, 비화도에 있을 때부터 이 냉엄한 선군을 알고 있었다. 하지만 아는 것과 같이 앉아 식사하는 것은 별개의 문제였다. 이들은 초긴장 상태였다. 실례가 될까 봐 다른 자리로 옮기지도 못하고 어색하기 그지없는 한 끼 식사를 견뎌야 했다. 다른 자리에 앉은 사람들은 웃고 떠들며 술판을 벌인 데 반해, 이들은 각자 묵묵히 젓가락질만 해 댈 뿐 아무도 입을 열지 않았다.

묵연도 제법 솜씨가 좋았기에 부엌일을 돕다가 마지막 요리가 완성되고 나서야 주방에서 나왔다. 땀이 송골송골 맺힌 꿀빛 얼굴, 반짝이는 눈빛, 오뚝한 콧날의 소유자는 사람들 틈에서도 시선을 단숨에 사로잡을 만큼 수려한 모습을 자랑했다.

"소롱포[#5]나가요!"

아주머니가 들고 있는 커다란 쟁반 위에는 작은 찜통 여러 개가 쌓여 있었다. 그녀가 낭랑한 목소리로 말했다.

#5 소롱포 만두소와 함께 육수가 들어 있는 만두

"한 상에 열두 개씩 나갑니다! 여섯 개는 냉이와 고기소가 들어 있고, 나머지 여섯 개는 버섯과 고기소가 들어 있어요. 뜨끈할 때 드세요!"

묵연이 웃으며 아주머니를 도와 술상마다 소롱포를 날랐다.

"잘 먹겠습니다, 묵 선군!"

"감사합니다, 선군!"

묵연과 친분이 있는 아이가 맑은 목소리로 외쳤다.

"미우 형아, 고마워요."

릉아의 시선은 줄곧 묵연을 향해 있었다. 이 사람이 자신을 좋아하지 않고, 또 좋아할 리 없다는 사실도 잘 알고 있었지만 그녀는 묵연에게 향하는 시선을 거둘 수 없었다.

흥, 그냥 보는 것뿐인데 뭐가 어때서.

"고마워요, 묵 선군."

묵연이 릉아의 자리에 음식을 놓을 때, 그녀는 붉은 입술로 살갑게 감사 인사를 전했다.

묵연이 그녀를 보며 방긋 미소 지었다. 야릇한 의미라고는 조금도 없이 똑바로 던져 오는 깨끗하고 해사한 미소였다. 기회만 되면 몰래 훔쳐보던 릉아는 외려 부끄러워져 고개를 아래로 떨구었다.

이제 두 곳이 남았다. 하나는 초만녕이 있는 자리였고, 다른 하나는 사매가 있는 자리였다. 두 사람은 입맛이 전혀 달라 함께 앉지 않았다. 묵연은 먼저 초만녕이 있는 탁자 위에 만두를 내려놓았다. 초만녕은 미간을 좁히며 말했다.

"음식 다 식겠다. 그만하고 어서 먹거라."

사매가 있는 탁자 위에 만두를 내려놓자, 사매가 웃으며 말했다.

"역시 연이 솜씨가 보통이 아냐. 고마워."

"하하, 난 그냥 아주머니를 도와드린 것뿐인걸."

말을 마치고 묵연이 몸을 돌리자 사매는 그가 그릇을 가지러 가는 줄 알고 긴 의자 한쪽을 비우고는 말했다.

"여기 앉아. 아까 내가 그릇 하나 더 얻어 놔서 가지러 갈 필요 없어."

묵연이 잠시 멈칫하다가 머리를 긁적이며 웃었다.

"사존 옆에서 먹으려고."

"……너 매운 거 잘 먹잖아? 저긴 매운 거 안 먹는 사람만 앉는 자리야."

"끊었어."

묵연이 말했다.

사매는 잠시 침묵했다. 까만 눈동자가 설핏 가라앉는 듯싶더니, 그가 돌연 방긋 웃으며 말했다.

"술이나 담배를 끊는다는 말은 들어 봤어도 고추 끊는다는 말은 처음 듣네."

"사실 끊을 것도 없어. 오랫동안 안 먹었더니 이젠 먹기가 싫더라고."

묵연이 사매에게 손을 흔들고는 웃으며 주방으로 뛰어갔다.

"그릇 가지러 갈게. 사매도 맛있게 먹어. 소룡포 식기 전에."

182장 사존, 오래 기다리셨죠

묵연은 얼른 가서 고봉밥 한 그릇과 찬합을 들고 와 초만녕 옆에 앉았다.

초만녕은 조금 의외라 여기며 망설이다 물었다.

"너…… 사매가 있는 자리로 안 가느냐?"

묵연은 잠시 당황했다.

"제가 왜 거기로 가야 하죠?"

그의 대답에 초만녕은 내심 기뻤다. 그가 시선을 내리고 짧게 기침한 뒤 대답했다.

"저쪽 음식이 네 입맛에 맞을 것 같아서."

그의 귀가 살짝 달아오른 모습에 묵연은 순간 초만녕이 질투를 하나 싶었다. 가슴이 두근거리고 미소가 절로 나왔다. 그가 초만녕 귓가에 대고 속삭였다.

"사존이 있는 곳이 제 입맛에 맞는 곳이에요."

초만녕의 귀가 완전히 새빨개졌다.

그의 무릎이 묵연의 무릎에 맞닿아 있었는데, 순간 예민해진 그가 다리를 떼어 내려고 하자 묵연이 탁자 아래로 초만녕의 다리를 만졌다.

“너……!”

짧은 외침이 옆 사람의 주의를 끌었다.

“선군, 왜 그러십니까?”

초만녕은 자신의 실수를 깨닫고 최대한 침착한 척 대답했다.

“아무것도 아닙니다.”

묵연은 웃음을 참았다. 초만녕은 정말 재미있었다.

사실 묵연도 딱히 엉큼한 짓을 할 생각은 없었다. 저한테도 좋을 게 없었기 때문이다. 그는 다만 초만녕이 저에게서 멀리 떨어지는 걸 원치 않았을 뿐이었다.

그래서 유치하지만 초만녕의 다리를 끌어당겨 제 무릎에 다시 기대도록 한 것이다.

초만녕이 다리를 다시 떼도 묵연이 다시 되돌려 놓았다.

결국 폭발한 초만녕이 탁자 아래로 그의 발을 걷어찼지만, 그래도 더는 도망가지 않았다.

묵연이 웃었다.

초만녕이 말했다.

“넌 정말 제정신이 아니다.”

두 사람은 밥을 먹었다.

묵연이 초만녕의 그릇을 슬쩍 보니, 역시나 간소한 야채 몇 개와 두부 한 덩이가 전부였다. 소룡포는 함께 앉은 철없는 아이들이 진작에 다 먹어 치웠다.

묵연은 대나무 찬합을 건넸다.

"뭐냐?"

묵연이 목소리를 한껏 낮춰 말했다.

"소롱포예요. 여섯 개는 게살 소이고 나머지 여섯 개는 새우 소예요. 제가 특별히 사존을 위해 만들었어요……. 아무 말 말고 빨리 드세요. 식사하실 때 늘 제 몫 못 챙겨 드시는 거 알아요."

"……."

같은 상에서 저만 특별 대우를 받으면 너무 눈에 띄었다. 초만녕은 민망해서 먹을 마음이 들지 않았다. 하지만 자신을 바라보는 묵연의 진심 어린 눈빛과 얼굴에 묻은 밀가루 때문에 차마 거절할 수가 없었다.

게다가 특별히 자신을 위해 만들었다는 말에 가슴이 두근거린 것도 있었다.

초만녕은 잠시 말없이 있다가 묵묵히 찬합 뚜껑을 열었다. 그러고는 뻔히 다른 사람 눈에 보이는데도 모르는 척 향긋하고 뜨끈한 게살 소롱포를 먹기 시작했다. 살짝 건드리면 터질 것 같은 얇은 만두피에서 진한 육즙이 콸콸 흘러나와 가슴까지 훈훈하게 적셨다.

"맛있어요?"

남자가 칭찬을 갈구하는 눈빛으로 그를 빤히 보았다.

초만녕은 젓가락을 깨물고 대답했다.

"맛있다. 너도 하나 먹거라."

"전 괜찮아요. 이거 다 드세요."

묵연이 웃었다. 그의 까만 눈동자가 유독 빛나고 따뜻했다.

"사존만 맛있게 드시면 돼요. 새우 소도 드셔 보세요."

그는 다른 것에는 아무 관심도 없었다. 얼굴에 묻은 밀가루 때문에 그의 눈동자가 더욱 까맣게 빛나 더 애처롭고 사랑스러웠다.

초만녕은 여전히 실감이 나지 않았다. 묵연이 어째서 사매를 포기하고 자신에게 눈을 돌렸는지 이해할 수가 없었다. 하지만 지금 이 순간, 묵연의 눈빛이 너무나 순수하고 단호했기에, 다른 것은 아무것도 담겨 있지 않았기에, 그 눈빛을 마주한 사람을 안심시키기에 충분했다.

저녁 식사를 마치자, 촌장은 극을 보자며 사람들을 사당 밖으로 청했다. 극 무대는 강가에 마련되어 있었다. 자바라[#6]가 울리고 호금 연주가 시작되자 남녀 주인공과 조연, 어릿광대역 등이 차례로 무대에 등장했다. 극이 절정에 이르자 인물들이 덧소매를 현란하게 흔들며 가면을 바꾸기 시작했다. 화려하게 장식된 장작을 손에 든 어릿광대가 눈을 부릅뜨고 고개를 젖히더니 입에 물고 있던 대롱을 통해 송진 기름을 내뿜었다. 순식간에 거대한 불길이 치솟더니 관객의 머리 장식을 화려하게 비추었고, 우레와 같은 박수와 환호가 장내를 떠들썩하게 달구었다.

초만녕은 이런 공연 자체를 그리 좋아하지 않았다. 첫째는 잡기가 너무 졸렬해 한눈에 속임수를 간파할 수 있어서 금세 흥미를 잃기 때문이요, 둘째는 구경꾼들과 부대끼고 주변도 시끌벅적하여 오히려 정신만 사나웠기 때문이다.

#6 자바라 놋쇠로 만든 타악기의 일종

초만녕도, 사매도 그다지 관심이 없었기에 돌아갈 생각이었다. 묵연은 조용히 두 사람과 함께 걷다가 마지막으로 고개를 돌려 무대를 힐끔 쳐다보았다.

사매가 따뜻하게 말했다.

“가자. 너무 늦게 가면 존주께서 걱정하실 거야.”

“응.”

묵연은 말없이 고개를 숙인 채 따라 걸었다. 하지만 몇 걸음 가다가 초만녕이 덤덤하게 물었다.

“보고 싶으냐?”

“왕개(王愷)와 석숭(石崇)의 재물 자랑을 다룬 내용인데 꽤 재밌거든요.”

묵연이 긍정도 부정도 하지 않았지만, 초만녕은 그의 말을 가만히 듣고는 이렇게 말했다.

“그럼 가서 마저 구경하고 돌아가자.”

사매가 살짝 당황했다.

“사존, 여기서 저녁을 먹은 것만으로도 일정이 많이 지체되었어요. 그런데 극까지 본다면…….”

초만녕이 말했다.

“이것만 보고 가면 된다.”

사매가 따사롭게 웃으며 말했다.

“알겠습니다. 사존 말씀대로 해요.”

세 사람은 다시 발길을 돌려 바글바글한 사람들을 비집고 들어갔다. 임기의 유민들은 대부분 촉 땅에 처음 온 사람들이라 이 지방의 전통극을 본 적이 없었다. 이들은 현란하게 나부끼는 덧소매와 어지럽게 바뀌는 변검을 보며 연신 탄성을 터뜨렸다. 키가 작은 아이들은 무대가 보이지 않자 목말을 타거나 무대 앞으로 기어가 까치발을 하고 감상했다.

"폐하께서 내게 매끈하게 빛나는 산호수를 내리셨지……."

무대에서는 '왕개'와 '석숭'이 벌겋게 달아오른 얼굴로 목에 핏대를 세우며 한창 자기들 부를 과시하고 있었다.

"내가 행차할 때 50리에 걸쳐 자색 비단을 깔았네. 누가 이렇게 할 수 있겠나?"

"그렇지! 하하하, 한 번 더!"

극을 보는 사람들의 눈빛이 하나같이 초롱초롱했다. 아이들은 입에 과자를 잔뜩 욱여넣은 채 어른들을 따라서 열심히 박수를 쳤다.

이곳은 고상한 상수진계가 아니었다. 관객 중에는 멍청하게 앉아서 냉담하게 말리꽃 차를 홀짝이는 사람도 없었고, 등을 주무르는 시종도 부채를 부치는 몸종도 없었다. 상수진계에서는 관객의 냉랭한 반응 때문에 무대 위에서 신명 나게 노래를 불러야 할 광대도 흥이 깨져, 결국엔 극 자체가 재미없고 무료해졌다. 초패왕과 우희의 이별을 다룬 〈패왕별희〉가 초파리와 우렁이의 이별이라도 되는 듯 시시하고 형편없었다.

반면에 하수진계 사람들은 소박하고 촌스럽지만 열정이 가득하여 전부 일어나 박수 치고 발을 구르며 환호성을 내질렀다. 상스러울지언정 확실히 재미는 있었다. 초만녕은 사람끼리 따닥따닥 붙은 상황에서 어떻게 해야 할지 혼란스럽기만 했다. 초만녕처럼 재미없는 사람은 바글바글한 사람들 속에서 왕개와 석숭의 재물 경쟁을 보느니, 상수진계에서 멍청히 앉아 초파리와 우렁이의 이별을 보는 게 더 나았다.

초만녕처럼 격렬한 분위기를 좋아하지 않는 사람이 또 있었다.

사매는 잠시 서 있는 동안 나팔 소리와 징 소리 때문에 머리가 다 지끈거릴 정도였다. 하지만 최대한 참으며 제자리에 얌전히 서 있었다. 이때, 옆에 있는 사내 하나가 산호수를 박살내는 장면에서 흥분했는지 팔짝팔짝 뛰면서 힘차게 손뼉을 치다가 실수로 다른 사람이 들고 있던 찻잔을 건드렸고, 그 안에 든 뜨거운 차가 옆에 있던 사매에게 전부 튀고 말았다.

"아이고! 죄송합니다! 미안하게 됐습니다!"

"선군, 정말 송구합니다. 제가 워낙 칠칠치 못해서."

사매가 얼른 대답했다.

"아닙니다. 괜찮습니다."

하지만 옷은 이미 젖고 더러워졌다. 그가 한숨을 내쉬며 어쩔 수 없다는 듯 초만녕에게 말했다.

"사존, 저 먼저 들어가도 될까요? 옷도 갈아입고 존주께 결과 보고도 할 겸해서요."

초만녕이 말했다.

"그래. 조심히 들어가거라."

사매가 웃으며 묵연에게 인사한 후 먼저 자리를 떠났다. 초만녕은 문득 사매의 방법이 쓸 만하다고 생각했다.

'나도 아무하고나 부딪쳐 볼까? 그럼 이 흥분한 사람들 틈에서 빠져나갈 수 있을 텐데.'

나름 고심하던 중 주변에서 또다시 환호성이 터졌다. 눈을 들어 무대를 바라보자, 마침 왕개로 분장한 배우가 격분하는 장면이 나왔다. 화가 치민 '왕개'가 수염이 흩날릴 정도로 숨을 식식거리더니 강 쪽으로 거대한 화염을 토했다.

펑!

남실거리는 강물, 반짝이는 물결이 주황색으로 물들었다.

"와! 멋지다!"

"한 번 더 불어 봐! 한 번 더!"

"……."

초만녕은 뭐가 멋있는지 당최 알 수가 없었다. ……설몽한테 시키면 저런 화염은 수백, 수천 개씩 만들 수 있는데.

재미를 못 느끼던 그때, 얼핏 묵연의 미소를 보았다. 워낙 키가 커서 까치발을 하지 않아도 그의 시야를 가리는 사람은 아무도 없었다. 불빛에 비친 준수한 얼굴에 보조개가 깊게 패어 있었다. 부드러우면서도 아득한 눈은 우수에 젖어 반짝였다.

초만녕의 시선을 느낀 그가 고개를 돌리더니 더욱 해맑게 웃었다. 검은 눈동자에는 물기가 배어 있는 듯도, 아닌 듯도 했다. 그저 초만녕의 착각일 수 있었다.

"어릴 때 자주 극장에 가서 들어가진 못하고 밖에서 이 부분을 들었어요. 그런데 매번 극이 끝나기도 전에 관사 어른한테 들켜 쫓겨났죠."

묵연의 어조는 담담했고 평온했다.

"이번에 처음으로 끝까지 다 들었네요……. 사존은 어땠어요?"

"……."

초만녕은 그의 눈동자를 가만히 바라보다 말했다.

"음, 괜찮은 것 같다."

묵연의 얼굴에 웃음꽃이 피자 어두운 밤이 밝아진 듯했다. 이때 무대에서 은은한 노랫소리가 들리며 막이 내려가더니 또 새로운 막이 올랐다. 아름답고 가련한 여인이 청색 옷을 하늘거리며 말했다. 대왕의 의지와 기개가 다했으니, 천첩이 어찌 살기를 바라리오…….

"어, 〈패왕별희〉네요."

묵연이 고개를 돌려 웃으며 말했다.

"가요. 왕개와 석숭 극을 봤으니 됐어요. 이제 돌아가요."

"조금 더 봐도 된다."

"네?"

"볼만하다. 더 보고 가도 괜찮아."

묵연의 눈썹이 살짝 올라갔다. 그는 놀랍고도 기쁜 마음에 찬란한 미소를 띠었다.

"네!"

〈별희(別姬)〉, 〈금산사(金山寺)〉, 〈판쌍정(判雙釘)〉, 〈좌루살석(坐樓殺惜)〉 등 극이 이어졌다.

자리를 떠나는 사람은 아무도 없었다. 도리어 사람들은 시간이 갈수록 즐거움에 젖어 더욱더 활기차졌다.

한 노인이 무대 위에 있는 '염 노파'를 따라 대사를 읊었다.

"좋은 말은 엄동설한도 따뜻하게 하고, 나쁜 말은 사람을 해하고 무더운 여름도 춥게 만드는 법이오……."

어느덧 절정에 이르러 폭발한 '송강'이 급기야 살인하는 장면에 돌입하자 우레와 같은 갈채가 쏟아졌다. 박수 소리는 무대 위에서 노래하는 배우의 목소리를 덮을 만큼 우렁찼다. 한껏 고조된 마을 사람들이 웃고 떠들면서 어깨를 툭툭 치거나 밀치는 사이, 초만녕은 낭패감을 느꼈다. 화를 낼 수도 없는 상황이라 몹시 난처할 즈음, 따뜻한 손이 그의 어깨를 감싸 안았다.

그가 고개를 돌리자 묵연과 눈이 마주쳤다. 이 남자는 언제부터 초만녕 뒤에 서 있었던 것일까. 그가 미소 띤 얼굴로 초만녕을 제게 바짝 끌어당겨 주변 사람들에게 밀쳐지지 않도록 보호했다.

웃고 떠드는 소리도, 징 소리도, 북소리도 순식간에 아득히 멀어졌다. 초만녕은 귀가 살짝 달아올랐다. 잠시 잠깐 묵연과 시선을 마주하다 결국 얼굴을 돌렸다. 다시 볼 엄두는 나지 않았다.

등에서 느껴지는 온도가 불덩이처럼 뜨겁고 숨결은 너무 더웠다. 탄탄한 가슴이 밀착된 상태에서 뼈마디가 톡톡 불거진 커다란 손이 제 어깨를 감싸고 있었다. 북소리의 장단이 빨라질 즈음, 불을 내뿜는 공연이 다시 시작되자 관객의 시선이 온통 그쪽으로 쏠렸다. 사람들은 감탄과 함성을 내지르며 힘차게 박수 쳤다.

이때만큼은 초만녕도 박수라도 쳐서 침착한 척하고 싶었다.

하지만 손을 올리기도 전에 묵연이 뒤에서 그를 안았다. 두 사람에게 주의를 기울이는 사람이 없어서일 수도 있고, 주변 사람과 밀고 밀치다가 얼떨결에 밀착된 것일 수도 있었다. 아니면 그저 이 떠들썩한 분위기에 취해 친밀한 사람과 서로 얽혀 한 몸이 되고 싶을 만큼 조금이라도 더 가까이 닿고 싶었던 건지도 모른다.

이유가 어떻든 묵연은 시선을 내린 채 뒤에서 그를 안았다. 그를 제 가슴에 가두고 단단한 팔로 포박했다. 고개를 옆으로 기울인 묵연은 무대의 불꽃이 어둠을 밝히던 순간, 초만녕의 귀에 입을 맞추었다.

갑자기 솟구친 화염이 광대의 얼굴을 비추고 관객의 가슴에 불을 지폈다.

"같이 봐 줘서 고마워요."

묵연이 그에게 귓속말했다. 낮게 잠긴 묵연의 목소리는 무척이나 부드러웠다.

"알고 있어요, 사존은 이런 거 싫어한다는 거."

"……쓸데없는 생각 말거라. 나도 좋아한다."

옅게 미소 지은 묵연이 말없이 그를 꽉 끌어안고는 턱을 그의 목가에 파묻었다.

불빛이 번쩍할 때 초만녕은 문득 그에게 묻고 싶어졌다.

"묵연, 어째서……."

"하하하! 좋다!"

하지만 그의 미약한 목소리는 주변의 환호성에 금방 묻히고 말았다.

묵연이 되물었다.

"네?"

"……아무것도 아니다."

초만녕의 얼굴을 물들인 옅은 홍조는 은근히 치민 울화에 가려졌다. 그는 앞서 질문하는 데 온 힘을 다 쏟았기에 재차 물어볼 엄두가 나지 않았다. 그는 부끄럽고 화가 나 더는 입을 열고 싶지 않았다.

묵연은 사실 초만녕의 질문을 제대로 듣지 못했다. 하지만 가만히 있다가 이렇게 답했다.

"제가 줄곧 좋아한 사람은 당신이었어요."

"……."

심장이 달음질치기 시작했다.

"줄곧 당신이었어요. 하지만 너무 바보라 제 마음을 몰랐던 거예요."

쿵쿵쿵. 북을 치듯 심장이 쿵쾅거렸다. 무대에서 울리는 징 소리를 덮을 만큼 가슴이 거세게 뛰었다.

"미안해요."

"……."

"오래 기다리게 해서."

눈앞에 어지러운 폭죽이 터지고 귀는 먹먹했다. 아무것도 들리지 않았고 천지가 빙빙 도는 듯했다. 땅 위에 있는지 구름 위에 있는지 분간할 수 없고, 오로지 뒤에 있는 이 사람만 존재하는 것처럼 느껴졌다. 색도 없고 흔적도 없는 바람이 지금 이 순간 묵연의 향기로 채워져 코끝에 맴돌았다.

초만녕은 구구절절한 설명 따윈 듣고 싶지 않았다. 그저 사랑하는 사람의 긍정의 말 한마디면 충분했다. 그리고 지금 이렇게 갑작스럽게 그 한마디를 얻었다. 주변의 모든 것이 제대로 보이지 않았고 머릿속은 아찔했다. 모든 것이 총천연색으로 빛나는 것만 같았다. 그는 생각할 수도, 움직일 수도 없는 상태에서 휘황찬란한 불빛에 빠져든 채 모든 감각을 잃었다.

183장 사존, 밀회를 들켰어요

정신이 돌아오고 자신이 무엇을 하고 있는지 가까스로 인지했을 즈음, 초만녕은 어느새 시끄럽고 혼잡한 사람들 속에서 벗어나 가장 가까운 숲속에 와 있었다. 어렴풋한 의식 속에서 그는 묵연과 격렬한 입맞춤을 하고 있었다. 두 사람의 숨소리는 뜨겁고 거칠었다.

목이 탔다.

서로를 오랫동안 갈망한 두 사람의 입맞춤은 과격하고 다급한 데다 광기마저 서려 있었다. 목울대가 꿈틀거리고 입술과 치아가 성급히 부딪치며 피가 스며 나왔다. 하지만 둘 중 누구도 알아차리지 못한 채 입맞춤을 이어 나갔다.

묵연이 초만녕을 나무로 밀치자 거친 표면이 파르르 떨고 있는 그의 등에 완전히 밀착되었다. 멀리서 악기 소리가 들려왔지만, 그건 중요하지 않았다. 소리는 멀든 가깝든 높든 낮든 산산이 부서져 사라졌고, 오롯이 남은 건 서로의 가쁜 숨소리뿐이었다.

축축한 입술과 혀가 부끄러움도 모른 채 서로 거칠게 마찰하며 뒤엉켰다.

부끄러움도 모른 채…….

초만녕은 인정하고 싶지 않았다. 하지만 지금껏 금욕적인 생활을 이어 온 그는 상대의 고삐 풀린 욕망이 무척이나 생생하고, 섬뜩했다. 맹수처럼 자신의 목덜미를 물어뜯고 살점과 피를 먹어 치울 것만 같았다.

그는 자신이 왜 이렇게 변했는지, 어째서 여기까지 왔는지 알 수 없었다. 이게 맞는지 그른지, 앞으로 어떻게 해야 할지도 판단이 서지 않았다.

교양 있고, 금욕적이고, 절제력 있고, 고독한 사람이, 한 발 내디딜 때마다 뒤의 백 걸음을 생각하던 사람이 이 순간 산산이 부서지고 완전히 무너질 것만 같았다.

오로지 뼛속 깊이 새겨진 고집만이 욕망의 바다에서 그를 지탱해 주었다. 그는 약한 모습을 보이고 싶지 않았다. 설령 등줄기가 저릿저릿하고 혼이 빠져나간 듯해도, 제가 원해서 움직일지언정 제멋대로 꺾을 수 있는 손안의 물건이 되고 싶진 않았다.

하지만 안타깝게도 굳건한 의지와는 다르게 기교가 빈약했다.

초만녕의 입술과 치아가 묵연을 여러 번 상처 입혔다. 힘 조절에 실패하여 묵연의 혀끝을 깨물고 급기야 비릿한 피까지 보았다. 숨은 점차 가빠지고 얼굴은 갈수록 발개졌으며 호흡은 점점 어지럽고 힘겨워졌다.

이는 결국 묵연의 웃음을 자아냈다. 그는 노력은 하지만 요령이라고는 털끝만큼도 없는 초만녕이 사랑스럽기만 했다.

차갑게 얼어붙은 심장이 봄눈 녹듯 녹아 반짝이는 강물을 이루었다. 기나긴 강물 위로 금빛 물결이 자잘하고 부드럽게 일렁였다.

두 사람이 떨어지자 입술 사이에 진득한 타액이 실처럼 길게 이어졌다. 야릇하고, 음탕하게 느껴졌다. 입술은 붉게 번들거리고, 눈에는 애정과 욕망이 그득했다. 묵연은 끈적하게 잠긴 웃음소리를 흘리며 고개를 숙여 초만녕의 눈동자를 응시한 채 거친 손끝으로 초만녕의 뺨을 천천히 쓸었다.

초만녕도 자기가 화날 정도로 못한다는 사실을 잘 알고 있었지만 순순히 인정하기는 싫었다. 그가 눈을 가늘게 뜬 채 위협적인 말투로 물었다.

"뭘 웃고 있느냐?"

묵연은 대답 없이 더 깊은 미소를 지었다. 이 모습에 초만녕은 더 화가 났다.

"내가…… 잘 못해서 그런 거냐?"

마침내 묵연의 미소가 입가에 번졌다. 그가 다시금 초만녕을 안았다. 얼굴을 마주한 채 서로를 껴안은 건장한 체구의 두 남자는 남녀의 포옹처럼 딱 밀착된 것은 아니지만, 그들 사이에는 더 강렬한 불길과 더 묵직한 불꽃이 튀었다.

"못하다니요. 아주 잘하시는데요."

묵연이 제 머리를 그의 머리에 다정하게 문지르고는 볼을 비비며 말했다.

"사존이 최고예요……."

"그럼 왜 웃느냐!"

묵연은 다시 낮게 웃었다. 가슴은 뜨겁고 단단해졌지만, 심장은 갈수록 부드럽고 말랑말랑해졌다.

"제가 웃기만 하진 않았어요."

초만녕이 이 말에 담긴 의미를 파악하기도 전에, 묵연이 그를 더 세게 안았다. 상체만 밀착되어 있다가 마침내 전신이 완전히 포개졌다. 초만녕은 팽팽하게 당겨진 흉포한 열정이 자신에게 딱 붙어 있음을 느꼈다. 숨만 쉬어도 자극적이고 뜨겁고 선명한 감각이 느껴졌다. 심장이 달음박질치고, 머리털이 곤두서고, 등골이 오싹했다. 목구멍이 조여들고 입 안도 바짝 말랐다.

초만녕은 한없이 다정해 보이는 눈앞의 이 남자가 사실은 얼마나 정복욕이 강한지, 얼마나 사납고 난폭한지 깨달았다. 그는 사람의 목숨을 빼앗고 오장육부를 갈가리 찢어발길 수도 있는 사람이었다.

솜털이 곤두선 초만녕은 즉시 묵연을 밀쳐 내려고 했지만, 손을 들기도 전에 뜨겁게 부푼 묵연의 입술이 재차 그를 덮쳤다. 축축하고 뜨겁게 초만녕의 입술을 삼키고는 물고 빨았다. 그의 호흡이 무겁게 오르락내리락하는 동안, 한껏 달아오른 그의 육체가 옷을 사이에 두고 끊임없이 초만녕과 밀착되고 있었다. 초만녕은 무서울 만큼 뜨거운 열기에 정신을 차리지 못했다. 이때 묵연의 거친 혀가 초만녕의 입 안으로 침입했다. 허기진 듯, 취한 듯 그를 핥고 빨아 당겼다. 계속된 자극에 초만녕은 급기야 머릿속이 새하얘지고 다리의 힘이 풀리고 온몸이 오싹해졌다.

자극적인 입맞춤에, 낯선 무력감에, 뜨거운 열기에, 타들어 가는 정염에 그는 온몸을 가늘게 떨었다.

그날 초만녕은 어떻게 사생지전으로 돌아왔는지 기억나지 않았다. 정신이 혼미했고 사고도 멈춘 것 같았다. 유일하게 기억나는 건 홍련수사 앞에서 헤어질 때였다. 어두운 밤하늘 아래서 두 사람은 거친 숨을 몰아쉬며 서로를 꼭 끌어안고 굶주린 듯 서로의 입술을 오랫동안 탐했다. 사랑하는 사람과 그 욕망까지, 있는 그대로 집어삼켜도 부족할 것 같았다…….

묵연이 낮은 목소리로 오늘 밤 홍련수사에서 자고 가게 해 달라고 간청했던 것 같다. 하지만 초만녕은 마지막 남은 이성의 끈을 간신히 부여잡고, 숨을 돌린 후에 그의 부탁을 거절했다.

초만녕도 어째서 승낙하지 않았는지 이유를 알 수 없었다. 알량한 자존심 때문이었을까. 너무 오랫동안 혼자 생활해 온 터라 적응하기 버거웠을 수도 있다. 아니면 워낙 고지식한 성격이라 이 모든 게 황당하고 불경하게 느껴졌을 수도 있다. 무척 혹할 만한 제안이었으나, 초만녕에게는 너무 급작스럽고 빨랐다.

가까스로 이 욕정에서, 묵연에게서 벗어난 초만녕은 문을 열고 안으로 들어갔다. 홍련수사 안에 들어갔을 때, 그는 생전 처음 '감히 고개도 못 돌린다'라는 말이 무엇인지 실감했다.

그는 자신의 신경이 이미 팽팽해질 대로 팽팽해져 있음을 느끼고 있었다. 지금 고개를 돌리면 이대로 허무하게 무너져, 욕망을 주체하지 못한 채 눈앞에 있는 남자를 더는 밀어내지 못할 터였다.

두 사람은 재가 되어 찌꺼기도 남지 않을 정도로 활활 타올랐을 것이다.

돌아가 목욕하고 옷을 갈아입었을 때, 초만녕은 자신의 속옷 바지가 흠뻑 젖은 것을 발견했다. 비릿하고 들척지근한 냄새에 얼굴은 물론 귀까지 빨개졌다. 너무 당황스러워 날카로운 봉안마저 해당화처럼 발갛게 물들었다.

그는 그 자리에 한참 넋을 놓고 서 있었다. 어떻게 이럴 수 있을까? 왜 이렇게 된 걸까?

지금껏 이토록 자제력을 잃은 적도, 남에게 끌려다닌 적도 없었다. 단 한 번도!

젠장, 어떻게 해야 하지?

초만녕은 보통 풀기 힘든 문제를 맞닥뜨리면 본능적으로 책을 펴서 해결의 실마리를 찾았다. 그 때문에 어릴 때부터 많은 책을 섭렵했고 머릿속에 장서들이 가득했다.

책들이 그에게 해답을 못 준 건 이번이 처음이었다.

그래서 앞이 캄캄했다. 어떻게 해야 좋을지, 어떻게 대처해야 할지 알 수 없었다.

다행히 묵연은 그의 마음을 아는 듯했다. 한 번 거절당한 후 초만녕이 느끼는 당황과 불안을 눈치채고는 더는 밀어붙이지 않았다.

하지만 그들의 애정 표현은 더 이상 손잡는 것으로 끝나지 않았다. 이미 맹파당 뒷골목에서 격렬한 포옹과 입맞춤을 했고, 땅거미가 진 후 아무도 없는 숲속에서 서로의 뺨을 비볐다.

묵연은 달콤한 말을 잘하는 사람이 아니었다. 가끔은 초만녕이 물어야 겨우 답을 할 정도였다. 하지만 눈으로는 많은 말을 했다. 눈빛만큼은 더없이 달콤하고 애정이 넘쳤지만, 워낙 서투른 사람이라 표현할 줄 모르고 잘하지도 못했다.

묵연은 말로 하기보다 직접 행동하는 경우가 많았다.

게다가 이상하게도 초만녕이 무슨 생각을 하는지 언제나 금방 알아챘다. 분명 이제 막 연인이 됐는데, 이따금 묵연이 연인으로서 자신의 곁을 오랫동안 지켜 온 것 같은 느낌이 들기도 했다.

날이 갈수록 포옹하는 시간도, 입 맞추는 시간도 길어졌지만 끓어오른 욕망은 꺼질 줄 몰랐다. 헤어질 때마다 채워지지 않은 열망에 몸은 부풀고 애가 달았다.

초만녕은 그나마 나았다. 오랫동안 수련해 온 터라 자제력이 보통 사람 이상이었다. 하지만 묵연은 달랐다. 그는 초만녕과 다른 종류의 심법을 수련했고, 무엇보다 혈기 왕성한 청년이었다. 그래서 밀회가 끝날 때마다 그는 곧장 일어나 돌아갈 수 없었다.

옷으로도 가릴 수 없을 만큼 너무 분명하게 드러나, 누가 봐도 알아챌 수 있었다.

그는 참기가 무척 고통스러웠다.

이날도 저녁 식사를 마친 두 사람은 뒷산 주변에 있는 인적 드문 곳에 가서 반 시진 동안 밀회를 즐기고 있었다. 초만녕은 저녁에 있을 장로 집회 때문에 시간을 재고 있다가 갈 때가 됐다 싶어 묵연에게 가야 한다고 말했다. 묵연은 시간을 계산해 보더니 아직 여유가 있다며 그를 놔주지 않았다.

묵연이 그를 잡는 방식은 다소 거칠었는데, 말없이 계속 입을 맞추는 것이었다.

이 숲에는 버려진 가산[#7]이 꽤 있었다. 묵연은 그중 한 바위에 앉아 초만녕의 얼굴이 자신을 향하도록 무릎 위에 앉혔다. 이런 자세는 대체로 아래에 있는 사람이 위에 있는 사람보다 눈높이가 낮아지는데, 묵연은 원체 키가 크고 건장하여 초만녕과 거의 비슷했다.

축축하고 애절한 입맞춤이 오랫동안 이어졌다. 입술에서 내려와 목에 이르자, 묵연이 이를 세워 그의 목울대를 깨물었다. 초만녕이 억눌린 듯한 낮은 숨을 터뜨리자 묵연은 가슴에 불이 댕겨진 것처럼 더 참을 수가 없었다.

초만녕도 버티기 힘든 건 매한가지였다. 그는 지금 당장 벗어나 도망가고 싶었다. 하지만 허리에 힘이 들어가지 않았고 다리 역시 제 말을 듣지 않았다. 최근 들어 묵연은 이렇게 껴안는 걸 좋아했다. 빈틈없이 밀착된 상태로 안을 수 있기 때문이었다. 머리가 쭈뼛 설 만큼 엄청난 자극에, 옷이라도 없었다면 얼마나 무서운 일이 벌어졌을지 초만녕은 짐작이 가고도 남았다.

한계에 다다랐던 것일까. 아무리 격렬하게 입을 맞춰도 욕망은 쉬이 사그라지지 않았다. 오히려 불씨에 기름을 부은 것처럼 갈수록 뜨겁고 맹렬하게 타올랐다.

묵연이 번들거리는 붉은 입술을 떼어 냈을 때 눈빛은 촉촉하게 젖어 있었다. 그가 묵직한 숨을 내뱉자 목울대가 농염하게

#7 가산 假山. 정원 따위에 돌을 모아 쌓아서 조그맣게 만든 산

꿀렁거렸다. 묵연은 진지한 얼굴로 초만녕을 응시했다. 할 말이 있는 듯 보였지만, 결국 입 밖으로 꺼내지 않고 작정한 듯 그를 깨물었다.

말 그대로 이를 세워 깨문 터라 초만녕은 아픔을 느꼈지만, 아찔한 자극도 받았다. 마치 바늘로 경혈을 찌른 것처럼 찌릿하게 전율이 일었다.

남자는 사랑하기 때문에 힘들었다. 목구멍에서 작은 신음이 터져 나왔다. 묵연은 초만녕을 품에 안고 그의 검은 머리카락을 쓰다듬었다. 그에게 초만녕은 간이든 쓸개든 다 내주며 사랑해 주고 싶을 만큼 좋은 사람이었고, 완전히 몰아붙여 괴롭히고 싶을 만큼 매혹적이었다.

적막한 공기가 흐르는 가운데, 원초적인 분위기는 갈수록 농밀해졌다. 초만녕이 고개를 젖히고 눈썹을 파르르 떨며 눈을 감았다. 참는 게 고통이었다. 이 정도의 포옹과 입맞춤은 이미 신발을 신은 채 가려운 발바닥을 긁는 수준밖에 되지 않았다. 자신도 이렇게 힘든데 자신을 안고 있는 이 혈기 왕성한 청년은 어떻겠는가.

묵연의 눈언저리가 붉게 달아오르며 눈이 젖어 들었다.

그가 쉿소리 나는 목소리로 참는 듯, 서러운 듯 입을 열었다.

"사존……."

"……."

"제발요. 못 참겠어요……."

못 참으면 어떡할 건데? 초만녕은 문득 흐릿하게 조각난 꿈이 떠올라 꼬리뼈부터 잘게 떨기 시작했다. 그는 입을 다물었다. 귀가 터질 듯 새빨개졌다. 못 참으면…… 어떡할 건데?

묵연이 입맞춤으로 퉁퉁 부은 촉촉하고 붉은 입술을 다시 머금으려 할 때, 초만녕이 거의 들리지 않을 정도로 속삭이듯 말했다.

"그럼…… 여기 말고."

여기 말고 다른 곳이라면, 어쩌면 조금 더…….

묵연이 고개를 획 쳐들었다. 그는 놀라움과 기쁨이 뒤섞인 얼굴로 다시금 격하게 입을 맞추고는 초만녕을 안은 상태에서 벌떡 일어났다.

초만녕은 부끄러운 나머지 버럭 했다.

"내려놔!"

묵연은 그를 내려놓았지만, 입 맞추는 건 잊지 않았다.

"사존, 어디로 갈까요?"

그런데 초만녕이 대답하기도 전에 가까운 풀숲에서 바스락거리는 소리가 났다. 그는 깜짝 놀라 정신을 번뜩 차리고는 곧장 묵연을 밀쳤다.

두 사람이 떨어진 그때, 어두컴컴한 대나무 숲에서 한 사람이 걸어 나왔다. 손에는 은은한 빛을 발하는 초롱이 들려 있었고, 옷자락은 바람에 나부끼고 있었다.

그 사람은 한참 침묵하더니 입을 열었다. 억누른 목소리에서 경악과 당황이 묻어 나왔다.

"두 사람…… 여기서 뭐 해요?"

184장 사존, 몽이가 감쪽같이 속았어요…… 하하하!

그는 오만함이 엿보이는 준수한 외모에 흑백이 또렷한 눈동자를 동그랗게 뜨고 있었다. 등불이 그의 얼굴을 비추고 있었다.

설몽이었다.

초만녕은 순간 할 말을 잃었다. 설몽이 얼마나 봤을까? 얼마나 들었을까? 얼마간 침묵이 오가는 가운데, 묵연이 먼저 정적을 깼다.

“볼일이 있어서 사존과 얘기 중이었어.”

설몽은 눈을 가늘게 떴다. 방금 거친 숨소리가 희미하게 들렸기에, 그는 사리 분별 못 하고 미풍양속을 해치는 어느 제자가 뒷산에서 밀회를 하고 있나 보다 생각했다.

엄밀히 말하면, 이건 설몽이 참견할 일이 아니었다. 10대 문파 중 무비사와 상청각을 제외한 나머지는 연애나 잠자리를 금지하지 않았기 때문이다. 물론 사생지전도 ‘황음’[#8]을 금지하긴

#8 **황음** 음탕한 짓

했지만, 정확히는 '기루 출입'이나 '인륜에 반하는 관계'를 금지한 것이었다.

하지만 설몽이 누군가?

초만녕의 제자였다. 그것도 수석 제자!

오랜 세월 설몽은 초만녕이 하는 말과 행동을 자신의 기준으로 삼았다. 초만녕은 남녀가 사사로이 마음을 주고받거나 꽁냥질 하는 모습을 좋아하지 않았기에, 설몽도 연애나 잠자리를 갖는 도사들을 아무 고민 없이 무턱대고 싫어하고 경멸했다.

뒷산은 귀계의 결계가 깨지기 쉬운 요충지였다. 이런 곳에서 꼴사납게 연애질을 해? 설몽은 언짢은 마음에 초롱을 들고 가까이 다가가 딴지를 걸려던 참이었다.

하지만 어이없게도 등불에 비친 사람이 사존과 묵연이라니?

설몽은 어안이 벙벙했다. 심지어 초만녕에게 인사하는 것도 잊은 채 '두 사람 여기서 뭐 해요?'라는 말부터 튀어나왔다.

이곳의 결계는 깨지지 않아 수리할 게 없었다.

산수가 수려한 곳도 아닌 터라 감상할 것도 없었다.

이리 외진 곳까지 산책 나올 리도 없었다.

누군가 설몽에게 이렇게 물었다고 가정해 보자.

"캄캄한 밤에 사방이 적막한데, 두 사람이 탁 트인 큰길이 있는데도 가지 않고, 경치 좋고 풍경이 빼어난 화원이 아닌 무척이나 후미지고 으슥한 곳을 찾아가 대화를 나누려고 한다면, 소주께서는 이 둘을 어떻게 보십니까?"

평소라면 설몽은 차갑게 웃으며 이렇게 대답할 것이다.

"그런 곳에서 무슨 대화를 해? 몸의 대화?"

다시 묻는다.

"두 사람은 모두 남자입니다. 알고 지낸 지 오래된. 둘 다 혼인은 하지 않았고, 외모며 지위며 모두 상당합니다. 소주께서는 이 둘이 어떤 관계라고 생각하십니까?"

설몽은 흰자위를 굴리며 비아냥댈 것이다.

"무슨 관계겠어? 남자끼리 붙어먹은 거지. 속이 다 울렁거리는군."

이때 말한다.

"하하, 소주께서 잘못 아셨습니다. 사실 이 두 사람은 사제지간입니다. 그러니 소주께서도 너무 이상하게……."

설몽은 끝까지 듣지도 않고 탁자를 쾅 내리치며 버럭 화를 낼 것이다.

"터무니없는 소리! 그게 말이 돼? 그런 풍기 문란한 짐승 같은 자들이 다 있다니? 내 당장 그놈들을 문파에서 내쫓고 사생지전에서 쫓아낼 것이다!"

하지만 이때 그놈들이 묵미우와 초만녕이라고 말해 준다면? 아마도, 분명 얼빠진 설몽의 얼굴엔 오만 가지 표정이 주마등처럼 스쳐 지나갈 것이다. 그리고 마침내 이마를 짚고 털썩 주저앉아 대답하겠지.

"그렇다면, 아까 내가 말한 게 아닐 수도 있어. 너, 너너너, 방금 했던 말 처음부터 다시 해 봐. 분명 다른 가능성도 있을 테니까."

……이럴 것이다.

무질서하고 무절제하고 인륜에 위배되는 일에 초만녕을 연관

짓는 것은 설몽에게 절대 있을 수 없는 일이었다. 그래서 그는 금세 자신이 잘못 들었다고 생각했다.

하지만 여전히 혼란스러운 마음에 혼잣말을 중얼거렸다.

"근데 여기서 할 말이 뭐가 있어?"

초만녕은 변명하려고 입을 열었으나 묵연이 넉넉한 소매 뒤로 그의 손을 가볍게 잡으며 조용히 있으라고 눈짓했다.

초만녕은 세 살배기 어린애도 알아차릴 만큼 거짓말에 서툴렀다. 이런 일은 자신이 하는 게 나았다.

묵연이 말했다.

"저녁 무렵에 이곳에서 계화당설떡[#9]을 발견했거든."

초만녕은 침묵했다.

설몽이 멍청한 얼굴로 물었다.

"그게 뭔데?"

"요괴가 된 계화당설떡이라고."

묵연이 더없이 진지한 표정으로 말을 이었다.

"크기가 10촌 정도고 머리에 연잎을 쓰고 있어. 꼬리도 있는데, 끝부분에는 파란 등불이 달려 있지."

"그게 무슨 괴물이야? 도감에서 본 적 없는데?"

묵연이 피식 웃었다.

"나도 본 적 없어. 근데 생각해 보니까, 얼마 전에 유풍문의 요괴 진압탑이 무너졌잖아. 거기서 이미 멸종된 요괴들이 나온 게 아닌가 싶어. 그래서 사존과 함께 보러 온 거야."

그 말을 들은 설몽은 안도의 한숨을 쉬었다. 자신이 왜 마음

#9 계화당설떡 중국식 설떡. 계핏가루와 설탕으로 만든 달콤한 액체에 절인 떡

이 놓이는지 알 수 없었지만, 그제야 팽팽하게 굳어진 얼굴이 조금씩 풀어지기 시작했다. 그는 초롱을 들고 다가가 사방을 두리번거렸다.

"그 설떡 요괴는 찾았어요?"

"아니."

설몽이 눈을 부라리며 핀잔을 줬다.

"너한테 물어본 거 아니거든!"

초만녕이 대답했다.

"……아직."

묵연이 방긋 웃었다.

"그 계화당설떡이 사존께 간식으로 먹힐까 봐 보자마자 냉큼 숨던데?"

초만녕은 멈칫하다가 이내 화를 냈다.

"묵미우! 장서각에서 필사하고 싶은 게냐?"

한바탕 소란이 지나가는 동안 처음에 느꼈던 불안감이 점차 사그라들었다. 설몽은 속으로 자책했다. 나도 참 못 말려. 잠깐이지만 사존과 묵연 저놈 사이에 뭔가 이상야릇한 게 있다고 생각했다니…… 황당하네. 말도 안 되지.

설몽에게 사존은 세상에서 가장 깨끗하고 성스러운 물과 같은 사람이었다. 누구도 만질 수 없고, 오염시킬 수 없는 그런 존재였다.

이때 묵연이 물었다.

"이제 네가 대답할 차례! 여긴 뭐 하러 왔어?"

설몽이 투덜거렸다.

"어머니 심부름으로 채포[#10] 찾으러 왔어."
묵연이 눈썹을 추켜세웠다.
"저번에 주워 온 그 뚱뚱한 고양이?"
"응."
"주황색 털에 머리에는 '왕(王)' 자 무늬가 있는 그 고양이 말이지? 생선만 먹고 고기는 안 먹는다고 했던?"
"맞아. 채포 봤어?"
설몽이 한숨을 내쉬며 푸념했다.
"뚱뚱한데 엄청 잽싸. 앞산에서 뒷산까지 갈 만한 곳은 샅샅이 다 뒤졌는데 코빼기도 안 보여……."
그가 무언가를 생각하더니 눈을 번쩍 뜨고 설레발을 쳤다.
"아! 설마 설떡 요괴한테 잡아먹힌 거 아니야?"
묵연은 터져 나오는 웃음을 가까스로 참고 짧게 헛기침을 했다.
"그러기엔 설떡이 너무 작아. 요괴이긴 한데 영 부실해. 채포가 설떡 요괴와 맞닥뜨렸다면, 고양이가 아니라 설떡 요괴를 걱정해야 할걸."
설몽이 아래턱을 만지작거리더니 채포의 몸집을 떠올리며 바로 수긍했다.
"하긴…… 네 말이 맞네……."
초만녕이 말했다.
"뒷산은 위험해. 찾는 걸 도와줄 테니 앞으로는 오지 말거라."
설몽은 황급히 손사래를 쳤다.
"사존께 폐를 끼칠 순 없어요."

#10 채포 菜包. 야채를 가득 넣은 호빵류의 간식으로 생김새가 통통하다.

"지금 딱히 할 일도 없다. 같이 찾다가 장로 집회 시간에 맞춰 단심전으로 가면 돼. 묵연도 찾는 거 도와주고. 다 같이 하면 더 빨리 찾을 게야."

"……."

묵연은 초만녕한테 두 손 두 발 다 들었다. 초만녕은 묵연의 몸을 불이라고 생각하는 듯했다. 지피고 싶으면 지피고, 끄고 싶으면 끌 수 있는. 지금 이 판국에 나더러 일어나서 고양이를 찾으라고? ……나는 아직 안 꺼졌는데?

설몽은 그가 일어나지 않자 의아해하며 물었다.

"왜 그래?"

묵연이 말했다.

"아니, 그냥 아까부터 몸이 좀 불편하네. 먼저 가. 나도 곧 따라갈게."

초만녕이 그를 슬쩍 쳐다보았다. 그제야 묵연의 옷차림이 자신과 다르다는 사실을 깨달았다. 묵연은 몸에 딱 맞는 검은색 옷을 즐겨 입었다. 평소엔 위엄 있고 깔끔하며 무공에 적합한 옷차림이었지만, 단점 역시 분명했다. 겉에 장포를 걸치지 않고 있으면 하반신이 강한 자극을 받았을 때 눈에 띌 정도로 도드라졌기 때문이다.

"……."

초만녕은 아무 말도 하지 않았다. 어둠 속에서 그의 냉랭한 얼굴이 화끈 달아올랐다. 저녁노을이 비친 투명한 얼음 위에 극냉과 극열이 합쳐져 영롱한 빛으로 어지럽게 물든 것 같았다.

그날 이후로 초만녕은 절대로 사생지전 내에서 묵연과 밀회를 갖지 않았다.

때마침 바쁜 일도 많아졌다. 각 문파는 서상림이 살아 있는 한 하루도 발 뻗고 잠을 잘 수가 없었다. 그들은 '천음각'에 도움을 청했다. 천음각은 10대 문파와 독립된 공개 재판 기관으로, 복잡하고 골치 아픈 사건을 조사하는 데 특화된 곳이었다. 하지만 서상림이 워낙 빈틈없이 약간의 실마리도 남기지 않은 탓에, 천음각의 각주도 난색을 보였다.

월말이 되었을 때, 참다못한 이무심이 크고 작은 문파의 장문들에게 초대장을 보냈다. 영산에서 회합을 열어 각 문파의 장로들과 이 일을 논의하기 위해서였다.

초만녕과 설정옹도 당연히 참석했다.

지난번 군웅이 영산에 운집했을 때나 설몽과 남궁사가 논검(論劍)에 참가했을 때와 비교하면 잠깐 사이에 수진계의 구도에 커다란 변화가 생겼다. 유풍문의 자리는 텅 비어 있었고 화황각도 크게 위축되어 있었다. 새로 추대된 화황각 장문은 말도 똑바로 못 하는 말더듬이였다. 그는 사람들 틈에 한껏 움츠러든 채 입도 벙긋하지 못했다. 무비사의 선문 대사들은 언행에 각별히 신중을 기하면서 주지의 추문에 대해 함구했다.

설정옹은 군웅이 모여 화기애애한 시간을 보냈던 지난날을 회상하며 격세지감을 느꼈다. 저도 모르게 낮은 탄식이 흘러나왔다.

모두가 착석한 가운데 강희가 제일(第一) 존주로 추대되었고, 앞으로 그가 주축이 되어 남궁서 사건을 철저하게 조사하기로 했다. 그는 선대 제일 존주인 남궁류와 완전히 달랐다. 남궁류는 언제나 미소 띤 얼굴에 지위 고하를 막론하고 누구에게든 정중했으며 남에게 미안할 짓은 되도록 하지 않았다.

그렇다면 강희는?

장문들의 찬반 투표로 제일 존주가 된 그는 냉담한 얼굴로 전혀 거리낌 없이 예전 남궁류의 자리에 앉았다.

남궁류는 이 자리에 앉기 전에 재차 사양하고 양보했다. 그렇게 겸양과 겸손을 떤 다음, 자리에 앉은 후에는 간곡한 목소리로 반 시진 동안 연설했다. 잘 봐줘서 감사하다, 선군들의 협력을 부탁한다, 실수가 많아도 너그럽게 봐 달라 등, 침 튀기며 열변을 토했었다.

하지만 강희는 딱 한 마디 했다.

"기꺼이."

그는 놀랍게도 이 자리는 자기가 앉아야 한다고 말했다.

강 장문은 돈도 많고, 제정신도 아니고, 성격도 더럽고, 얼굴도 두꺼웠다.

설정옹은 문득 떠오르는 일이 있어 초만녕에게 속삭이듯 말했다.

"영산논검에 저자가 오지 않은 게 한두 번이 아니야."

초만녕은 이런 권모술수나 알력 다툼에 대해 잘 알지 못했던 터라 눈썹을 살짝 찡그리며 말했다.

"네?"

"내 말은, 남궁류가 제일 존주가 되었을 때부터 유풍문은 사실상 제일 문파로 받아들여졌거든. 강희는 지금껏 장문 회의에 참석한 적이 없어…….”

초만녕은 강희를 살펴본 후에 말했다.

“자부심이 강하고 오만합니다. 딱 봐도 무능력한 사람 밑에 비굴하게 있는 걸 싫어하는 것 같군요.”

설정옹이 억울한 듯 볼멘소리를 했다.

“그런 사람 밑에 비굴하게 있는 건 나도 싫네.”

초만녕이 옅은 미소를 지었다.

“존주는 대의를 위해 참는 겁니다. 비굴한 게 아니라.”

이렇게 대화를 이어 가던 도중, 갑자기 고월야의 시종이 종종걸음으로 다가왔다. 그는 두 사람 옆에 서서 예를 올리더니 비단 함 하나를 꺼냈다.

설정옹이 고개를 돌렸다.

“뭐지?”

시종이 고개를 흔들고 귀와 입을 번갈아 가리켰다. 아무래도 말도 못하고 듣지도 못하는 농아인 듯했다.

초만녕은 그를 유심히 살펴보았다. 그는 다른 고월야의 제자와는 다르게 은색의 뱀 모양 목걸이를 걸고 있었다.

“한린성수……?”

농아 시종은 초만녕이 제 목걸이를 보고 있는 것을 발견한 후 고개를 끄덕였다. 그가 다시 허리를 굽혀 비단 함을 건넸다.

비단 함 위에는 정교한 뱀 무늬 인장이 새겨져 있었다. 설정옹이 언뜻 보고는 초만녕에게 말했다.

“한린성수 직속 문하인 듯해.”

설정옹이 고월야의 자리를 보았다. 과연 천하제일 약문의 대

종사 한린성수, 화벽남이었다.

면사가 달린 삿갓을 쓴 그가 두 눈만 드러낸 채 초만녕 쪽을 가만히 응시하고 있었다.

185장 사존은 제 등불이에요

초만녕이 고개를 돌려 보자 화벽남의 눈에 미소가 그려졌다. 폭이 넓은 청록색 견사 장포를 입은 그가 소매에서 하얗고 매끄러운 손을 꺼내 부드럽게 앞으로 펼쳐 보였다. 초만녕의 손에 들린 비단 함을 가리키는 듯했다.

고개를 끄덕인 초만녕이 농아 시종에게 인사했다.

"고맙소."

농아 시종은 그가 비단 함을 받고 나서야 다시 허리를 깊이 숙여 인사하고는 주인 곁으로 돌아갔다.

설정옹이 깜짝 놀랐다.

"옥형, 자네 한린성수를 아는가?"

"모릅니다."

초만녕이 비단 함을 보았다.

"아는 사이였다면 제가 헌원회에서 250만 금이나 주고 그의 맥향로를 살 필요가 없었겠죠."

"그럼 저자가 준 이건 뭔가?"

"저도 모릅니다."

초만녕이 말했다.

"열어 봐야죠."

비단 함을 열었다. 안에는 곱고 윤이 나는 맥향로 다섯 병과 서신 한 통이 가지런히 들어 있었다.

초만녕이 봉투를 뜯어보았다. 내용은 간단했다. 초 종사가 헌원각에서 높은 가격으로 맥향로를 낙찰받은 사실을 알게 되었다, 생각해 보니 맥향로는 그 정도로 값나가는 것이 아니기에 다섯 병을 더 주고 싶었다, 하지만 초 종사와는 좀체 만날 기회가 나질 않았다, 마침 이번에 영산에서 만나게 되어 맥향로를 주려고 하니 꼭 받아 달라, 대략 이런 내용이었다.

설정옹이 말했다.

"아무래도 자네와 좋은 관계를 맺고 싶은 모양이네."

"……."

이런 선물은 안 받으면 상대의 체면을 깎는 일이 되기에, 초만녕은 멀찍이 떨어진 채로 화벽남에게 감사함을 표시하고는 비단 함을 설정옹에게 슬그머니 건넸다.

설정옹이 반색했다.

"날 주려는 겐가?"

"……탐랑 장로한테 주십시오."

초만녕이 말했다.

"저 화벽남, 어딘가 께름칙해요. 헌원각은 매년 수많은 고가의 약품을 경매로 내놓는데 가격이 모두 터무니없이 비쌉니다. 그런데 이렇게 하나하나 보상한다? 이상하지 않습니까?"

설정옹이 조용히 중얼거렸다.

"뭐가 께름칙한가? 고가의 물건은 어디에나 있네. 다만 자네가 비싸도 너무 비싸게 샀어. 그런 얼토당토않은 가격에 산 사람은, 내가 알기론 자네가 처음이네."

초만녕은 빈정이 상한 듯 말했다.

"당시에 필요해서 샀을 뿐입니다. 뭐가 얼토당토않습니까? 어쨌든 탐랑 장로한테 주십시오. 이 안에 독 같은 건 들어 있지 않겠지만, 어쨌든 이걸로 탐랑 장로가 맥향로의 배합을 연구할 수 있을 테니 낭비하는 것도 아닐 겁니다."

"자네는 필요 없나?"

"전……."

말하고 보니 기이했다. 최근 들어 그 남사스럽고 진짜 같은 꿈을 꾸는 횟수가 확연히 줄었다. 유풍문에서 나온 후 며칠 동안 지리멸렬한 장면이 나오는 꿈을 꾸긴 했지만, 그때를 제외하고는 대체로 단꿈을 꿨다.

좋은 약도 남용하면 몸을 해치는 법이다. 이것은 좋은 약재지만 쓸데없이 더 많이 가질 필요는 없다고 생각했다.

영산에서 이삼일 묵고 사생지전에 돌아갔을 때, 묵연은 없었다.

설몽이 알려 주었다.

"요괴 잡으러 갔어요."

초만녕의 미간에 약간 균열이 생겼다.

"요괴가 또 나타났느냐? 이달만 해도 벌써 열아홉 마리라니."
"모두 유풍문의 금고탑에서 빠져나온 거예요."
설몽이 한탄했다.
"잡는 족족 통천탑 안에 가두긴 하지만, 통천탑은 금고탑보다 규모가 작고 영석의 주술도 유풍문처럼 강력하지 않아요. 이대로 가다간 통천탑이 먼저 무너질지도 몰라요."
설정옹이 말했다.
"다음에 이무심이 오면 벽담장에 가져가도록 해야겠다. 성령탑 안에 가둬야겠어."
설몽이 웃었다.
"그것도 좋은 생각이네요."
설정옹이 말했다.
"고월야도 분담할 수 있을 게야. 거기 적성탑이 유풍문의 금고탑보다 더 크다고 들었는데……."
이때, 설몽이 새까만 눈썹을 추켜세우며 버럭 소리쳤다.
"안 돼요!"
"왜?"
"그 강가 놈이 싫어요. 끔찍하게 싫다고요. 통천탑이 무너지는 한이 있어도 우리 문파가 잡은 요괴를 그놈한테 줄 수 없어요!"
부자(父子)의 실랑이를 더 듣고 싶지 않았던 초만녕은 고개를 절레절레 흔들면서 먼저 자리를 떠났다.
홍련수사에 돌아와 깜빡 잠이 들었다. 역시나 단잠을 잤고, 악몽은 꾸지 않았다. 한숨 자고 일어나니 어느덧 석양이 핏빛으로 물들어 있었다. 어둠이 짙게 스며든 와중에 유일하게 저

녘노을만 하늘 끝에서 잔상처럼 남아 있었다.

시장기를 느낀 초만녕은 옷을 여미고 문밖으로 나왔다. 지금 이 시각이면 맹파당에 남은 밥은 없을 테니 무상진으로 가서 한 바퀴 둘러보고 요기도 할 참이었다.

때마침 요괴를 잡고 돌아온 묵연이 홍련수사의 청석 계단을 오르고 있었다.

초만녕을 발견한 묵연이 웃었다.

"사존, 백부님이 주무신다고 하셔서 깨우러 왔어요."

"무슨 일이라도 있느냐?"

"아뇨."

그가 말했다.

"그냥 같이 산책이나 할까 해서요."

기가 막힌 우연이었다. 초만녕은 이 우연이 내심 반가웠다. 좋아하는 사람과 소소하지만 마음이 맞는 순간이 오면 유쾌한 기분이 들었다.

"어디로 갈 건데?"

"어디로 갈까요?"

두 사람이 동시에 물었다.

초만녕도, 묵연도 움찔했다.

"너 가고 싶은 곳으로."

"사존이 가고 싶은 곳으로요."

또 동시에 말했다.

초만녕은 소매 안에서 열 손가락을 살짝 움켜쥐었다. 손가락 사이로 땀이 나고 눈가가 달아올랐지만, 늘 그렇듯 평온한 얼굴로 묵연을 바라보았다.

묵연이 헤벌쭉 웃었다.

"어디든 좋아요."

초만녕은 사실 무척 기뻤다. 서부해당화의 붉은 꽃이 활짝 핀 것처럼 농도 짙은 행복감을 느꼈다. 하지만 감정을 드러내지 않는 게 몸에 밴 터라 아무리 기뻐도 겉으로 드러내지 않았다.

그가 말했다.

"그럼 가자. 마을도 둘러보고 맛있는 것도 먹을 겸."

그는 묵연에게 요괴 퇴치는 어땠는지 묻지 않았다. 두 사람은 이미 척하면 척일 정도로 서로를 잘 알았기에 굳이 물어보지 않아도 알 수 있었다. 그는 대나무로 만든 문 바깥에 서서 묵연의 검은 옷이 바람에 나부끼는 모습을 보았다. 옷자락에 새겨진 짙은 금색의 권초문 자수가 밤하늘과 어우러져 옅은 빛으로 부드럽게 흔들거렸다. 이 모습에 초만녕은 일이 순조롭게 처리됐다고 판단하고는 별다른 말은 하지 않았다.

두 사람은 무상진에 도착했다.

지난 몇 년 동안 무상진은 발전을 거듭했다. 길이 동서로 세 개, 남북으로 세 개밖에 없었는데, 지금은 동서로 여섯 개, 남북으로 다섯 개까지 확장되어 크고 넓어졌다.

"사생지전에 처음 왔을 때 말이다, 아직 해가 진 것도 아닌데 집마다 사립문을 굳게 닫고 집 밖에다 향로의 재를 뿌렸어. 대문에는 팔괘경[#11]을 걸어 놓고 처마 밑에 진혼 방울을 매달아 두었지."

#11 팔괘경 八卦鏡. 풍수 도구 중 하나. 중국 상고 시대 복희씨가 만물을 관찰하여 만들었다는 팔괘 문양을 둘레에 새긴 거울로, 실외에 걸면 액운을 막고 복을 가져다준다고 한다.

초만녕이 이리저리 오가는 사람들과 화려한 등불이 하나둘 켜지는 모습을 바라보며 말했다.

"지금 이 마을은 이름만 빼고 모든 게 다 바뀐 것 같다."

묵연이 웃었다.

"사생지전이 있는 한, 앞으로 더 발전할 거예요."

두 사람은 새로 난 청석 길을 따라 걸었다. 가는 길에는 물엿을 파는 사람, 그림자극을 하는 사람, 좌판을 깔고 구운 고기를 파는 사람, 퐁당탕을 먹는 사람들로 북적였다. 눈길을 사로잡는 수많은 물건이 즐비했고 떠들썩하고 활기찬 분위기가 가득했다. 길가에는 일렬로 쭉 들어선 등롱이 부산한 야시장을, 어지러운 세상을 비추고 있었다.

묵연은 퐁당탕 노점을 발견했다. 예전에 설몽, 하사역과 이곳에 왔던 게 기억났다. 그가 초만녕을 잡아당기며 말했다.

"사존, 저거 먹어요. 저기에 사존이 제일 좋아하는 두유가 있어요."

두 사람은 삐걱 소리가 나는 작은 대나무 의자에 앉았다. 날씨가 제법 쌀쌀해졌지만, 한창 재료를 볶는 주방장은 땀을 뻘뻘 흘리고 있었다. 그가 웃통을 벗은 채 땀을 닦으며 물었다.

"뭐 드시겠어요?"

초만녕이 말했다.

"원앙탕 주시오."

묵연이 말했다.

"전 버섯탕요."

"……매운 걸 안 먹고?"

묵연이 눈을 내리깔고 옅게 웃으며 말했다.

"끊었어요."

초만녕은 놀라긴 했지만 묵연이 갑자기 매운 음식을 먹지 않는 이유를 알 것 같았다. 호수에서 물고기가 물살을 가르며 헤엄치듯, 가슴속에서 물결이 일렁였다.

"굳이 끊을 필요까진 없는데……."

묵연이 대답했다.

"아니에요. 제가 좋아서요."

"……."

"매운 건 끊는 게 좋을 것 같아서 이제 안 먹으려고요."

묵연이 촘촘하게 뻗어 나온 눈썹을 깜빡이며 초만녕을 보았다. 그의 귀가 발그레하게 달아오른 모습을 보자 미소가 지어졌다.

그다음 말은 입 밖으로 내뱉지 않았다.

퐁당탕을 먹을 때 뜨거운 냄비 안에 당신과 내 젓가락이 같이 들어갈 수 있잖아요. 각자 따로 먹는 게 아니라 같이 먹고 싶어요.

묵연은 그 외에도 몇 가지 볶음 요리를 더 시켰다. 아쉽지만 여기에는 달달하고 맛있는 간식이 없었기 때문에, 불룩한 사기 주전자에 담긴 두유를 세 개 시켰다. 주문을 마친 후 음식을 기다렸다.

주변에는 남녀노소 할 것 없이 한창 식사 중이었다. 뜨거운 냄비에서 김이 모락모락 피어났고, 가마솥의 불은 기세 좋게 솟구쳤다. 고함과 가위바위보 소리, 웃음소리와 소곤대는 소리가 타오르는 열기, 맛있는 음식, 향긋한 술과 하나가 되어 어우러졌다.

인간 세상은 평범하면서도 흥겨웠다.

묵연은 열다섯이 되기 전까지 늘 굶주림에 시달리며 이토록 좋은 술과 음식은 구경조차 못 했다.

답선제군이 되었을 때 그는 만인지상의 자리에 올랐지만 지금처럼 완벽한 평안을 누리지 못했다.

지금은 모든 것이 완벽했다.

갑자기 불길이 치솟았다. 주방장이 가마솥에 채소를 넣자 큰 불이 가마솥 안을 휘감았다. 웃통을 벗은 사내는 구릿빛 피부를 번들거리며 각종 양념을 줄줄이 넣은 후, 다부진 팔뚝을 휘두르며 센 불로 볶은 요리를 뚝딱 만들어 냈다.

뜨끈뜨끈한 요리가 금세 상 위로 올라왔다.

"유폭쌍취[#12] 나왔습니다!"

전생의 답선군은 온갖 산해진미를 갖다 바쳐도 호감을 살 수 없는 사람이었는데, 지금은 어쩐 일인지 '유폭쌍취'라는 말만 들었는데도 웃음을 터뜨렸다. 그가 가늘고 긴 열 손가락을 포갠 채 선이 매끄러운 턱을 짚으며 길고 풍성한 눈썹을 살짝살짝 움직였다. 세상의 화려한 빛이 새까만 두 눈동자에 모여들어 어둠을 환히 밝혀 주는 듯했다.

초만녕이 물었다.

"왜 웃느냐?"

"모르겠어요. 그냥 즐거워서요."

#12 유폭쌍취 닭똥집이나 돼지 신장을 볶아서 만든 요리

초만녕은 입을 다물었다. 하지만 이 잘생긴 청년의 매력적인 미소를 마주하자 어쩐지 제 기분도 좋아지는 것만 같았다.

식사를 마치고 하늘을 살피니 아무래도 비가 올 것 같았다. 하지만 사람들은 개의치 않는 듯 여전히 눈부신 저녁 시간을 즐기고 있었다.

두 사람이 등롱 파는 가게를 지나가는데, 묵연이 우뚝 걸음을 멈추고 가게를 바라보았다.

초만녕이 그의 시선을 따라가자, 한창 보탑등을 만들고 있는 장인이 눈에 들어왔다. 그 옆에 비슷하게 생긴 완성된 등이 있었는데 강에 띄울 수 있도록 받침까지 있었다.

"어르신, 실례합니다. 저기 등롱 하나만 주시겠습니까?"

가격도, 묵연에게 갖고 싶은지도 묻지 않았다.

초만녕은 곱사등을 한 채 등롱을 만들고 있는 노인에게 다가가 엽자금을 건네고는 제멋대로 보탑등을 가져와 뒤에 선 제자에게 건넸다.

"여깄다."

묵연은 놀랍고도 기뻤지만 조금 어리둥절했다.

"저 주시는 거예요?"

초만녕은 대답 없이 아까 노점에서 다 마시지 못한 반쯤 남은 술을 들고서 좌우를 두리번거렸다. 이내 저 멀리 졸졸 흐르는 작은 강변을 발견하고는 곧장 그곳으로 성큼성큼 발을 내디뎠다.

등불이 깜빡거리다가 다시 밝아졌다. 반짝이는 등불이 불탑보다 더 장엄해 보였다.

묵연이 등롱을 들고 혼잣말하듯 중얼거렸다.

"어릴 때 보탑등을 띄우고 싶었는데 살 돈이 없었어요."

"그래."

초만녕이 그에게 담담한 눈빛을 건네며 말했다.

"가난했으니까."

묵연이 웃었다.

강물이 잠잠하게 흘렀다. 초만녕은 돌계단을 내려갔다 올라오는 게 귀찮아서 느른하게 팔짱을 끼고 지붕이 있는 다리 기둥에 몸을 기댔다. 하얀 옷을 입은 도사가 새까만 다리 기둥에 등을 대고 붉은 수술이 달린 술 단지를 들어 술을 한 모금 마셨다. 그가 머리를 옆으로 살짝 돌리자 처마 끝에 달린 홍등이 어스름한 빛을 뽐내며 옥처럼 매끈한 얼굴을 비추었다. 표정은 덤덤했지만 눈빛에 담긴 열기는 감출 수가 없었다. 그는 강 둔덕에서 신이 난 얼굴로 서툴게 보탑등을 띄우는 남자를 하염없이 바라보았다.

바보, 저게 뭐가 재미있다고.

하지만 그는 눈도 깜빡이지 않은 채 묵연이 강가로 가서 보탑등에 대고 무언가 읊조리다가 몸을 숙여 강물에 조심스레 띄우는 모습을 바라보았다. 금붉은 빛이 맑은 강물 위를 반짝반짝 수놓았고, 묵연은 강물을 두어 번 휘저어 멀리 보냈다.

그날 묵연은 칠흑같이 어두운 강가에 오랫동안 서 있었다.

명절이 아닌지라, 묵연을 제외하곤 강에 등을 띄우는 사람은 없었다.

오로지 작은 보탑등만 연약하지만 집요하게 빛을 내며 끝없이 펼쳐진 밤하늘 아래 차가운 강물 위를 항해했다. 등불이 멀어지자 스산하게 흔들리는 별빛이 되어, 결국 어둠 속에 가라앉은 채 흔적조차 찾을 수 없었다.

그럼에도 묵연은 조용히 그 자리에 서 있었다. 그가 무슨 생각을 하는지는 알 수 없었다.

그는 등불의 마지막을 지켜보았다.

드넓은 강물 위에서 광명이 사라질 때까지.

결국 비가 왔다. 천둥도 쳤다.

빗물이 부평초를 때렸고 새하얀 담장과 검푸른 기와를 두드렸다.

깜짝 놀란 사람들은 여전히 웃는 낯으로 종종걸음 쳤다. 겨울에 이토록 갑작스러운 장대비가 내리는 건 무척이나 드문 일이었다. 노점상이나 행상들도 서둘러 갈색 방수포를 꺼내 식기와 그릇을 덮고 수레를 끌며 뿔뿔이 흩어졌다.

초만녕은 이게 무슨 일인가 싶었다. 경칩[#13]이 멀지 않았지만, 그래도 아직은 겨울이었다. 지금 내리는 비는 너무나 급작스러웠다.

지붕 있는 다리 위에 선 그는 비바람에 옷자락이 조금 젖었지만, 강가에서 헐레벌떡 뛰어온 묵연은 옷이 흠뻑 젖은 채였다. 얼굴도 축축했고 눈동자도 촉촉했으며 지독히 어두웠다.

묵연이 초만녕을 보며 따뜻하고 겸연쩍은 웃음을 지어 보였다.

"법술로 말리거라."

#13 경칩 24절기 중 하나

"네."

이런 폭우쯤은 사실 선군에게 큰 문제는 아니었다. 특히 묵연과 초만녕 같은 종사는 더욱 그러했다. 작은 결계를 만들어 비 맞는 일 없이 사생지전으로 돌아가는 방법도 있었다.

하지만 둘 중 누구도 결계를 만들지 않은 채 다리 위에서 비가 그치기를 기다렸다.

한참을 기다렸다. 비는 그칠 기미를 보이지 않았다. 하늘과 땅 사이에 안개가 자욱하게 깔려 있었고, 방금까지 북적였던 야시장은 금세 조용해졌다. 차가운 빗물에 희석된 수채화나 젖은 수묵화 같았다.

묵연이 말했다.

"금방 그칠 것 같지 않아요."

초만녕이 담담하게 말했다.

"이번 비, 좀 이상한 것 같다."

묵연이 소리 내 웃더니 고개를 돌려 초만녕에게 말했다.

"어쩌죠? 못 돌아가겠는데요?"

"……."

초만녕은 제가 할 대답을 잘 알고 있었다. 이를테면 '수련은 안 할 게냐?', '결계 안 치고 뭐 해?', '왜 돌아가지 못한다는 거냐?' 등 많았다.

그는 잠시 침묵했다. 이유는 알 수 없었지만 대답이 나오지 않았다. 그렇다고 묵연의 말을 받아들인 것도 아니었다. 그저 고개를 들고 하염없이 내리는 비를 바라볼 따름이었다.

손바닥에서 약하게 열기가 느껴지고, 말아 쥔 열 손가락 사이로 땀이 배어 나왔다.

초만녕이 대답을 고심하는 사이, 묵연이 그의 손을 잡았다. 약간의 떨림도, 약간의 열기도, 약간의 땀도, 무엇 하나 감추지 못한 채 묵연의 손안에 떨어졌다.

묵연이 그를 바라보며 한참 있다가 목울대를 움직였다.

"사존, 저, 저 사존과……."

말이 목구멍에 걸린 채 밖으로 나오지 않았다. 하지만 심장도 아릿하게 요동치느라 다시 삼킬 수도 없었다.

결국 그는 물기가 감도는 까만 눈동자를 반짝이며, 절절하고 함축적이며 애매하지만 거리낌 없는 말을 조용히 내뱉었다.

"그게…… 비가 많이 오니까 오늘은 돌아가지 말아요. 너무 멀리 나왔으니 돌아가다가 감기 걸릴지도 모르겠어요."

초만녕은 속뜻을 바로 알아채지 못한 채 얼빠진 표정으로 말했다.

"춥지 않다."

"그럼 더우세요?"

"아니, 덥지도 않은……."

묵연은 호흡이 뜨거워지고 가슴이 오르락내리락했다. 그는 초만녕의 대답을 듣기도 전에 그의 손을 잡더니, 쿵쿵 뛰는 제 심장에 갖다 댄 후 속삭였다.

"저는 더워요."

빗방울이 부평초를 때렸다.

하지만 초만녕은 묵연의 눈에서 타오르는 불꽃을, 한여름을 보았다.

이 청년은 불쌍할 정도로 초조해하고 있었다. 그 모습이 사랑스럽기도 했다.

묵연의 목소리가 살짝 갈라졌다.

"우리 가까운 객잔으로 가요. 네? 지금 당장요."

186장 사존, 정말 사랑해요

초만녕의 심장이 순간 저릿하게 조여 왔다.

분명 돌아갈 수 있음에도, 묵연은 어설픈 이유를 들어 기어코 객잔으로 이끌었다.

그 말에 숨겨진 의미를, 초만녕이 아무리 둔하다 해도 모를 리 없었다.

묵연은 그의 마음과 의중을 살피고 있었다.

지금 그가 고개를 흔들면 묵연은 절대 강요하지 않을 것이다. 반면에 승낙한다면 암묵적으로 묵연과…….

묵연과 뭘?

초만녕은 알지 못했고, 알아도 생각하고 싶지 않았다.

얼굴이 금세 타들어 갈 정도로 뜨거워졌다. 장대비가 억수같이 쏟아져도 제 얼굴에 핀 열꽃은 조금도 식지 않았다.

그는 다른 한 손으로 술 단지의 좁은 주둥이를 잡았다. 한 모금 축이고 싶었지만, 이미 거의 다 마시고 없었다. 마지막 남은 차갑고 걸쭉해진 이화백주를 입 안에 모조리 털어 넣은 그가 고개를 숙였다. 술 단지의 붉은 수술 때문에 그의 손가락이 더 가늘고 하얗게 보였다.

평소 술을 잘 마시지 않는 묵연이 갑자기 물었다.

"더 있어요?"

"아니."

"아쉽네요."

묵연이 고개를 숙여 그의 입술에 가볍게 입을 맞췄다.

"겨우 맛만 보네요."

이화백주는 달짝지근한 맛에 은은한 계화꽃 향이 났다.

전생에서 서른이 되던 해, 초만녕이 세상을 떠나고 묵연은 지붕 위에 올라가 홀로 이화백주를 마셨다. 밤새도록 진탕 퍼붓다 보니 결국엔 아무 맛도 느껴지지 않은 채 쓴맛만 남았다.

이후 환생한 묵연은 술을 잘 찾지 않았다.

너무 썼더랬다.

그가 초만녕의 서늘한 입술에 입을 맞췄다. 처음엔 가볍게 '쪽' 하고 살짝 닿았다가, 다시 조심스럽게 입을 갖다 댔다.

빗소리가 요란하고 천지는 아득했다.

다리에는 아무도 없었고 비의 장막은 하늘이 내려 준 휘장이 되었다. 언제부터였는지 두 사람은 서로를 안고 농익은 입맞춤을 하고 있었다. 말캉한 입술과 혀가 휘감겨 서로를 탐닉했고 격렬한 입맞춤에 얼굴이 붉어졌다. 쿵쿵대는 심장 소리가 대들보에 부딪치는 세찬 빗소리에 묻혔다. 초만녕은 다른 소리는 들을 수 없었다. 귀청이 떨어질 정도로 우렁찬 폭우 소리가 전쟁터의 북과 나팔 소리처럼 제 심장을 울리고 있었다.

차갑게 튀는 빗방울과는 달리 묵연의 호흡은 무척 뜨거웠다. 그의 입맞춤은 입술에서 콧날, 눈, 눈썹으로 올라가 귀밑까지 이어졌다. 축축한 혀가 자신의 귓바퀴를 핥자 엄청난 자극에 온몸이 굳어진 초만녕은 주먹을 말아 쥐고는 아무 소리도 내지 못했다.

묵연은 초만녕의 목가에 얼굴을 기대고 그의 귓불을 입에 머금은 다음 귀 뒤에 있는 작고 흐릿한 점을 비비적거렸다.

초만녕은 그의 품에서 가느다랗게 떨었다.

묵연은 더 깊이 끌어안았다. 초만녕을 가루로 만들어 제 몸 안에 넣어 두고 싶었다.

그가 저음의 갈라진 목소리로 초만녕의 귀에 대고 속삭였다.

"사존……."

말투는 정중했지만, 손은 무례하게 초만녕의 허리를 당겨 안았다. 이 젊은 남자는 육중한 솥뚜껑에 덮인 가마솥처럼 안에서 지글지글 끓다가 결국 흘러넘치고 말았다. 펄펄 끓는 물이 부글부글 거품을 일으키며 완전히 증발해 물기 하나 남기지 않을 동안, 장작은 갈수록 세게 타올라 그를 계속 졸였다.

그들을 졸이고 있었다.

"같이 가요……."

어느새 초만녕은 귀신에 홀린 것처럼 묵연에게 손이 단단히 잡힌 채 빗속을 빠르게 달리고 있었다.

비는 몹시 차가웠지만, 몸은 타는 듯 뜨거웠다. 두 사람은 결계도 치지 않고 우산도 사지 않았다. 법력을 소진한 듯, 평범한 사람인 듯, 그렇게 비를 맞고 바람을 가르며 뛰어갔다. 장대비 속에서 흔들리는 홍등을 다급히 쫓아 어느 객잔 안으로 뛰어 들어갔다.

객잔의 심부름꾼이 늘어지게 하품했다. 이런 장대비에 날도 캄캄하니 누가 투숙하러 올까 싶던 터였다. 그래서 홀딱 젖은 두 사람이 뛰어 들어왔을 때 깜짝 놀라지 않을 수 없었다.

묵연은 초만녕의 손목을 꽉 붙잡고 있었다. 손바닥이 뜨거웠기에 물기가 금방 증발할 것만 같았다.

수려한 얼굴 곡선을 따라 아래로 흘러내린 빗방울을 닦으며, 묵연이 다소 다급하게 물었다.

"방 있습니까?"

"아, 네, 네. 여기 열쇠 두 개요. 방 두 개니까 합쳐서……."

"예?"

열쇠 두 개라는 말에 묵연은 한층 더 초조해졌다. 목구멍이 꿈틀대더니 기다란 손가락을 말아 계산대를 탁탁 두드렸다.

"아니, 하나만 주십시오."

심부름꾼은 멍한 얼굴로 묵연을 살피고 다시 초만녕을 보았다.

초만녕은 얼굴을 획 돌렸다. 온몸이 달아올랐지만, 표정 없는 얼굴로 묵연의 손을 뿌리치고는 말했다.

"두 개 주시오."

심부름꾼은 잠시 망설이다가 배려하듯 말했다.

"돈이 부족하시면 방 하나도 괜찮습니다."

"두 개 주시오."

딱 잘라 말하는 초만녕의 날카로운 눈빛에 심부름꾼은 뒤로 주춤 물러났다. 그는 이 백의의 선군이 무엇 때문에 언짢아하는지 이해하지 못했다. 심부름꾼이 쩔쩔매며 황급히 열쇠 두 개를 건넸고, 뒤이어 은량을 받았다.

초만녕은 숨을 고르며 평소와 다름없는 여유로운 모습을 보이기 위해 안간힘을 썼다. 그러나 안타깝게도 온몸이 흠뻑 젖어 물이 뚝뚝 떨어지고 있었고, 더욱이 까만 눈썹을 타고 내려온 빗물이 눈에 들어가는 바람에 연신 눈을 깜빡였다.

"난 먼저 들어갈 테니, 넌 생강차와 마른 수건을 가지고 올라오거라."

초만녕은 진중하게 말했다. 그것도 심부름꾼이 보는 앞에서. 그는 묵연 손에 들린 구리 열쇠 하나를 가지고 혼자 위층으로 터벅터벅 올라갔다.

더없이 깔끔한 모습이었다.

묵연은 대답 없이 속으로 웃기만 했다. 초만녕은 수줍음이 많은 사람이라 이렇게라도 가장하여 다른 사람에게 보여 주려는 것이었다.

초만녕이 방으로 들어갔다. 개인이 묵는 방이라 침상도 작았다.

침상을 힐끔 쳐다본 초만녕은 입 안이 바짝 마르고 얼굴은 더욱 화끈거렸다. 더는 침상에 시선을 주지 못하고 방 한가운데 덩그러니 섰다. 등불도 켜지 않았다. 무엇을 해야 할지 막막하기만 했다.

머릿속이 뒤죽박죽이었다. 그는 이 모든 것이 황당하고 갑작스럽기만 했다.

어떻게 이런 일이…….

난 어째서 여기에 서 있는 걸까? 어떻게 빗속을 뚫고 여기서 와 있는 거지? 어떻게…….

생각을 다 하기도 전에 뒤에서 문이 열리고 묵연이 들어왔다.

초만녕은 온몸이 순식간에 팽팽하게 긴장되는 것을 느꼈다. 너른 소매 안에서 열 손가락을 모두 그러쥔 그는 뼛속까지 느껴지는 잔떨림을 멈추기 위해 부단히 노력했지만, 생각처럼 쉽지 않았다.

그는 생전 처음 이렇듯 허망하고 대책 없이 제 연(鳶)의 얼레[#14]를 남의 손에 넘겨주었다.

빗물인지 땀인지 모르겠지만 손바닥이 축축했다.

'철컥'. 빗장이 채워지는 소리가 또렷이 들리자 온몸의 솜털이 곤두섰다. 망나니의 칼이 목을 겨눌 때 나는 쇠 냄새와 맹수가 날카로운 이빨로 사냥감을 물어뜯을 때 나는 피비린내가 느껴졌다.

초만녕은 문득, 불현듯, 뜻밖에도 도망치고 싶을 정도의 강한 두려움을 느꼈다.

다행히 얼굴에는 드러나지 않았다.

묵연이 입을 열었다. 목소리는 따뜻했고 그리 긴장한 것 같지도 않았다. 다만 억누른 듯 목소리가 조금 잠겨 있었다.

"왜 불도 안 켜고 계세요."

"……깜빡했다."

묵연이 나무 쟁반을 탁자 위에 놓고 김이 모락모락 나는 삿

#14 얼레 연줄을 감는 기구

갓 모양의 그릇을 초만녕에게 건넸다.

"생강차예요. 드시고 싶다고 하셨죠. 따뜻할 때 드세요."

그가 서쪽 창가에 있는 촛대에 불을 붙이기 위해 창가로 걸어갔다.

바깥에는 빗줄기가 바람을 따라 빗금 치듯 내렸다. 방 안은 무척 어두웠지만, 포도 덩굴무늬의 창문이 열려 있어 다른 집에서 켠 불빛이 어렴풋하게 들어왔다.

묵연은 열린 창문 앞에 있는, 섬세하게 만들어진 두루미 모양의 구리 촛대 옆에 서 있었다. 하얗게 쏟아지는 비의 장막이 그의 커다란 그림자를 부각시켰다. 자로 잰 듯이 반듯한 그림자는 수려한 데다 윤곽도 또렷했다. 그가 부싯돌을 만지작거리자 촘촘히 말려 올라간 속눈썹이 마치 두 마리의 검은 나비처럼 보였다.

그는 수련하는 사람으로 불을 켜는 게 품이 드는 일은 아니었다. 하지만 그는 가장 평범한 사람이 하는 가장 평범한 방식으로 조용히 불을 밝히고 싶었다. 그렇게 심지에 불을 붙이고 양초를 녹이고 싶었다.

부싯돌을 부딪쳐 심지에 불을 붙이려는데, 초만녕이 갑자기 입을 열었다.

"불을 켜지 말거라."

묵연의 손이 허공에서 멈췄다. 그가 고개를 돌려 초만녕을 바라보았다.

"왜요?"

초만녕은 할 말을 찾지 못한 채 그저 같은 말만 되풀이했다.

"불을 켜지 마."

묵연은 순간 난처함을 느꼈다. 하지만 어둠 속에서 뻣뻣하게 서 있는 초만녕을 보며, 그는 조금씩 이해되기 시작했다.

제아무리 만야옥형이라도 두려울 때가 있고 무서운 것이 있으며, 그가 알지 못하는 미지의 영역도 있다는 것을.

전생에서 묵연과 잠자리를 한 사람은 남자든 여자든 하나같이 답선제군이 자기 얼굴을 봐 주길 원했다. 불을 꺼 달라고 요구한 사람은 없었다. 오히려 밤이 새도록 붉은 양초를 밝히고 수천 가지 기술과 수만 가지 아첨, 끝도 없는 교태로 유혹하려고 기를 썼다.

묵연은 유혹에 넘어가지 않았다.

처음에는 용구, 나중에는 송추동까지, 이상하게도 묵연은 당시에 그들을 총애했다. 사매와 닮았다는 사실에 집착하여 그들을 옆에 둔 채 연극과도 같은 애착을 쏟아부은 것이다.

하지만 침상에서 단 한 번도 그들의 얼굴을 사랑한 적은 없었다.

언제나 등을 돌리게 한 채 입도 맞추지 않았고, 충분한 전희도 없었다. 그저 무미건조하고 반복된 삽입이 전부였고, 정신은 더할 나위 없이 또렷했다.

심지어 갑자기 흥미가 확 떨어지기도 했다.

무의미한 행위였다.

촛불 아래서 그들이 흘린 농염한 미소도, 아첨도, 절정도, 홍조 띤 얼굴도 묵연은 기억하지 못했다.

지금 생각해 보면 당시 나눈 희열과 사랑은 사실 '희열'과 무관했고 '사랑'과도 상관없었다. 오히려 혼란의 늪에 빠진 것처럼 타락했고, 자신을 더 더럽히고 자포자기하게 했으며, 뼛속까지 까맣게 물들이고 싶어 했다.

온전히 새까맣게 어두워지면 더는 빛을 갈망하거나 구원을 희구하지 않을 것이고, 다시는 세상의 마지막 불꽃을 좇지 않을 터였다.

차라리 그게 더 좋았다.

하지만 어떻게 해도 포기할 수 없었다.

미련 갖지 말라고, 그리워하지 말라고 되뇌었다. 삶은 희망이 없고 세상은 암흑천지라고 스스로에게 암시도 걸었다. 하지만 묵연은 비바람이 몰아치는 무산전에서, 고통에 몸부림치는 가운데서도 바들바들 떠는 손을 뻗어 초만녕의 목덜미를 낚아챘다. 차가운 금석 위에서, 싸늘한 정원의 청석 계단에서, 흐트러진 이불 사이에서, 설원에서, 온천에서, 심지어 조정의 고좌, 묘우와 사당, 가장 엄숙하고 경건하고 성스러운 곳에서 그를 내리눌렀다.

그를 범했다.

그의 얼굴을 보며 목, 뺨, 입술에 입을 맞추고, 그의 이름을 불렀다.

그를 갈기갈기 찢었다.

사실 그때라면 초만녕도 어둠을 원했을 것이고 빛의 소멸을 바랐을 것이다.

약간의 빛도 원하지 않았을 것이다.

하지만 초만녕은 끝끝내 말하지 않았다. 아무것도 말하지 않았고 아무것도 요구하지 않았다.

생각해 보니, 초만녕은 장장 팔 년을 감금된 채 살았지만, 그동안 딱 두 번 애원했다.

처음은 초만녕이 무산전에 들어갔을 때였다. 그는 묵연에게 설몽을 놓아 달라 애원했다.

마지막은 초만녕이 세상을 떠날 때였다. 그는 묵연에게 너 자신을 놓아 주라 애원했다.

실망과 좌절이 극에 달한 것이 아니었다면 그렇게까지 하지는 않았을 것이다…….

묵연은 부싯돌을 내려놓고 한참을 아무 말도 하지 않았다.

한참 시간이 지나고 긴장으로 굳은 몸이 조금 풀어졌을 즈음, 초만녕이 조용히 물었다.

"왜 그러지?"

묵연이 대답했다.

"……아니에요."

목소리는 온화하고 축축하고 짜고 떫었다.

묵연이 다가가 여전히 어둠 속에 서 있는 남자를 안았다. 빗물에 젖은 몸이 여전히 축축했다. 묵연은 그를 안은 채 말했다.

"만녕."

"……."

그는 순간 과거의 일을 초만녕에게 고백하고 싶었다. 하지만 가시가 목구멍에 박힌 듯 목이 메어 아무 말도 나오지 않았다.

정말, 아무 말도 나오지 않았다.

어렵사리 얻게 된 이 온기는 그에게든 초만녕에게든 무척 소중했다. 수천 번의 죄와 수만 번의 부끄러움이 있어도 말할 수 없었고, 말하고 싶지도 않았다.

깨고 싶지 않았다.

그저 이렇게 계속 꿈꾸고만 싶었다.

아침의 여명이 뚫고 들어올 때까지.

등도 없고 불도 없다. 어둠 속에서 묵연은 그에게 입을 맞췄다. 모든 신경이 집중된 입맞춤은 갈수록 농밀해졌다.

방 안은 무척 조용했다. 빗소리도 침범할 수 없을 만큼 고요했다. 그들은 서로의 호흡과 심장 소리를 들으며 입술을 부딪쳤다. 각도를 바꿀 때마다 탁한 소리가 자잘하게 터져 나왔다.

초만녕은 평소처럼 숨을 쉬려고 기를 썼지만 소용이 없었다. 오히려 묵연의 입맞춤과 손길에 그의 가슴은 점차 빠르게 오르내렸다. 초만녕은 키 크고 호리호리한, 균형 잡힌 체격의 남자였다. 하지만 묵연은 그를 거뜬히 감쌌고 손쉽게 덮쳤다. 묵연은 산처럼 크고 웅대한 사람이었다. 그는 불덩이 같은 제 품속에 초만녕을 끌어안은 채, 가벼운 입맞춤을 시작으로 갈수록 깊이 탐닉해 나갔다.

그는 초만녕의 입술을 벌려 도톰하고 물컹한 혀를 밀어 넣은 채 안을 헤집기 시작했다. 목마른 사람이 단 이슬을 마시듯, 달궈진 몸을 식히려고 물을 찾듯이, 입맞춤은 집요하게 이어졌다. 하지만 초만녕의 숨결은 찬물이 아닌 기름이 되어 그를 더 뜨겁게 만들었다. 가슴속의 불꽃은 걷잡을 수 없이 맹렬하게 타올랐다.

누가 먼저 상대의 옷을 벗겼는지 모른다. 까만 밤, 거친 숨소리는 목구멍이 꿀렁이는 소리와 뒤엉켰다. 허리끈을 풀고 옷을 벗느라 격하게 움직였기 때문인지, 오매불망 기다리던 일을 바로 앞에 두고 감정이 치받쳤기 때문인지, 억제할 수 없는 소리가 간간이 터져 나왔다. 그러나 방 안을 가득 메운 그 소리는 수컷의 욕망이 차올랐을 때 거칠게 터져 나오는 숨소리였다.

속옷의 옷섶이 한껏 벌어졌다. 초만녕이 옅은 한기에 적응할 새도 없이 묵연은 그의 목에, 쇄골에 입을 맞췄다. 입술은 아래로 더 내려가 그의 가슴을 물고 빨았다. 축축하고 뜨겁게…….

초만녕은 낮게 신음을 터뜨렸다. 고개를 뒤로 젖힌 채 수치심과 강한 자극에 전율했다.

그의 얼굴이 새빨갛게 달아올랐다. 주위가 캄캄한 덕분에 한껏 달아오른 자신의 얼굴이 제대로 보일 리 없다는 생각에 초만녕은 안도했다. 그러다 문득 그가 입을 열었다.

"창문……."

"네?"

몽롱한 얼굴로 고개를 든 묵연은 자신을 내려다보는 촉촉한 눈빛과 마주했다.

묵연은 원래 초만녕의 말을 끝까지 들을 생각이었지만, 그의 눈빛을 보는 순간 머리털이 쭈뼛 섰다. 한순간 머리에 피가 몰린 묵연은 울컥 치솟은 욕망을 주체하지 못한 채 그에게 입을 맞추고 지분거렸다. 다시금 오랫동안 입맞춤이 이어지다가 마침내 그가 숨을 헐떡이며 초만녕의 입술에서 떨어졌다. 그래도 아쉬웠는지 다시 한번 가볍게 입을 맞추고는 나지막하게 물었다.

"왜요?"

"……창문……."

초만녕은 심장이 터질 듯이 뛰었다. 이 기나긴 입맞춤에 숨 고르는 방법을 몰랐기에 그는 머리가 아찔할 지경이었다.

"창문, 아직 열려 있다."

묵연이 창가로 걸어가 창문을 닫았다.

마지막 남은 흐릿한 빛마저 차단된 채 주변이 온통 암흑으로 뒤덮였다. 욕망의 불꽃이 제멋대로 꿈틀거렸고, 묵연은 온몸의 피가 뜨거워짐을 느꼈다.

두 사람은 비틀거리며 침상으로 향했다. 오래된 침상에서 삐걱하고 묵직한 소리가 울려 퍼졌다. 묵연은 초만녕이 반응할 기회도 주지 않고 그의 몸 위로 올라가, 방만하게 벌어진 하얀 속옷을 벗겨 냈다.

초만녕은 묵연의 아래에 깔려 잘게 떨고 있었다. 전생에서 처음 두 사람이 사랑을 나눌 때와 같은 모습이었다. 초만녕은 아무리 해도 떨림을 멈출 수가 없었다. 이 잔떨림은 그가 통제할 수 없는 것이었다.

묵연은 이 모습이 사랑스러워 미칠 것만 같았다. 그가 초만녕의 얼굴을 붙잡고 눈꺼풀에, 입술에, 아래턱에 차례로 입을 맞췄다.

그러고는 그의 귓가에 대고 한껏 잠긴 목소리로 속삭였다.

"무서워 마세요……."

"무섭지…… 무섭지 않다……."

묵연은 가느다랗게 떠는 그의 한 손을 잡고 깍지를 끼더니,

그의 귓가에 뜨거운 숨을 불어넣으며 안심시켰다.

"나한테 맡겨요……. 알겠죠……? 다 괜찮을 거야……."

초만녕은 몇 마디 핀잔이라도 주고 싶었지만 단 한 글자도 입 밖으로 내뱉을 수 없었다. 머리가 마비된 것처럼 모든 사고가 정지했다.

묵연의 건장한 몸이 자신을 내리누르고 있다는 사실에 초만녕은 온 신경이 곤두섰다. 그의 거친 손이 허리와 등을 쓰다듬자 초만녕은 흥분을 참지 못하고 몸을 살짝 휘었다. 하지만 그 바람에 묵연의 가슴과 더 밀착되고 말았다. 묵연의 속옷도 진작에 벗겨지고 없었다. 아무것도 입지 않은 나신의 상체가 믿기 힘들 정도로 뜨겁고 딴딴해, 금방이라도 초만녕을 녹여 버릴 것만 같았다.

땀으로 범벅이 된 육체가 한데 뒤엉켜, 피부가 스친 곳마다 불에 덴 듯 뜨겁고 끈적였다. 방 안에 울려 퍼지는 숨소리는 갈수록 무겁고 진해졌고, 한껏 거세진 욕망에 갈증이 일었다.

제아무리 입을 맞추고 물고 빨아도 갈증은 가시지 않았다. 채워지지 않고 억제할 수도 없는 갈증이었다.

몽롱한 상태에서, 불현듯 조각난 잔상 하나가 초만녕의 머릿속을 스치고 지나갔다. 들썩이는 육체, 힘없는 다리, 선홍색 휘장과 이불…….

예전에 그가 꿨던 꿈이 돌연 머릿속에서 또렷하게 떠오르기 시작했다.

꿈속에서 묵연은 초만녕의 앞뒤로 격렬하게 움직였다. 그의 허리를 잡은 채 퍽퍽 소리가 나도록 골반을 거칠게 박아 댔고,

무자비할 정도로 깊게 쑤셔 넣었다. 쾌감 때문인지 아니면 다른 이유 때문인지, 꿈속에서 보았던 묵연은 여전히 수려한 외모였지만 눈빛만큼은 짐승의 그것처럼 흉포했다.

초만녕은 의심하지 않았다. 정사를 나누는 법은 몰랐지만 사람의 본능이니 욕망이 찾아들 때면 이처럼 현실 같은 꿈을 꾸는 것은 당연한 일이라 생각했다.

하지만 묵연은 그렇지 않았다. 그는 초만녕이 아무것도 모른다고 생각했다. 남녀끼리는 물론이고 남남끼리의 정사가 어떻게 이루어지는지 모를 거라고 생각했다. 묵연은 그가 놀랄까 봐, 첫 경험이 그를 아프게 할까 봐 초만녕을 충분히 애무할 셈이었다. 이번 생에서는 초만녕을 힘들게도, 고통스럽게도 하고 싶지 않았다.

입 맞추고 비비고 뒤엉키면서 욕망은 갈수록 커졌다. 초만녕은 이런 강한 자극은 생전 처음이라 점점 버티기가 힘들었다. 그는 한 손으로 묵연의 손을 잡고 다른 한 손으로 이불을 틀어쥐었다. 그는 제 것을 만져 풀어 주고 싶었지만 생각만으로 얼굴이 벌게졌고, 무엇보다 사랑하는 사람에게 그런 남사스러운 꼴을 보이고 싶지 않았다.

하지만 하반신은 갈수록 뜨겁게 커져만 갔다. 속옷 사이로 한눈에 봐도 알 만큼 딱딱한 것이 솟구쳐 있었다.

초만녕은 이제 체면 따윈 없었다. 감당할 수 없는 고통에 휘감겼다.

그는 원하고 또 원했다. 제 것을 내보내고 편안해지고 싶었다. 하지만 싫기도 했다. 그래서 고집스럽고 모질게 참았다. 가느다랗게 뜬 봉안에 마치 안개가 낀 듯 시야가 점차 뿌옇게 변해 갔다.

그는 알 수 없었다. 갈수록 더 알 수 없었다.

하지만 내면 깊숙한 곳에서는 어떻게 해야 하는지 알고 있었다. 남자와 남자의 성교가 어떻게 이루어지는지 알고 있었다. 그의 가슴속에 욕망과 애정이 가득 차올랐다. 제 몸 위에 있는 남자를 무척이나 사랑했기에 그와 함께 욕망의 바다에 빠져 심연으로 가라앉고 싶었다.

눈앞에 또 다른 잔상이 스쳐 지나갔다. 눈동자가 복잡하게 흔들렸다.

이상하네……. 어떻게 사생지전에서…… 단심전에서…….

눈 깜짝할 사이에 머릿속을 지나간 잔상이 초만녕을 완전히 삼켜 버렸다.

단심전 상석에 앉아 있는 묵연이 보였다. 원래대로라면 귀빈을 모시는 장소였지만, 묵연은 상석에 앉아 있고 자신은 묵연 위에 앉아 있었다. 얼굴을 마주한 채 그에게 안긴 초만녕은 실오라기 하나 걸치지 않은 채 모멸감에 떨고 있었다. 반면에 묵연은 말끔한 옷차림에 속옷만 벗은 상태였는데, 그것마저도 아래로 축 늘어진 자신의 다리 사이에 가려져 있었다.

묵연이 초만녕에게 입을 맞추고 몸을 위로 들썩이며, 눈 하나 깜빡하지 않은 채 그의 얼굴을 뚫어지게 응시했다.

묵연이 물었다.

'좋아?'

초만녕은 고통을 참으려고 고개를 흔들었다.

이를 본 듯 묵연의 손가락이 그의 입 안으로 비집고 들어갔다. 마치 억누른 신음을 끄집어내려는 것 같았다.

'소리를 내. 소리 지르라고.'

그는 버텼다. 잘게 부서진 흐느낌만 목구멍 속에서 맴돌 뿐이었다.

묵연은 초만녕의 몸에 제 것을 넣은 채로 더는 움직이지 않았다. 대신 그의 허리를 잡은 채 커다란 손을 천천히 아래로 내려 손자국이 발갛게 나도록 그의 둔부를 움켜잡았다. 그가 갈라진 목소리로 으르렁댔다.

'소리 내라니까!'

'싫어…….'

묵연이 그의 허리와 둔부를 꽉 잡은 채 천천히, 깊게 원을 그리며 비벼 댔다. 묵연은 젖은 눈으로 초만녕이 입을 꾹 다물고 몸을 잘게 떨며 견뎌 내는 모습을 지켜보다가 다시 가는 허리를 쥐고 아래에서 위로 쳐올리기 시작했다. 깊이 묻은 채 자신을 조금만 빼내 찌르는 터라 빠듯하고 빠른 추삽질이 이어졌다. 초만녕은 찌릿찌릿한 쾌감에 미칠 것만 같았다. 온몸이 찢기고 관통당하는 기분이었다.

'안 돼…… 하지 마…….'

'어디서 하라 하지 마라야?'

의자에 앉은 사람이 차갑게 웃었다. 그는 더 이상 움직이지 않았지만, 뜨겁고 빳빳하게 곤두선 성기는 심장 고동에 맞춰 박동하며 금방이라도 움직일 듯 깊은 곳을 찌르고 있었다.

'게다가 너도 기분 좋잖아? 봐, 또 딱딱해졌군.'

대화와 잔상이 갈수록 흐릿해지고 자잘하게 부서졌다. 이 모든 게 강한 자극으로 생긴 환각처럼 느껴졌다.

초만녕은 객잔 침상 위에 망연히 누워 있었다. 당황스럽고 떨린 와중에 하반신은 아플 만큼 딱딱해졌다.

어쩌지…… 어쩌지…….

잔상이 갈수록 희미해졌다. 하지만 그런데도 상석에 앉은 묵연이 아래서 위로 세게 짓쳐 올리는 모습은 알아볼 수 있었다. 그는 제 것을 거의 뺐다가 거칠게 다시 집어넣었다.

너무 자극적이었다…….

결국 무너진 초만녕은 남자의 몸 위에 엎드린 채 거친 신음을 토했다.

'아…… 아…….'

'신음 한번 요란하군. 누가 들을까 겁나지도 않나 봐.'

남자도 가쁜 숨을 내쉬며 그를 잔인하게 관통해 들어가 농락했다.

'젠장…… 실은 나한테 죽도록 박히고 싶은 거지?'

점차 아득해졌다…….

마침내 아무것도 보이지 않았다…….

착각일 것이다. 환각일 것이다. 가짜인 것 같다. 아니, 가짜가 확실하다.

꿈의 중첩이었고, 깨지지 않는 악몽이었다.

하지만 하늘의 섭리를 거슬러 강제로 점령당하는 느낌은 너무나 생생했다.

그러니까…… 그렇게 하면 되는 건가?

초만녕은 몽롱한 정신으로 눈이 반쯤 풀린 채 나지막하게 말했다.
"들어와……."
깜짝 놀란 묵연이 숨을 삼켰다.
초만녕이 어떻게 하는지 알고 있잖아?
어떻게 아는 거야?
춘화조차 본 적 없는, 백지처럼 깨끗한 사람인데 어떻게 알고 있는 거지?
"그…… 그렇게…… 하는 거지?"
금방이라도 피가 터질 듯 새빨개진 얼굴로 초만녕은 자기 몸을 누르고 있는 남자에게 속삭였다.
"어…… 어떻게 아셨나요?"
"……."
초만녕은 당연히 꿈에서 봤다고 사실대로 말할 수가 없었다. 저 자신이 음란하고 수치도 모르는 사람처럼 느껴질 것만 같았다. 그가 어물거리며 말했다.
"장서각에서 어쩌다 본 적이 있다……."
얼른 한마디 더 보탰다.
"누가 잘못 꽂아 둬서."
그를 의심할 리 없는 묵연은 내심 마음을 놓긴 했지만, 조금 동하기도 했다.
그가 초만녕의 입꼬리, 코끝에 입을 맞춘 후 말했다.
"너무 빨라요."
"……!"

빨라?

누가?

온몸의 피가 위로 쏠렸다. 화가 나고 부끄러웠다. 하지만 묵연이 몸을 숙여 그를 안고 제 가슴을 밀착시켰다.

그가 초만녕의 귀밑머리를 매만지며 따뜻하게 말했다.

"아플 거예요."

"……그럼 하지 말거라."

초만녕은 구겨진 자존심을 만회하려고 제법 단호하게 말했다.

묵연이 슬쩍 웃고는 입을 열었다. 살짝 갈라진 저음의 목소리가 훈훈하니 듣기 좋았다.

"저는 상관하지 마세요. 오늘 밤은……."

그의 목소리가 점차 작아졌다.

초만녕이 눈을 깜빡였다.

오늘 밤은 뭐?

이때 묵연이 단단한 팔뚝으로 받치고는 위에서 그를 내려다보았다. 그러더니 천천히 일어나 앉고는 점차 아래로 내려갔다.

이건 꿈에서 못 봤던 건데? 뭐 하는 거지?

"오늘 밤은 그저 당신을 기분 좋게 해 드리고 싶어요."

그가 몸을 숙였다. 초만녕이 상황을 인지하기도 전에 속옷 바지를 벗기고 빳빳이 솟아 있는 초만녕의 욕망을 응시했다. 눈빛이 뜨겁게 타오르더니 그것을 입으로 덥석 물었다.

"아!"

척추가 찌릿하게 흔들렸다. 초만녕은 깜짝 놀라 짧게 소리쳤다. 이내 무겁고 가쁜 숨이 터져 나왔다. 이건 무슨 느낌이지?

어떻게…… 어떻게 이럴 수 있어……. 더러울 텐데…….

하지만 사랑하는 사람의 뜨거운 입 안을 채우고 빨리는 기분은 엄청난 쾌감을 몰고 왔다. 묵연은 한껏 팽창한 그것이 자신의 이에 닿지 않도록 조심스럽게 빨아 당겼다. 초만녕이 달뜬 숨을 몰아쉬며 낮은 신음을 흘리자, 묵연은 그의 것을 머금은 채 눈을 들어 다정한 눈빛으로 그를 바라보았다.

답선군.

지금껏 단 한 번도 이렇게 한 적이 없었고, 자기가 이렇게 할 것이라고도 생각해 본 적도 없었다.

하지만 지금은 그가 원했고 빠졌으며, 쾌감마저 느껴졌다.

"이러지 마……. 어떻게 이렇게까지…… 빠, 빨리 빼."

얼굴이 빨갛게 달아오른 초만녕이 입술을 잘근거리며 고개를 흔들었다. 날카롭던 봉안은 정염과 불안으로 반짝였다.

사랑스러웠다.

묵연은 목구멍 깊숙이 빨아들였다. 엄청난 자극에 초만녕은 머리를 한껏 젖힌 채 숨을 할딱거렸다. 눈은 초점 없이 풀어졌다.

묵연은 그것을 입에 물고 몇 번이나 왔다 갔다 하다가 다시 뺀 다음, 입꼬리를 음란하게 말아 올린 채 젖은 눈빛으로 물었다.

"내 사랑, 기분 좋아요?"

초만녕은 머릿속에서 오색빛깔 폭죽이 동시에 터진 것만 같았다. 온몸이 나른하고 몽롱했지만, 자신을 부른 묵연의 말은 들을 수 있었다. 부끄럽고 달콤했다. 온몸의 뼈마디가 다 노곤할 정도로. 그는 어떻게…….

자신은 그의 사존이었고 나이도 훨씬 많았다. 자신은 북두선존이고 그는…….

"아……."

낮게 짓이겨진 목소리가 어둡고 고요한 방 안에서 반복적으로 울려 퍼졌다.

묵연은 그의 뭉툭한 귀두를 핥았다. 혀끝을 세워 초만녕조차 만질 일이 거의 없는 곳까지 집요하게 핥았다. 흥분이 극에 달한 초만녕은 당장 눈물이 터져 나올 것 같았다. 전생에서 오로지 경계하고 배척하고 방어했던 것과는 달리, 자신을 억누르고 있긴 하지만 그는 여전히 묵연과의 잠자리를 원했다. 그는 거부하지 않고 목구멍을 달싹이며 거칠고 둔탁한 숨을 토했다.

그는 무의식적으로 눈을 감았다. 묵연이 다시 그의 것을 입에 물었다. 마치 성교하듯 규칙적으로 입으로 삼키고 뱉기를 반복하며 초만녕을 열락에 빠뜨렸다. 이때, 참다못한 초만녕이 가느다란 손을 뻗어 묵연의 검은 머리채를 움켜잡고는 힘없이 그를 밀쳤다.

"하…… 하지 마……. 더…… 더러워……."

그러나 묵연은 축축한 눈동자만 들어 올릴 뿐 욕정에 가득 찬 눈빛으로 그를 바라보며 말했다.

"좋아해요. 내가 하고 싶어서 그래, 당신을 기분 좋게 해 주고 싶어서……. 뭐가 더러워요?"

그가 성난 듯 핏줄이 툭툭 불거진 그것에 살짝 입을 맞추며 다정하게 말했다.

"당신의 몸이면 어디든 다 좋아요."

묵연이 다시 얼굴을 파묻고 계속 핥고 빨아 댔다. 초만녕처럼 깨끗하고 경험 없는 사람은 이런 자극에 버틸 재간이 없었다. 그는 처음으로 하는 정사에서 얼마 안 가 제 것을 쏟아 냈다. 정욕이 끓어오를 때 묵연이 정신없이 삼켰다가 빼기를 반복하는 바람에 그의 목구멍에 그대로 내보내고 말았다.

묵연이…… 거북해하겠지?

안개 낀 것처럼 천지가 흐릿하고 모든 것이 모호했지만, 오로지 사정할 때 느꼈던 쾌감만 또렷했다. 그는 한 번도 이토록 강렬한 쾌감을 느껴 본 적이 없었다.

이 치명적인 쾌감 속에서 그는 여전히 희미하게나마 자신이 마지막에 무엇을 해야 할지 인지하고 있었다. 그는 일어나서 묵연의 입가를 닦아 주고, 그를 애무하고 입 맞추고 기쁘게 해 주고 싶었다.

하지만 허리에 힘이 들어가지 않았고 다리 역시 감각이 없었다.

일어날 수가 없었다.

눈썹을 잘게 떨면서 앞을 봤을 때, 묵연은 그가 배출한 정액을 꿀꺽 삼키고 있었다. 이 모습에 초만녕은 머리가 온통 새하얘지고 목뒤까지 저릿저릿해졌다.

마침내 묵연이 몸 위로 덮쳐 왔다. 뜨겁게 달궈진 육체가 아직 가시지 않은 여운에 할딱이는 육체 위로 올라왔다. 묵연이 그의 얼굴을 매만졌다. 묵연의 하반신은 여전히 뜨겁고 단단하게 일어선 채 초만녕의 아랫배에 닿아 있었다. 남자의 눈동자는 이것 때문인지 약간 충혈되어 있었고 짐승의 기운마저 느껴졌지만, 여전히 훈훈하고 다정하게 초만녕을 응시하고 있었다.

"사랑해요."

정말, 정말 사랑해요.

그는 흉포하고 잔인하지만, 돌아온 탕아지만, 죄책감과 죄악을 등에 지고 살지만, 그래도 절대 포기하고 싶지 않았다.

이기적이고 절망적이지만, 열렬하게 미친 듯이…….

당신을 사랑합니다.

187장 사존이 정말 좋아요

고요한 방 안에 심장 소리와 달뜬 숨소리가 선명하게 울려 퍼졌다. 공기 중에 뒤섞인 비릿한 향이 달콤하게 느껴졌다.

침상에 누운 묵연이 자세를 바꿨다. 초만녕을 뒤에서 껴안은 채 그의 눈꺼풀과 목에 쪽쪽 입을 맞췄다.

두 사람은 온몸이 땀으로 흠뻑 젖어 있었다. 불덩이처럼 뜨겁고 끈적이는 육체가 포개진 채 서로를 비비고 문대느라 정신없었다. 머리가 어질어질한 초만녕은 방금 자신들이 무슨 일을 했는지 감히 떠올릴 엄두조차 내지 못했다. 모든 것이 당황스럽기만 했다.

하지만 심장은 훈훈하고 뜨거웠다.

따뜻한 물이 가슴에서 부글부글 끓다가 곧 넘쳐흐를 것만 같았다.

품 안의 사람이 낮게 입을 열었다.

"그럼 너는?"

묵연은 당황했다.

"뭐가요?"

초만녕이 가볍게 기침했다.

"너도……."

그가 말없이 어둠 속에서 몸을 뒤척였다. 그러곤 맑은 눈동자로 천천히 묵연의 눈을 바라보았다. 주변은 캄캄했지만 묵연은 왠지 초만녕의 얼굴이 붉어진 것만 같았다.

"넌 아직……."

초만녕은 한참을 머뭇거리다 결국 말을 내뱉지 못했다. 그가 시선을 아래로 떨군 채 말했다.

"도와줄게."

묵연은 바로 알아챘다. 시큰하고 달짝지근한 마음에, 그를 안고 속삭였다.

"왜 이렇게 바보 같아요? 괜찮아요. 나중에 해요."

"……나는 바보가 아니다."

초만녕이 퉁명스럽게 말했다. 바보라는데 좋아할 사람은 없었다.

"바보는 네가 아니냐? 너…… 힘들지 않아?"

"크흠, 당신이 잠들면 씻고 오면서……."

초만녕이 고집스럽게 말했다.

"내가 도와줄게."

"괜찮아요!"

묵연이 다급히 말렸다.

"……."

초만녕은 입을 닫았다. 아무래도 침상에서 너무 서툴렀나 보다. 묵연은 내가 자기를 기분 좋게 해 주지 못할 거라고 생각하는 게 분명해. 나중에 씻으면 된다는 말은 사실 내 체면을 살려 주기 위한 변명일 뿐, 내 잠자리 기술보다 자기 손으로 해결하는 게 더 낫다는 말이겠지.

이 생각이 들자 초만녕의 얼굴이 조금씩 식어 갔다.

"싫으면 말아라."

묵연은 조금 당황했다. 정사의 여운으로 초만녕의 목소리와 말투는 평소보다 빈틈이 많았고 감정도 더욱 잘 드러났다. 말 속에서 언짢음과 불만이 강하게 느껴졌다.

이 사람은 어쩌면 이렇게도 바보 같을까.

싫으면 말라고? 어떻게 싫을 수 있겠는가! 오죽하면 이 밤이 영원히 끝나지 않길, 폭우가 영원히 그치지 않길 바라겠는가? 묵연은 초만녕과 이 객잔에서 한평생 뒹굴다 죽어도 여한이 없을 것 같았다. 이 사람을 통째로 씹어 삼켜 자기 육체와 하나로 만들고 영혼까지 자신과 꽁꽁 묶어 온전히 소유하고 싶었다.

심지어 초만녕이 울음을 터뜨릴 때까지 괴롭히고 싶었고, 그의 몸 안에 자신의 숨결을 불어넣어 낙인찍고 싶었다.

하지만 그가 힘들어할 터였다.

전생에서 초만녕과 해 본 경험이 있는 묵연이었다. 잠자리를 가질 때마다 초만녕은 늘 몇 날 며칠 고열에 시달렸다. 그의 파리한 얼굴과 갈라진 입술을, 묵연은 지금까지 잊을 수 없었다.

그래서 그는 한 걸음씩 천천히 가고 싶었다. 자신이 힘든 것은 상관없었다. 오로지 초만녕의 첫 경험을 기분 좋게 남기고 싶었다. 그래야 나중에 사랑을 나눌 때마다 열락과 쾌감을 함께 누리고 맛볼 수 있을 테니까.

하지만 아무래도 초만녕이 뭔가 단단히 오해한 듯싶다.

묵연이 그의 이마에 입을 맞추고는 나지막하게 말했다.

"내가 왜 싫어하겠어요? 대체 무슨 말도 안 되는 생각을 하는 거예요?"

"……."

"내 상태가 어떤지, 사존도 보셨잖아요."

남자의 뜨거운 숨이 귓가에 닿았다. 목소리에 물기가 묻어났다.

"지금 내가 얼마나 단단해졌는지 알면서 싫어한다고 생각하다니…… 바보 같아."

초만녕이 버럭 성질을 부렸다.

"한 번만 더 바보라고 해 봐라. 네 머리통을 날려 버리겠다. 너…… 아!"

묵연이 그의 손을 잡아채더니 어디론가 가져갔다. 초만녕은 깜짝 놀라 방금까지 하려 했던 말을 입 밖으로 꺼낼 수가 없었다. 그는 제 머리에서 뜨거운 김이 나오는 것만 같았다.

"모두 당신 때문에 이렇게 된 거예요."

캄캄한 어둠 속에서 그는 초만녕의 눈꺼풀에 입을 맞추고 천천히 아래로 내려가더니, 그의 입술을 머금고는 미친 듯이 빨고 핥고 잘근거렸다.

긴 입맞춤이 두 사람의 자제력을 조금씩 앗아 갔다. 방 안을 가득 메운 애욕의 향기가 갈수록 무르익어 갔다. 위로는 입술과 혀가 서로를 빨아들였고, 아래로는 자제할 수 없다는 듯 다리가 빈틈없이 뒤엉켜 마찰을 일으켰다. 정염이 눈으로 확연히 드러날 즈음, 정신이 혼미한 가운데 초만녕의 속삭임이 들렸다. 약간의 불만과 부끄러움이 섞여 있었지만, 단호하고 분명한 목소리였다.

"나도…… 널 기분 좋게 해 주고 싶어……."

마지막 끝소리는 잘게 떨렸다. 그는 창피한 마음에 쥐구멍에라도 들어가고 싶었다.

묵연은 심장이 녹아내릴 것만 같았다. 욕망은 더욱 거칠게 용솟음쳐 폭주할 지경에 이르렀다. 초만녕의 손은 여전히 묵연에게 잡힌 채 그의 성기를 쥐고 있었다. 터질 듯 부풀어 오른 묵연의 그것에서 뿜어 나오는 열기가 자신의 손바닥에서 척추까지 전달되는 듯했다. 수진계 크기 순위에서 흉기로 묘사된 묵연의 그것이 발딱 솟구쳤을 때 얼마나 크고, 얼마나 단단하고, 얼마나 뜨거워지는지 확실히 느낄 수 있었다. 옷 사이로도 그 힘이 느껴져, 초만녕은 이걸 입에 넣는 것은 절대 불가능하다고 생각했다.

이 남자와 사랑을 나누려면 목숨이라도 걸어야 하나 보다.

초만녕은 이제야 묵연이 했던 '아플 것'이라는 말이 결코 과장이 아님을 깨달았다. 분명 아픈 것을 넘어 온몸이 갈기갈기 찢기고 부서질 것이다.

하지만 문득 묵연이 자신을 어떻게 대했는지 생각했다. 그러자 어디서 용기가 났는지, 아니면 원래부터 지독한 사람이라서 그런지, 한번 해 보자는 생각에 머리를 떨구고 몸을 수그렸다.

묵연은 아연실색했다. 지금 그는 이성의 끈을 잡고 있는 것만도 버거울 판이었다. 초만녕이 자신의 것을 입에 넣는다면, 그나마 남아 있던 이성마저 모두 불에 타 재가 되어 버릴지도 몰랐다.

정욕에 사로잡힌 남자는 야수와 다름없다. 이성도 없고 정도도 없다. 오로지 최고의 쾌락만 좇으며 미친 듯이 침범하고 점령하고 싶어 한다. 그리고 묵연은 이를 너무 잘 알고 있었다.

그가 초만녕을 제압한 채 쉰 목소리로 말했다.

"그러지 마요, 만녕. 다…… 당신……."

"네가 했던 대로 하겠다."

"안 돼."

묵연의 목소리가 펄펄 끓는 물처럼 들끓었다. 그가 조급하게 침을 삼키고 말했다.

"못 참을 거예요."

초만녕은 그의 말이 선뜻 이해가 가지 않아 멍한 얼굴로 되물었다.

"뭘 못 참아?"

묵연은 속으로 '젠장'을 외쳤다. 더는 참을 수가 없었다. 초만녕의 숨결, 목소리, 육체는 묵연이 스스로에게 채운 족쇄를 하나씩 풀게 하고 그 위에 불을 지폈다.

그가 달뜬 숨을 내쉬다가 벌떡 일어나 초만녕을 뒤집어 그대로 내리눌렀다. 초만녕은 반응하기도 전에 벗어날 수 없는 난폭한 힘이 자신을 강하게 내리누르는 것을 느꼈다. 묵연은 뜨겁고 단단한 몸으로 그를 뒤에서 압박하고 포박했다.

거의 순식간에 거대한 성기가 얇은 옷 사이로 느껴졌다. 잔뜩 부풀어 오른 그것은 초만녕의 다리 사이를 강하게 부딪쳐 왔다.

무방비한 상태에서 이루어진 행위에, 초만녕은 '아' 하고 짧은 신음을 토했다. 야릇하고 음란한 자기 목소리에 초만녕은 깜짝 놀라 얼굴이 화끈 달아올랐다. 이불을 꽉 움켜쥐고 입술을 앙다문 채 신음이든 교성이든 참아 보려 애썼다.

뭘 못 참느냐고?

그는 방금 묵연이 내뱉은 말뜻을 이해했다. 이때 묵연이 그의 뒤에서 옷 위로 제 것을 비비면서 한껏 가라앉은 목소리로 그의 질문에 대답했다.

"넣고 싶어서 참을 수 없다고. 하고 싶어. 왜 그걸 모르시나요……."

뜨거운 날숨을 그의 귓가에서 터뜨렸다. 남자는 단단한 한쪽 팔을 침상 위로 받치고 다른 팔로 초만녕의 허리를 단단히 끌어당긴 채 하체를 끊임없이 앞으로 움직였다. 목구멍에서 무겁고 가쁜 숨이 거칠게 터져 나왔다. 신을 신고 발바닥을 긁는 것처럼 답답한 행위가 이어지다가, 묵연이 갑자기 그의 엉덩이를 부드럽게 두드리고는 나지막하게 말했다.

"다리를 모아 보세요."

초만녕은 아찔함을 느끼며 그의 말에 따랐다. 하지만 묵연이 가만히 있자, 궁금한 마음에 고개를 돌려 그를 보려 했다. 그런데 갑자기 엉덩이와 허벅지 사이에 뜨겁고 딱딱하고 굵고 커다란 흉기가 짓쳐들어왔다. 초만녕은 저도 모르게 숨을 할딱이며 쾌감에 몸부림쳤고, 눈의 초점이 풀어진 채 머리털이 쭈뼛 곤두섰다.

묵연이 속옷 바지를 벗자 거대한 그것이 적나라하게 드러났다. 그것은 피가 몰려 검붉은색으로 물들었고, 뭉툭한 귀두에서는 멀건 액체가 분비되고 있었다. 묵연이 초만녕의 엉덩이와 다리 사이에 제 것을 밀어 넣자 뜨겁고 보드라운 사타구니 사이로 그의 성기가 빨려 들어갔다. 묵연은 강렬한 쾌감에 낮은 탄식을 토하고는 초만녕의 허리를 움켜잡은 채 진짜 하는 것처럼 앞뒤로 치댔다.

"아……."

상상도 못 한 일이었다. 굵고 거대한 남성이 끈덕지게 치대자 분비물이 뿜어져 나왔고, 타는 듯 들썩였다. 초만녕은 엉덩이와 다리 사이에 계속 마찰이 가해지자 허리에서 힘이 빠지고 척추가 찌릿찌릿했다. 눈물이 고인 탓이 시야가 흐릿했다. 그는 모든 게 혼란스러웠고 감각조차 사라진 듯했다. 오로지 사랑하는 남자가 주는 강렬한 자극만을 느낀 채 소리 없이 낮은 숨을 할딱였다. 얼굴은 베개에 옆으로 파묻혔고, 머리카락은 헝클어졌다.

묵연의 성기가 그의 구멍을 여러 번 지분댔다. 그대로 곧장 삽입한다면 자신의 사존을 완전히 점령하고 아래에 깔린 이 남자를 온전히 점유할 수 있었다. 묵연이 언제든 찔러 들어올 수 있다는 생각에 초만녕은 두려움과 흥분을 동시에 느꼈다. 이미 배출한 욕망이 다시금 초조하게 들썩이며 부풀어 올랐다.

남자의 사타구니가 그의 둔부에 부딪쳤다. 묵연은 거칠고 뜨거웠으며 광기 어린 데다 굶주려 있었다.

방 안에서는 퍽퍽 박아 대는 소리가 울려 퍼졌다. 복부와 사타구니의 검고 까슬까슬한 체모가 그의 다리와 피부를 문질러 대면서 갈수록 맹렬해졌다.

“사존, 더 조여 주세요……. 아…….”

남자는 욕망으로 가득 차 낮은 목소리로 애원했고, 초만녕은 저도 모르게 그의 말대로 움직였다.

“네…… 그렇게…… 조금만 더 조여 봐요……. 좋아…….”

욕망이 고조될수록 정신은 혼미해져만 갔다. 야수의 본능과 욕구가 성교 중인 남자를 빠르게 잠식했다. 묵연의 고개가 조금씩 젖혀졌고 숨을 삼킨 그의 목울대가 농염하게 꿈틀거렸다.

“사존…… 내 사랑…… 당신 안이 너무 뜨거워……. 아……읏…….”

‘안’이라면 아마도 다리 사이를 일컫는 말일 것이다. 하지만 노골적인 음성으로 듣게 되자 무척이나 색정적으로 느껴졌다. 저음의 속삭임, 상스러운 말투가 조금도 더럽게 느껴지지 않았다. 초만녕은 자신이 미쳤을지도 모른다고 생각했다. 묵연의 달뜬 숨소리에 초만녕의 가슴은 점점 뜨거워져, 절제할 수가 없었다. 그가 물었다.

“좋아?”

“좋아…….”

묵연이 감았던 눈을 스르르 떴다. 탁한 눈동자가 어지럽게 반짝이고 있었다.

묵연이 몸을 숙여 넓은 어깨로 그를 감쌌다. 품 안으로 끌어당겨 침상 위로 내리누르자 상체가 단단히 밀착되었다. 격렬하게 밀어붙이는 묵연의 하체는 갈수록 뜨겁고 축축하고 난폭해졌다.

그가 초만녕의 입술을 찾았다. 한 손으로 그의 턱을 비틀어 갈증을 채우듯 끈적하고 축축하게 입술을 머금고 혀를 휘감았다.

성기가 다리 사이에서 앞뒤로 쉼 없이 오갈 때마다 침상이 흔들렸다. 묵연의 그것이 더 깊은 곳으로 파고들려고 하자, 이불 위에서 한껏 뒤틀린 발가락이 하얗게 변했다. 지금 이 순간 초만녕은 묵연의 그것이 제 몸에 들어온 듯한 착각이 들었다.

그가 고개를 젖혀 묵연과 입을 맞추고 입술을 핥았다. 어둠 속에서 수치심은 사라졌고 짐승과도 같은 욕구와 애욕만 넘쳐흘렀다. 이 야릇한 자세에는 일말의 이성이라고는 존재하지 않았다.

입맞춤이 격렬했던 탓인지 심장이 다시 줄달음치기 시작했다. 숨쉬기도 힘들 상황에 이르자 초만녕은 흐릿한 시야 속에서 다시금 쪼개진 잔상을 본 듯했다.

어디인지는 모르지만 침상 위였다. 크고 넓은 침상에는 선홍색 이불이 깔려 있었다.

다리가 뒤엉켰고 숨은 거칠었으며 땀으로 뒤범벅이 된 채 욕정으로 가득 차 있었다.

또 같은 자세였다. 그가 뒤에서 연신 쑤시고 들어오더니 초만녕의 고개를 비틀어 입을 맞췄다. 잔뜩 벌어진 육체 사이로 터질 듯 부풀어 오른 성기가 그의 몸 안을 거침없이 짓쳐들어왔다. 얼마나 오래 제 몸 안에 있었는지 모르겠다. 연고를 사용했는지 그리 아프지 않았지만, 여전히 뜨겁고 축축했다. 안쪽의 근육 하나하나가 짜릿한 자극을 받으며, 난폭하게 찔러 들어오는 그것을 견뎌 내고 있었다.

'읏…… 아…….'

누군가 소리 지르고 있었다. 가쁜 숨, 거친 신음과 뒤섞인 느른한 목소리가 잘 들리지 않았다. 누구지?

설마 나?

묵연은 그의 몸 안에 쉼 없이 짓쳐들어왔고, 갈수록 격렬해졌다. 온몸이 욕망에 휩싸인 그는 묵연에게 관통당할 것만 같았지만, 이상하게 기분이 좋았고 중독된 것 같기도 했다. 길든 탓인지 묵연이 들어올 때마다 다리의 힘조차 풀리는 듯했다. 그는 정신이 몽롱한 가운데 무의식적으로 뒤로 움직였고 그에게 비벼 댔다. 그를 더 깊이 받아들이기 위한 것이었다.

괴로웠다. 몸 안에 영원히 만족할 줄 모르는 무언가가 있는 것인지, 오로지 관계를 가져야 풀 수 있었다. 세상에서 가장 강렬한 미약이라도 먹인 듯, 가장 강직한 사람이 무너졌다.

그는 타락하고 있었고, 애원하고 있었으며, 쾌락에 신음하고 있었다.

누구인가…….

이상한 잔상이었다……. 이상한 꿈…… 환상…… 현실…….

대체 뭘까?

'초만녕, 내가 이렇게 해 주니까 어때? 기분 좋아?'

'네 꼴을 좀 봐. 이렇게 음탕하게 즐기고 있다니.'

'힘 빼, 그렇게 조이면 어떡해…….'

'네 안에다 쌀 거야. 전부 다…… 아…….'

어지러워 잘 들리지 않았고, 현실 같지도 않았다. 하지만 현실인 듯도 했다.

어떻게 된 일이지…….

묵연의 목소리 같기도, 아닌 것 같기도 했다.

묵연은 한 번도 이렇게 뒤틀린 목소리로 말한 적이 없었다. 단 한 번도…….

잘 들리지 않아……. 현실이 아니니까 그런 거겠지…….

어지럽다.

정신이 아찔했다.

묵연이 난폭하고 과격하게 박아 댈수록 발가락으로 이불을 내리누르며 버텼다. 침상 위의 베개와 이불은 이미 제 위치에 있지 않았다. 남자는 거친 숨을 몰아쉬며 끊임없이 몰아쳤고, 한참을 쑤시고 들어왔다 나가기를 반복했다. 마지막으로 묵연이 그를 꽉 끌어안은 채, 두 사람은 난교 중인 짐승처럼 위로 격렬하게 입을 맞추면서 아래로는 찐득하고 게걸스럽게 서로를 탐닉하고 있었다.

"만녕…… 사존……."

묵연은 한껏 잠긴 목소리로 숨을 헐떡이며 끊임없이 그를 불렀다. 정신없이 애욕에 빠져들었다.

"내 사랑……."

묵연이 초만녕의 허리를 단단히 움켜잡았다. 도톰한 엉덩이가 거칠게 들썩였고 목울대가 꿀렁거렸다. 그는 이미 한계에 다다른 듯 눈빛이 흉흉하게 빛났다. 초만녕을 으스러뜨릴 것처럼 제 것을 힘껏 박아 넣은 묵연은, 이내 제 것을 빼고 품 안에 있는 남자를 세게 끌어안았다. 그러고는 그의 귓불과 목덜미에 이를 박아 넣었다.

빠르게 오르내리는 가슴이 축축하고 뜨거운 등에 닿았다. 묵연의 이성은 거의 무너진 듯, 그는 다른 손으로 굵고 딴딴한 성기를 움켜잡고 답답한 신음을 내뱉으며 초만녕의 구멍에 제 성기를 갖다 댔다.

그것이 얼마나 난폭하고 무시무시한지 알고 있는 초만녕은 순간 당황했다. 그는 척추가 마비된 듯한 시큰거림을 느끼며 바둥거렸다.

"안 넣는다고 했잖아. 잠…… 잠깐만……."

묵연이 달뜬 숨을 내쉬면서 그의 목덜미에 입을 맞추고 군침을 삼켰다. 다시 머리를 기울여 초만녕의 뺨에 입을 맞췄다.

"무서워 마세요. 안 해요. 그냥…… 여기에 사정하고 싶어서요."

묵연은 이제 거의 저 자신을 제어할 수가 없었다. 둥근 귀두가 옴츠린 구멍에 닿았다. 속으로 내뱉은 욕지거리가 입 밖으로 나오진 않았다. 그는 그저 초만녕의 다리 사이를 난폭하고 빠르게 지분거렸다. 폭발할 듯한 쾌감이 쌓였다. 마침내 그가 자기 것을 흔들면서 초만녕의 구멍에 바짝 가까이 대고는 낮은 신음과 함께 정액을 분출했다. 구멍에 분출된 정액이 허벅지 안쪽을 타고 흘러내려 이불 위를 적셨다. 난장판이 따로 없었고 음탕한 비린내가 진동했다.

초만녕은 온몸을 바들바들 떨며 가느다랗게 경련을 일으켰다.

묵연은 자기도 모르게 앞을 더듬어 초만녕의 성기를 움켜잡고는 뜨겁고 집요하게 애무했다.

초만녕은 수치심에 무너지기 일보 직전이었다. 얼굴이 뜨겁게 달아오른 그가 나지막하게 속삭였다.

"하지 마…… 계속 만지지 마……. 아까 이미……."

묵연이 눈빛을 번뜩이며 정염에 취한 얼굴로 중얼거렸다.

"응, 알아요. 아까 사정한 거."

큰 굴욕감을 느낀 초만녕은 물기가 그렁그렁한 눈으로 표독스럽게 쏘아붙였다.

"너…… 그런 말 하지 마."

"뭐요?"

"……."

"아."

묵연이 뒤늦게 알아차리고는 희미하게 웃었다.

"알았어요."

그가 초만녕에게 입을 맞췄다. 하지만 손은 여전히 거침없이 움직이고 있었다.

"하지만 사존, 저는 사존이 달아오르는 모습을 또 보고 싶은데요."

"아읏……."

이 젊은 남자의 기술은 실로 대단했다. 그 앞에서 속수무책인 초만녕은 두 번째 사정감을 느꼈다. 그가 무슨 수로 이런 자극과 욕망을 견딜 수 있겠는가? 하물며 머리는 계속 혼미한 상태였다. 눈앞에 흐릿하고 자잘한 그림자가 아른거리더니 귓가에는 희미한 음성이 들렸다. 잠이 오고 피곤했다…….

"만녕."

묵연이 뒤에서 그를 불렀다. 따뜻하고 끈적거리고 절절했다.

욕망을 분출한 두 사람은 호흡을 가다듬었다. 묵연은 그를 만지고 입을 맞췄다. 가슴이 벅차오르는 것을 느끼며 보물 다루듯 제 품에 껴안았다.

초만녕은 정신이 몽롱했지만, 묵연의 단단하고 뜨거운 가슴이 제 등에 맞닿아 있는 것은 알았다. 그는 현기증을 느끼며 천천히 눈을 감더니 까무룩 잠이 들었다.

이튿날 아침이 되었다. 초만녕이 일어났다. 햇살이 창문 틈을 비집고 실내로 들어왔다. 바깥에서 짙푸른 기와를 때리는 빗소리가 들려왔다. 비는 억수같이 쏟아졌고 아직 그치지 않았다.

머리가 욱신거렸다. 어젯밤에 잠깐 스치고 지나간 파편이 수조 속에서 반짝이는 물고기 비늘처럼 어지러운 빛을 내뿜으며 수면 위로 떠올랐다 가라앉기를 반복했다.

그는 기억을 떠올리려고 했다. 하지만 비늘은 갈수록 아래로 가라앉더니 결국 새까만 어둠이 집어삼키고 말았다.

바로 이어서 간밤에 묵연과 치른 거사가 떠올랐다. 순간 온몸이 굳어지고 얼굴은 금세 빨개졌다. 몸을 일으키고 싶었으나 묵연의 단단한 팔이 여전히 뒤에서 그를 안고 있었다. 초만녕의 등에 달라붙은 가슴이 규칙적으로 오르내렸다.

묵연은 아직 일어나지 않았다.

초만녕은 그 상태로 기다렸다. 얼마나 기다렸을까. 어둑어둑한 방 안이라 시간을 가늠하기는 어려웠지만 어쨌든 꽤 오랜 시간이 지난 듯했다.

팔이 조금씩 저렸다.

거칠게 뛰던 심장이 느릿느릿 평온해졌다.

이제는 그리 민망하지 않았다.

마침내 초만녕이 몸을 뒤척여 얼굴을 마주한 채 곤히 자는 묵연을 바라보았다.

잘생겼네. 세상에서 이렇게 잘생긴 사람이 또 있을까. 눈썹이며, 콧날이며, 입술까지 다 잘생겼다.

다만 약간 좁혀진 미간이 눈에 밟혔다. 마치 무거운 근심이 그를 내리누르는 것만 같았다.

초만녕은 묵연을 마주한 채 한참 동안 말없이 지켜보았다.

결국 그가 슬며시 다가가 처음으로 먼저 묵연의 얼굴에 입을 맞췄다.

그러고는 묵연의 팔을 조심스럽게 내려놓고 침상 가장자리에 앉아 속옷을 입고 백의를 집어 들었다. 주름진 옷이 묘한 상상을 불러일으켰다. 초만녕은 어떻게든 펴 보려고 했지만 소용이 없었다.

그는 어쩔 수 없이 그냥 입고서 사생지전 사람들이 이상하게 생각하지 않기를 속으로 빌었다. 그는 상념에 싸인 채 옷매무새를 가다듬었다.

갑자기 누군가 뒤에서 그를 껴안았다.

초만녕은 화들짝 놀랐다. 물론 손을 조금 떨고 멈칫한 것이 전부였지만.

묵연은 어느새 깨어 있었다. 몸을 일으키더니, 그를 안고서 그의 귓불에 입을 맞췄다.

"사존……."

뭐라고 하지? 이번 생에서 처음으로 솔직하게 서로를 바라보게 되었는데, 초만녕은 물론이고 묵연조차 새신랑처럼 부끄러움과 민망함에 다소 난감해졌다. 한참 지나고 나서 묵연이 끈적이는 목소리로 말했다.

"안녕히……."

"안녕히는 무슨. 얼른 일어나, 늦었다."

초만녕은 고개도 돌리지 않은 채 옷을 입으며 말했다.

묵연이 피식 웃음을 짓더니 손을 뻗어 초만녕의 목에 걸려 있는 목걸이를 만졌다.

"이건 추위를 쫓아 주는 거예요. 몸에 붙이고 있어야 효과가 있어요."

초만녕은 무언가 생각난 듯 고개를 돌렸다.

어젯밤 열락에 휩싸였을 때 묵연의 목에 무언가 걸려 있는 것을 본 듯했는데, 그때는 정신을 놓고 있던 터라 자세히 보지 못했었다. 이제 보니 제 것과 한 쌍인 용혈 수정석 목걸이였다.

"너……."

초만녕이 얼떨떨한 얼굴로 물었다.

"유풍문에 있을 때, 이 목걸이 하나 남았다고 하지 않았느냐? 어째서……."

그가 바로 입을 다물었다.

묵연이 해사한 미소를 지으며 자신을 보고 있었기 때문이었다. 보조개는 예쁘게 피어올랐고 눈빛은 더없이 포근했다.

초만녕은 그때에도 묵연이 자신을 좋아하고 있었다는 사실을 깨달았다. 화끈 달아오른 얼굴을 돌려세우고 잠시 우물우물했지만, 결국 말이 나오진 않았다. 그저 머리를 푹 숙인 채 옷차림을 정돈하는 데 열중했다.

"얼른 돌아가자."

초만녕은 묵연을 볼 엄두도 내지 못한 채 말했다.

"더 늦었다간 이상하게 생각할지도 몰라."

묵연이 고분고분 대답했다.

"네, 알겠어요."

잠깐 조용해졌다. 하지만 묵연은 간밤의 여운이 남은 데다 뜨겁던 피도 다 식지 않았다. 그가 신발을 신고 일어나려는 초만녕을 끌어당겨 그의 입술에 제 입술을 포갰다.

"화내지 마세요. 돌아가면 또 참아야 되잖아요. 도장 찍어 두는 거예요."

묵연이 방긋 웃고는 뭐라 말하려는 초만녕의 입술을 손가락으로 지그시 누르며 말했다.

"사존이 정말 좋아요."

두 사람은 산문 앞에 도착했다. '정말 좋다'라는 묵연의 마지막 말 한마디에 초만녕은 오는 내내 구름 위를 걷는 것 같았다.

정말 좋은 건 자신이 아닌 바로 묵연이었다.

이 사람은 젊고 수려한 외모에 부드럽고, 무엇보다 자신만을 이리도 사랑했다. 초만녕은 이 모든 게 비현실적으로 느껴졌다. 이렇게 완벽한 사람이 어떻게 목석같은 그의 것이 될 수 있을까?

자신은 달콤한 말 한 마디 하지 못하는데.

하지만 그를 응시하는 묵연의 표정은 늘 진지했다. 조금의 거짓도 담겨 있지 않은 진솔한 표정이었다. 묵연이 그에게 입을 맞출 때면 호흡마저 초만녕에게 지배당한 사람처럼 자신의 모든 것을 바쳤다.

간밤의 행위는 서툴렀고 말은 무뚝뚝했으며 간간이 정신을 잃긴 했지만…….

묵연은 이런 이유로 실망하지 않았다. 아침에 일어나자마자 입술에 입을 맞추고, 정말 좋다고 말해 주었다.

"……."

"사존."

"응?"

퍼뜩 정신이 돌아왔다. 붉은색 해당화 결계 앞에서 묵연이 웃으며 손을 흔들었다.

"어디 가세요? 이쪽으로 가야죠. 그쪽은 홍련수사잖아요. 먼저 맹파당에서 식사하고 가요."

맹파당에 들어왔다. 묵연은 여전히 그의 앞에 앉았다. 주변은 오가는 사람들로 북적댔다. 두 사람은 예전처럼 태연할 수 없었기에 그저 고개만 떨군 채 밥만 열심히 먹었다.

초만녕을 두고 내기하기 좋아하는 제자들이 모여 수군대기 시작했다.

"오늘 옥형 장로님이 어째서 묵연 사형과 말을 안 하지?"

"말만 안 하는 게 아니라 아예 눈도 안 마주쳐."

"하, 거참 이상하네. 묵 사형도 그래. 항상 장로님한테 반찬을 놓아 주지 않았어? 평소에는 온갖 알랑방귀를 다 뀌었잖아……. 왜 저러는 거야? 싸웠나?"

"……넌, 사존과 싸우면 같이 앉아서 밥 먹겠냐?"

"하하, 듣고 보니 그렇네."

저들끼리 귓속말을 하는데, 초만녕이 벌떡 일어나 그릇을 들고 죽을 더 가지러 갔다. 가는 도중에 흰옷이 그들을 스치고 지나가자 남 말 하기 좋아하는 이들은 금세 입을 다물고 고개를 숙인 채 얌전히 찐빵을 베어 물었다.

초만녕이 제자리로 돌아간 후, 그들은 다시 쥐새끼들처럼 재잘대기 시작했다.

"옥형 장로님 오늘 좀 이상한 거 같지 않아?"

다른 제자가 고개를 끄덕였다.

"맞아! 어딘가 좀 이상해. 아무래도 옷이……."

대여섯 쌍의 눈동자가 몰래 힐끔거리고 있는데, 갑자기 그중 한 명이 혀를 차며 말했다.

"주름이 많네. 평소에는 주름이 하나도 없잖아."

그 말에 다른 사람들도 수긍했다. 하지만 그런 쪽으로는 생각하지 못한 채 한참 속닥대다가, 결국 옥형 장로가 어젯밤 뒷산의 금지 구역에서 요괴를 잡았거나 천열을 보강하러 갔을 것이라 결론지었다.

이들은 초만녕을 존경하고 우러러보았다. 그래서 끽해야 조금 재미있는 사람 정도로는 생각해도 감정과 욕망이 있는 사람으로는 보지 않았다. 그래서 묵연과 초만녕이 흔적을 깨끗이 지우지 못했음에도, 단서가 빤히 보이는데도 그들은 조금도 의

심을 하거나 주의를 기울이지 않았다.

신단에 모셔진 사람은 입을 닫고 움직이지 않고 정욕을 끊어내고 냉엄해야만 한다. 그렇지 않으면 모든 게 잘못된 것이라 여긴다.

그래서 훗날 묵미우와 초만녕의 감정이 만천하에 드러났을 때, 사람들은 저마다 자신의 신이 파괴되었다고 생각했다. 그들은 분노했고 역겨워했으며, 의심하고 받아들이지 않았다.

하지만 그들이 잊은 게 있다. 누군가를 제멋대로 높은 곳에 올려 두고 그 아래 무릎 꿇고 나서, 그 사람을 자신들이 원하는 길로 가게 만들고, 머리부터 발끝까지 자신들의 소원 성취를 위해 살도록 요구한다면, 그리고 어떤 욕구의 발현도 허용하지 않는다면, 그것은 매우 잔인하고 치졸한 강요에 불과하다는 사실을 말이다.

188장 사존이 또 폐관하셨다

이날 이후, 초만녕과 묵연은 당분간 밀회를 즐길 기회가 없었다.

촉 땅에 폭우가 이어지는 가운데, 백제성[#15] 외곽의 강물에서 폐사한 물고기와 새우가 떠밀려 내려오고 민간에서는 수많은 물 속성 괴물이 출몰했다. 사생지전의 모든 장로와 제자들은 각 마을로 달려가 요괴와 괴물을 처치했다. 초만녕과 묵연은 법력이 높은 고수였기 때문에 서로 흩어져 한 사람은 삼협(三峽) 항구로, 다른 한 사람은 익주로 갔다.

유풍문의 백년대계인 금고탑 안에는 무수한 요괴와 괴물이 봉인되어 있었다. 그런데 한순간에 무너진 바람에 요괴와 괴물이 재기를 노리며 세상을 혼란스럽게 만든 것이었다.

촉 땅을 제외하고 양주, 뇌주, 서주 등 상수진계에 속한 평화

#15 백제성 白帝城, 오늘날 쓰촨성 충칭시에 위치한 옛 성

로운 지역에서도 식인 요괴들이 나타나 사람을 죽이는 사건이 빈번하게 발생하고 있었다. 이에 따라 모든 문파의 고수가 순식간에 각지로 흩어졌기에, 서상림의 행방을 찾는 일은 지지부진할 수밖에 없었다.

놀랄 만한 영력을 지닌 묵연은 일 처리도 전보다 신중해져 겨우 나흘 만에 익주를 평정하고 사생지전으로 돌아갔다. 가는 도중 초만녕이 돌아왔다는 소식에 그는 쉬지도 않고 홍련수사로 달렸다.

하지만 도착해 보니 홍련수사의 문이 굳게 닫혀 있었다. 묵연이 연유를 묻자 설정옹이 의아해하며 대답했다.

"폐관했잖느냐. 옥형한테 못 들었느냐?"

"또 폐관하셨다고요?"

묵연은 깜짝 놀랐다.

"사존께서 다치셨나요?"

"다치긴 뭘 다쳐, 심법 때문이지. 칠 년마다 한 번씩 폐관하지 않느냐. 지난번에 폐관했을 때 너도 있었는데 까먹었느냐?"

설정옹의 말에 묵연은 기억을 떠올렸다. 당시는 묵연이 초만녕을 사존으로 모신 지 겨우 반년 정도 지난 해였다. 초만녕은 어릴 때 심법 수련을 하다가 서두르는 바람에 내상을 입었다고 했다. 고질병이고 일상생활에 지장은 없지만, 칠 년마다 폐관 수련을 해야 한다고 말했던 것 같다.

한 번 할 때마다 열흘간 폐관했다. 열흘 동안 초만녕은 속인에 가까울 정도로 내공이 약해져서, 좌선하고 수련해야만 몸을 회복할 수 있었다. 이 기간에는 매일 한 시진 정도 정신이 돌아오는데, 이때 물을 마시고 약간의 음식을 먹을 수 있었다. 나머지 시간에는 방해를 받으면 안 되고, 부상을 입는 건 더더욱 안 되었다. 그래서 초만녕은 폐관하기 전 홍련수사 주변에 강한 결계를 치고 설정옹, 설몽, 사매, 묵연 네 사람만 출입이 가능하게 만들어 만일에 대비했다.

지난번에는 폐관하기 며칠 전, '꽃을 딴 사건' 때문에 초만녕과 사이가 틀어져 있었다. 묵연은 초만녕에게 벌을 받은 후 무척 의기소침해져 있던 터라, 사존이 폐관하는 열흘 동안 단 하루도 그의 곁을 지키지 않았다. 당시 묵연은 백부를 도와 장서각을 정리했다.

그때를 떠올리자 묵연은 급한 마음에 서둘러 말했다.

"뵈러 갈래요."

"갈 필요 없어. 폐관하는 동안 설몽이 사흘, 사매가 사흘, 네가 마지막 나흘을 지키면 된다."

"그냥 지금 한 번만 보고 올게요……."

"보고 오긴 뭘 보고 와?"

설정옹이 웃으며 말했다.

"저번에 폐관할 때도 몽이와 사매가 지키지 않았느냐. 불안할 게 뭐가 있어? 게다가 네가 가면 몽이가 가만히 있겠느냐? 널 보는 순간 또 으르렁대겠지. 시끄럽게 굴면 옥형한테 오히려 안 좋아."

묵연이 생각해 보니 그 말이 맞는 것 같았다. 그러나 순순히 처소로 돌아간 그는, 그날 밤잠을 이루지 못했다. 홍련수사 안에 설몽과 초만녕 둘만 있다고 생각하니 가슴이 따끔따끔한 게 영 마뜩잖았다.

물론 설몽이 순진하고 남자한테 아무 관심 없다는 것을 알고 있지만, 그래도 속이 부글부글 끓었다. 한참 엎치락뒤치락하다가 날이 밝아 올 즈음 겨우 한두 시진 눈을 붙였다.

잠에서 깬 묵연은 아무래도 이대로 있을 수 없었다.

참다못한 그는 초만녕을 찾아가 멀리서 딱 한 번만 보고 오기로 했다.

홍련수사 대문은 닫혀 있고 결계도 있었지만, 묵연은 초만녕의 제자였다. 그런 결계로 묵연을 막을 수 없었고, 심지어 청록색 대나무로 만든 사립문은 그에게 장식품에 불과했다. 묵연은 경공술로 훌쩍 뛰어올라 정원에 사뿐히 내려앉았다. 초만녕은 매번 연못 깊숙한 곳에 있는 청죽 정자 안에서 좌선하는데, 이번에도 그러리라 생각했다.

과연, 저 멀리 안개가 자욱한 연못 한가운데 고즈넉한 정자가 보였다. 정자의 사면에 두른 얇은 휘장이 바람에 나부꼈다. 초만녕은 그 가운데 고요히 앉아 있고, 흰옷이 바닥에 넓게 펴져 있었다.

그의 옆에는 설몽이 서 있었다. 바깥의 햇볕이 좋아 설몽은 하얀 휘장을 동여매 초만녕이 햇볕을 쬘 수 있도록 했다. 겨울의 아침 햇살이 정자 안으로 스며들어 초만녕의 창백한 얼굴을 비추었다. 좌선하는 중에 온기를 느낀 것인지 그의 얼굴에도 조금씩 혈색이 돌았다.

시간이 또 흘러, 초만녕은 천체의 순환 때문인지 이마에서 송골송골 땀이 맺히기 시작했다. 설몽은 옆에 있는 하얀 손수건을 들고 그의 땀을 닦아 주었다. 이상한 느낌에 설몽은 고개를 들어 주변을 두리번거리며 혼잣말했다.

"이상하게 누가 날 보고 있는 것 같단 말이야……."

묵연은 그냥 보는 게 아니었다. 노려보았다.

표정은 냉랭했지만, 가슴속에는 거센 파도가 몰아쳤다.

설몽이 손수건으로 땀 닦아 주는 시간이 너무 길었다. 초만녕과 거리도, 일부러 그리 가깝게 다가갈 이유가 없었다. 눈빛도 지나치게 따뜻한 것 같았다. 결국 온갖 근거 없는 죄명을 설몽에게 뒤집어씌운 묵연은 가뜩이나 언짢은 마음이 초조하고 우울하기까지 했다.

속을 부글부글 끓이다가 결국 그는 차라리 안 보는 게 낫겠다고 결론지었다.

하지만 처소로 돌아가려고 발을 내딛는 순간, 실수로 발치에서 제법 큰 소리가 났다. 설몽이 곧장 매화 표창을 날렸다. 영력으로 만든 이 표창은 섬뜩한 빛을 번뜩이며 날아갔다.

"누구냐!"

매화 표창은 맨손으로도 잡을 수 있었기에 딱히 문제될 게 없었다. 하지만 설몽이 크게 소리치자 묵연은 심장이 목구멍으로 튀어나올 것처럼 쿵쾅거렸다. 묵연은 얼른 대숲에서 빠져나와 홍련수사 연못을 가볍게 쓸고 죽정 안으로 사뿐히 착지했다.

설몽이 눈을 부라리며 황당하다는 듯 말했다.

"너 어떻게……?"

"조용히 해."

묵연이 곧장 그의 입을 막고 목소리를 낮춘 채 말했다.

"왜 이렇게 소리를 질러?"

"읍읍읍…… 읍!"

설몽은 묵연의 손에서 한참 발버둥 치다가 겨우 빠져나왔다. 새빨개진 얼굴로 식식대며 흐트러진 머리를 매만졌다. 그가 버럭 화를 냈다.

"뭐? 적반하장도 유분수지! 너야말로 도둑놈처럼 여기 숨어서 뭐 하는 거야?"

"……네놈이 지금처럼 땍땍거릴까 봐 숨어 있었다."

"내가 땍땍거려도 사존은 듣지도 못하시는데 뭐가 문제야?"

설몽이 화를 냈다.

"음소거 주술을 걸어 놨잖아. 너 사존이 본인한테 음소거 주술을 걸어 놓은 것도 몰랐어? 네가 주술을 풀지만 않으면, 사존 귀에 대고 뭐라고 소리를 질러도 못 들으셔……."

그가 빠르게 말을 뱉었고, 이 말을 들은 묵연은 당황했다.

"음소거 주술? 그럼 왜 백부님께서 시끄럽게 굴면 안 된다고 하신 거지?"

"아버지는 네가 익주에서 막 돌아왔으니 쉬는 게 낫다고 생각하셨겠지."

설몽이 어이없다는 듯 말했다.

"아버지 말을 곧이곧대로 믿기 전에 생각부터 했어야지. 사존은 폐관하실 때마다 이 주술을 걸었어. 옆에 있는 우리더러 편히 있으라고 말이야. 머리는 장식으로 달고 사는 거야? 멍청하기 짝이 없네!"

"……."

묵연이 정자 안에 들어가 앉으려고 하자 설몽이 재빨리 그를 끌어당겼다.

"야, 너 뭐 해?"

"방해가 안 된다면 나도 여기 있으려고."

"누가 너더러 있으래? 첫 사흘은 내가 지키기로 했어. 너 또 사존한테 아부하려는 거지? 빨리 꺼져라. 내 일 가로채지 말고."

"혼자서 잘 지킬 수 있겠어?"

"혼자서 못 할 건 또 뭔데? 그리고 사존의 폐관을 지킨 게 이번이 처음도 아니거든."

설몽이 펄펄 뛰자 묵연도 더는 할 말이 없어 머뭇거리다가 결국 발길을 돌렸다. 이때 탁자 위에 놓인 찻잔이 눈에 들어왔다. 찻잎이 크고 색은 진했으며 잘 배합된 은은한 향이 풍겼다. 그가 물었다.

"곤륜의 설지냉향차(雪地冷香茶)야?"

"어? 어떻게 알았어?"

"……."

어떻게 모르겠는가. 이 차는 설몽이 가장 좋아하는 차였다. 그는 늘 자기가 가장 좋아하는 물건을 초만녕에게 주었는데, 다만 초만녕의 기호 따윈 전혀 고려하지 않는다는 게 문제였다.

"설지냉향차는 찬 성질의 차야. 사존은 체질 자체가 냉한데, 네가 이런 차를 드리면 참 좋아하시겠다?"

당황한 설몽이 얼굴을 붉히고는 군색하게 변명을 늘어놓았다.

"나도 많이 드릴 생각은 없었어. 그냥 향이 좋아서 맛만 보시라고……."

"월계향차로 바꿔 와. 거기에 꿀 두 숟가락 넣고. 사존께서 일어나시면 찻잎과 꿀을 물에 타서 드려. 나는 가서 간식 좀 준비할게. 좀 있다가 갖다 줄게."

설몽은 구겨진 체면을 만회해 보려고 황급히 말했다.

"간식은 드실 수 없어. 열흘 동안 벽곡하셔야 해."

"알아. 하지만 백부님이 음식을 조금 먹는 건 괜찮다고 하셨어."

묵연이 손을 흔들며 정자를 지나 홍련수사 밖으로 걸어갔다.

"다시 올 거야."

설몽은 그의 뒷모습을 넋을 놓고 바라보았다.

그가 멀어지자 설몽이 고개를 숙였다. 그의 시선이 저절로 초만녕의 목덜미로 옮겨졌다. 어제 우연히 초만녕의 목에서 시퍼런 자국 하나를 발견했다.

햇빛 아래서 더 선명하게 보였다. 모기에 물린 자국도 아니었고 상처도 아니었다. 설몽은 이제 열네다섯 살 소년이 아니었다. 물론 경험하지 못한 것이 많지만, 그렇다고 무지한 것은 아니었다. 초만녕 목덜미에 난 자국을 보며 설몽은 알 수 없는 불안감을 느꼈다.

순간 갖가지 소소한 일들이 생각났다. 특히 예전 뒷산에서 들었던 그 소리.

그는 줄곧 그것이 바람 소리였다고 암시를 걸었다.

하지만 마음속에 다시금 흐릿한 안개가 자욱해지더니, 그 안에서 기괴하고 현란한 무언가가 점차 본래의 모습을 드러내는 듯했다.

따스한 대낮에 설몽은 이유도 모른 채 불편함을 느꼈다. 온몸이 오슬오슬 떨리고 미간이 구겨졌다.

이런 불안감 때문에 초만녕이 폐관한 여섯 번째 날에 설몽은 중대한 결심을 했다.

그는 몰래 묵연을 지켜보기로 했다.

이날은 사매가 초만녕 곁을 지키는 마지막 날이었다. 밤늦게 교대하기로 했지만, 묵연은 일찍부터 맹파당에서 저녁을 먹고 간식을 싸 들고는 홍련수사로 향했다. 설몽은 그가 이 시간에 교대하러 갈 것으로 생각하지 못한 터라, 밥도 다 먹지 못하고 살금살금 쫓아갔다. 홍련수사 앞까지 쫓아온 설몽은 묵연이 정문으로 들어가는 모습을 본 후, 예전에 묵연이 그랬던 것처럼 담을 넘어 안으로 들어갔다.

석양이 지기 전 초승달이 먼저 나와 하늘에 그려진 화장을 지우자, 오직 눈꼬리에만 미처 지우지 못한 붉은빛이 남았다. 화려한 저녁노을이 빛을 잃고 캄캄한 어둠 속으로 빠져들자 별이 은하수를 이루었다.

묵연은 찬합을 들고 자신을 등지고 있는 사매를 보며 죽정 안으로 들어갔다. 사매는 묵연의 기척을 느끼지 못한 듯, 초만녕 앞에 다가가 섰다.

묵연이 웃으며 손을 들어 인사하려는데, 사매의 손에서 섬뜩한 빛이 번쩍였다. 그 빛은 좌선 중인 초만녕에게 향해 있었다. 깜짝 놀란 묵연은 반사적으로 소리쳤다.

"사매!"

등줄기가 서늘해졌고, 온몸의 솜털이 곤두섰다.

그는 두 번의 생을 살면서 수많은 생사와 이별을 겪었다. 심지어 지금은 바람 소리, 풀 소리 하나에도 놀라거나 의심부터 했다. 자라 보고 놀란 가슴 솥뚜껑 보고 놀란다는 말이 있듯, 이 홍련수사 안에 초만녕의 주검을 안치했던 묵연으로서는 어쩌면 당연했다. 그는 이 홍련수사에서 자신이 죽는 그날까지 무려 이 년 동안 초만녕의 주검을 보관했었다.

사실 그는 이곳을 좋아하지 않았다. 정자에 들어가면 그는 전생의 마지막 한때가 생각났다. 연꽃 중앙에 누워 눈을 감은 초만녕의 얼굴에는 핏기라곤 한 점도 없었다.

이런 이유로 홍련수사는 묵연의 잠재의식 속에서 불길한 곳이었다. 여기에 까마득하게 깊은 목구멍이 있어, 인간 세상의 마지막 불꽃을 집어삼킬 것만 같았다.

사매가 고개를 돌려 손을 아래로 떨어뜨렸다. 반짝이던 은빛이 소매에 가려졌다.

"연아? ……어떻게 온 거야?"

"나는……."

묵연의 심장이 미친 듯이 뛰었다. 숨이 턱턱 막혔다. 그는 아무것도 생각하지 못한 채 눈썹을 찡그리며 말했다.

"손에……."

"손?"

사매가 어리둥절한 얼굴로 손을 다시 들었다. 빗이 들려 있었다. 순은으로 만들어진 것으로, 꼬리 부분에는 경락을 풀어 주는 영석이 박혀 있었다.

묵연이 말을 삼키고 한참 뒤에 말했다.

"사매…… 사존 머리를 빗겨 드리려고?"

"……응, 왜?"

사매가 그를 위아래로 훑어보더니 수려한 미간을 살짝 좁히며 물었다.

"안색이 안 좋아. 무슨 일 있었어?"

"아, 아냐. 난 그저……."

말을 끝맺지 못하고 얼버무렸다. 창백한 얼굴에 혈색이 돌았다. 다행히 땅거미가 진 터라 주변이 어둑어둑하여 표정이 잘 보이지 않았다. 잠시 후 묵연이 머리를 살짝 돌리며 마른기침을 했다.

"아냐."

사매가 조용히 묵연을 바라보더니 짚이는 곳이 있다는 듯 잠시 머뭇거리다가 물었다.

"너 설마……."

묵연이 허둥지둥하며 당황한 목소리로 대답했다.

"아냐."

사매는 자기에게 잘해 주는 사람이었고, 가족처럼 여기는 사람이기도 했다. 묵연도 잠깐이지만 이런 오해를 했다는 사실에 내심 놀란 터라, 미안한 마음에 저도 모르게 '아냐'라는 말부터 튀어나왔다.

사매는 말없이 한참 있다가 입을 열었다.

"연아."

"응?"

"나 말, 끝까지 하지 않았어."

사매가 짧게 한숨을 흘렸다.

"뭘 그리 급하게 아니래?"

이 말은 방금 묵연이 그의 손에 있던 은색 빗을 흉기로 오해했다는 것을 사매가 알고 있다는 뜻이었다.

묵연은 두 번의 생에서 모두 초만녕을 잃었기 때문에 공포심이 상당했다. 그래서 묵연을 등지고 있던 사람이 설몽이든 설정옹이든 그 누가 되더라도, 묵연은 그 순간에 극도의 두려움을 느꼈을 것이다. 사매를 마주한 묵연은 냉정을 되찾았지만 괴롭기는 마찬가지였다.

그가 시선을 내렸다.

"……미안해."

사매는 지금까지 늘 사람을 너그럽고 온화하게 대했으며, 냉대하거나 질책한 적이 거의 없었다. 하지만 이날 밤, 연못 옆에서 사매는 묵연을 바라보며 오랫동안 침묵했다.

바람이 불자 연못 위 연잎이 뱅글뱅글 돌고, 붉은 연꽃도 가볍게 춤을 췄다.

마침내 사매가 말을 꺼냈다.

"사람이 예전 같지 않은 건 괜찮아. 하지만 연아, 그래도 너랑 나 같이 지낸 지 벌써 십 년 가까이 돼 가. 네 마음속에서 난 그 정도밖에 안 되는 사람이었니?"

그의 목소리는 부드럽고 평온했다. 금방이라도 터질 것 같은 분노도 없었고, 땅을 치며 오열할 것 같은 서러움도 없었다. 묵연은 그의 눈을 바라보았다. 깨끗하고 차가운 샘물처럼 모든 것을 꿰뚫고 있는 듯했지만 따지고 싶지도, 말하고 싶지도 않은 것 같았다.

사매가 은색 빗을 묵연의 손에 건네면서 담담하게 말했다.

“사존이 눈 감고 명상에 잠기기 전에 나더러 머리를 묶어 달라고 하셨어. 그냥 네가 묶어 드리렴.”

“사매…….”

묵연의 부름에도, 늘씬하고 아름다운 남자는 그의 어깨를 스치고 지나갔다. 발걸음은 평온했지만 단 한 번도 뒤돌아보지 않았다. 그는 나뭇잎 부딪치는 소리가 스산하게 울려 퍼지는 홍련수사를 홀로 떠나갔다.

189장 사존, 저와 설몽은……

이 세상에서 묵연에게 가장 소중한 사람은 초만녕을 제외하면 사매였다.

한때 묵연은 사매에 대한 감정이 애정이라고 생각했으나 결국 아니라는 것을 알게 되었다. 그렇지만 그에게 잘해 주고 그를 소중하게 여기는 마음은 변함이 없었다.

그런데 왠지 갈수록 사매가 낯설게 느껴졌다. 키가 훤칠하고 자태가 우아한 이 남자는 어쩐지 다른 사람 같았다. 물론 그때 그 물만두는 사매가 초만녕의 분부대로 가져다준 것이지만, 어찌 됐든 사명정은 사명정이었다.

어둠과 비참함 속에서 미소 지으며 그에게 손을 내민 동료였다.

쓸쓸하고 억울할 때 그의 곁을 지키고 위로해 준 사형이었다.

생각해 보니, 사매 역시 육친 한 명 없는 고아였다. 설몽은 자존심이 강하고 오만한 구석이 있었으므로, 사매는 그와 친하게 지냈지만 세월이 많이 흘러도 그의 이름을 부르지 않고 늘 공손하게 '소주'라고 불렀다.

사매에게 '벗'이라 부를 만한 사람은 아마 나뿐이리라.

그런데 나조차도 그의 마음을 다치게 했으니.

설몽은 대나무 숲에 숨어 팔짱을 끼고 한참을 지켜봤다. 묵연이 걱정스러운 표정으로 은빗을 만지작거리며 꼼짝하지 않고 그곳을 지키고 있었다.

반 시진 가까이 기다려도 아무런 기척이 없자 설몽은 자신이 멍청하게 느껴지기 시작했다.

도대체 무슨 생각을 한 거야. 사존과 묵연을 그렇고 그런 사이로 생각하다니. 머리가 어떻게 된 거 아닌가……. 그는 서 있을수록 곤혹스럽고 뜬금없다는 생각이 들어 돌아가려고 했다. 그런데 같은 스승을 모시는 사형 사제답게 그 역시 묵연과 똑같은 실수를 저지르고 말았다.

긴장을 늦추는 바람에 그만 발소리를 내고 만 것이다.

묵연이 벌떡 일어나 휘장을 걷고 낮게 물었다.

"누구야?"

설몽이 달빛 속에서 쭈뼛쭈뼛 걸어 나와 시선을 피하며 헛기침을 했다.

묵연이 흠칫 놀라며 물었다.

"네가 어쩐 일이야?"

"네가 오는 건 되고 나는 오면 안 돼?"

설몽은 감히 묵연과 눈을 마주치지 못했다. 그의 눈빛이 흔들렸다. 말은 당당하게 했지만 얼굴은 시뻘게졌다.

"나도 그냥 사존이 보고 싶어서."

묵연은 잠시 생각하더니 설몽이 자신을 뒤따라온 이유를 어렴풋이 깨닫고는 이내 얼굴을 굳혔다. 그러나 그는 설몽이 알아채기 전에 냉큼 얼굴을 펴고 침착하게 말했다.

"왔으니까 앉아."

설몽은 사양하지 않고 그를 따라 죽정으로 들어갔다.

묵연이 물었다.

"차, 아니면 술?"

"차."

설몽이 대답했다.

"술은 취하니까."

탁자에는 술도 있고 차도 있었다. 묵연이 작은 흙 난로에 불을 지피자 어둠 속에서 불꽃이 피어올라 이목구비가 또렷한 그의 얼굴을 비췄다. 그는 팔보차를 난로에 올려놓았다. 한 명은 죽정의 장의자에 앉고 한 명은 정자 기둥에 기대고 서서 차가 끓기를 기다렸다.

설몽이 물었다.

"왜 이렇게 일찍 나왔어? 오늘 밤 사매가 당직이잖아."

"딱히 할 일이 없어서."

묵연이 웃으며 말했다.

"너도 마찬가지 아니야?"

설몽도 생각해 보니 그런 것 같았다.

묵연도 그저 사존을 걱정했을 것이다. 천열 이후 묵연은 차츰차츰 변해 왔으니까. 그는 자잘한 일을 시시콜콜 따지던 그때 그 소년이 아니었다. 초만녕이 목숨 바쳐 구한 제자가 마침내 준수하고 어엿한 남자로 성장한 것이다.

설몽은 잠시 속눈썹을 떨어뜨리고 생각에 잠겨 있다가 갑자기 웃음을 터뜨렸다.

묵연이 물었다.

"왜 그래?"

"아니야, 지난번에 관문을 닫을 때가 생각나서."

설몽이 말했다.

"네가 사존께 승복하지 않을 때라서 장장 열흘 동안 고작 한 번만 뵈러 갔잖아. 그래 놓고 능력이 부족해서 사존을 모시지 못할 것 같다며 아버지한테 달려가 장서를 정리했지. 나는 속으로 울화가 터졌는데, 칠 년이 지난 지금 네가 이렇게 변할 줄이야."

묵연은 잠시 잠자코 있다가 말했다.

"사람은 누구나 변해."

설몽이 물었다.

"칠 년 전으로 돌아가도 그때처럼 도망갈 거야?"

"네가 보기에는?"

설몽이 자못 진지하게 생각하더니 대답했다.

"열흘 내내 사존 곁을 지키려고 하겠지."

묵연은 시선을 떨어뜨리며 웃었다.

"흥, 왜 웃어?"

설몽은 자세를 바꿔 한쪽 발을 죽정 장의자에 얹고 팔꿈치를 편하게 떨어뜨리더니 고개를 살짝 뒤로 젖혀 사촌 형을 흘겨보며 말했다.

"지금은 사존에 대한 마음이 나와 같으니 우리 둘 생각하는 게 크게 다르지 않겠지."

묵연이 시선을 떨구었다.

"응."

설몽은 처마 끝에 매달려 있는 풍경을 보며 말했다.

"좋네. 사존께서 돌아가셨을 땐, 난 네 목숨을 구하기 위해 자신을 희생한 사존을 많이 원망했는데, 지금 보니 너도 양심이 아예 없지는 않구나."

묵연은 무슨 말을 해야 할지 몰라 그저 '응'이라고만 대답했다.

반들반들한 풍경이 바람에 딸랑딸랑 흔들렸다.

잠시 침묵이 흐른 끝에, 설몽은 참지 못하고 고개를 돌려 미간을 살짝 찌푸린 채 눈빛을 번뜩이며 물었다.

"음, 그게, 사실은 물어볼 게 있어."

"말해."

"사실대로 말해 줘. 그날 뒷산에서 사존과 너……."

설몽이 줄곧 이 일을 물어보고 싶어 했다는 걸 묵연도 알고 있었다.

그동안 요리조리 피했는데 결국 피하지 못하게 됐다. 묵연은 설몽이 말을 마칠 때까지 차분하게 기다렸다.

설몽은 한참이나 우물쭈물할 뿐이었다. 얼굴이 시뻘게졌다가 하얗게 질리기를 반복하며 결국 그 말을 내뱉지 못하고, 묵연을 물끄러미 바라보았다.

"두 사람 정말…… 계화당설떡을 찾고 있었어?"

물이 끓기 시작했다. 증기가 차가운 어둠 속에서 모였다가 흩어졌다.

두 사람이 눈을 마주했다. 설몽의 눈에는 초조함이 가득하고 뜨거운 불꽃이 번쩍였다. 그런데 묵연의 눈빛은 전혀 흔들림이 없고 깊이를 헤아릴 수 없었다.

“차 끓었다.”

설몽이 갑자기 그의 팔을 확 잡고 노려보며 물었다.

“두 사람 정말 계화당설떡 찾고 있었냐고!”

“…….”

묵연은 잠시 주저하다가, 그의 손을 뿌리치고 탁자 앞에서 쇠 주전자를 들어 두 잔 가득 차를 따랐다.

그러고는 눈꺼풀을 들어 올리고 말했다.

“계화당설떡을 찾고 있던 게 아니면 뭘 했을 것 같아?”

“너…….”

“사존은 절대 너를 속이지 않으셔. 나는 못 믿어도 사존은 믿어야지.”

설몽은 허를 찔렸는지 무릎 위의 손을 가볍게 떨었다. 그러고는 고개를 뚝 떨구며 말했다.

“사존을 믿지 않는 게 아니야.”

“그럼 차나 마셔.”

묵연이 한숨을 쉬며 말했다.

“무슨 쓸데없는 생각을 그렇게 하는 거야.”

그는 고개를 숙여 모락모락 피어오르는 뜨거운 김을 호호 불었다. 자욱한 수증기 속에서 묵연의 얼굴은 더없이 순수해 보였지만 희미하고 몽롱하여 실체를 알 수 없었다.

설몽은 뜨끈뜨끈하고 담백한 팔보차를 몇 모금 마셨다. 뜨거운 기운이 온몸에 퍼지면서 날뛰던 마음이 점차 진정되었다. 차를 다 마셨지만 빈 찻잔에는 열기가 남아 있었다.

설몽은 고개를 숙이고 멍한 눈빛으로 묵연에게, 또는 자신에게 중얼거렸다.

"사존이 너무 소중해서, 생각이 많은 거야. 무슨 조그마한 변고라도 생기면 난……."

"알아."

묵연이 말허리를 잘랐다.

"나도 마찬가지야."

설몽이 고개를 돌려 그를 바라보았다.

묵연은 정자 기둥에 기대 차를 한 모금 마셨다.

"조금 전에는 사매를 오해하기도 했어. 넌 나보다 나아, 적어도 나처럼 충동적이지는 않으니까."

설몽은 조금 의아했다.

"어쩐지, 그래서 사매가 너와 몇 마디 섞지 않고 바로 가 버렸구나. 무슨 오해를 했길래?"

"……그 얘기는 하지 말자."

묵연이 쓴웃음을 지었다.

"내가 너보다 터무니없는 생각을 더 많이 해."

설몽이 코를 찡그리며 말했다.

"사매 불쌍한 사람이야. 극심한 기근에 시달려서 서로 자식을 바꾸어 먹을 정도였으니까. 아버지가 데려오지 않았더라면 배고픈 백성들의 가마 속 고깃덩이가 됐을지도 몰라……. 너한테 잘해 주잖아, 사매를 괴롭히지 마."

묵연이 대답했다.

"응, 알아, 조금 전엔 흥분해서 그만……. 앞으로는 안 그럴게."

두 사람은 정자에서 초만녕을 지키며 미적지근한 얘기들을 주고받았다.

묵연은 달빛에 비친, 준수하고 타고나기를 오만스러워 보이는 설몽의 얼굴을 바라보며 참으로 오묘한 느낌을 받았다. 전생에 자신의 가슴팍에 구멍을 뚫었고, 그 후에도 만날 때마다 피와 눈물이 함께 했던 사람이었다.

이렇게 차분하고 편안하게 마주 앉아 얘기를 나누고, 밝은 달빛 아래에서 연꽃을 벗 삼아 차를 마시고 술을 데우는 날이 올 줄 몰랐다.

그랬다, 술을 데웠다.

차를 다 마셨는데도 설몽은 떠날 기미가 없었다.

그래서 묵연은 술도 한 주전자 데워 몇 잔 나눠 마시며 얘기를 이어 갔다. 취하지만 않으면 큰 지장이 없으니까.

그런데 아무래도 설몽의 주량을 과대평가한 것 같았다.

스승과 제자 네 사람 중 초만녕은 아무리 마셔도 취하지 않는 말술이고 묵연도 그런대로 잘 마시는 편이었다. 사매는 주량이 형편없었다. 그런데 가장 구제 불능인 사람은 설몽이었다.

이화백주 두 잔만 마셔도 설몽은 머리가 어질어질하고 혀가 꼬였다.

묵연은 설몽이 말썽을 피울까 봐 서둘러 그가 마시고 있는 술을 빼어서 치워 버렸다.

설몽은 정신이 몽롱하기는 해도 아직은 그런대로 괜찮았다. 그는 볼이 불그레해서 히죽거렸다.

"그래, 치워 버려, 나…… 나 더 마시면 안 돼."

"그래."

묵연이 말했다.

"얼른 돌아가서 쉬어. 혼자 갈 수 있겠어? 전음해당화를 띄워서 백부님 오시라고 하든지."

"아아, 아니야, 안 와도 돼."

설몽이 빙그레 웃으며 손사래를 쳤다.

"혼자 갈 수 있어, 이래 봬도 길은 알아."

묵연은 마음이 놓이지 않아 손가락 하나를 펴 보이며 물었다.

"몇 개야?"

"한 개."

이번에는 초만녕을 가리키며 물었다.

"누구야?"

설몽이 씨익 웃으며 대답했다.

"신선 형아."

"……똑바로 말 안 해?"

"하하, 사존이잖아. 알아본다니까."

설몽이 기둥을 끌어안고 헤 웃었다.

묵연은 미간을 찌푸렸다. 설몽 이 자식은 주량이 어떻게 한 해 한 해 줄어들고 있지. 속으로 욕지거리를 하면서도 걱정이 되어 이번엔 자신을 가리키며 물었다.

"그럼 나는? 똑똑히 봐, 장난치지 말고. 나는 누군데?"

설몽이 멍하니 바라봤다.

그 순간 시간이 과거로 흘러간 것 같았다. 섣달그믐 밤에도 설몽은 취했었다. 사매를 알아봤고 초만녕을 신선 형아라고 불렀으며 묵연을 보고는 낄낄대며 멍멍이라고 했다.

묵연은 무표정으로 설몽을 쳐다보았다. 이번에도 멍멍이라고 하면 아무도 모르게 한바탕 두들겨 팬 다음 백부를 불러 이 주정뱅이를 데려가라고 할 참이었다.

그런데 설몽은 한참이나 그를 넋 놓고 쳐다보기만 했다. 그러더니 뭔지 모를 이상한 표정을 지으며 입술을 오므려 '멍'이라고 하려고 했다.

묵연이 그의 입을 틀어막으려고 손을 뻗었다.

"형……."

손이 허공에서 굳어 버렸다. 설몽은 희미한 눈으로 그를 바라보며 천천히, 나지막이 불렀다.

"형."

묵연은 그대로 얼어붙었다. 벌침에 쏘인 것처럼 따끔거리더니 극심한 통증으로 번졌고, 극심한 통증은 이내 맹독으로 아릿아릿해졌다. 그는 목이 메어 아무 말도 하지 못한 채, 설몽의 앳되고 오만스럽고 의기양양한 이목구비를 멍하니 바라봤다.

묵연은 늘 그 얼굴에서 원한과 분노와 경멸을 보았었다.

지금과 같은 표정은 처음이었다.

설몽은 허리춤에 찬 용성 패도를 어루만졌다. 묵연이 천신만고 끝에 요괴를 물리치고 얻은 최상품 영석을 박아 넣은 칼이었다.

이 칼이 없었더라면 그는 영산논검에서 우승을 차지하지 못했을 것이다. 이 칼이 없었더라면 그는 이름 없는 수사로 전락하여 날개를 펴기도 전에 좌절했을 것이다.

멀쩡한 정신으로는 이런저런 이유 때문에, 자존심과 체면 때문에 한 번도 묵연에게 고맙다고 한 적이 없었다. 하지만 사실은 그 때문에 늘 마음이 편치 않았고, 용성을 닦을 때마다 만감이 교차하곤 했다.

특히 유풍문에서 돌아와 서상림의 손에서 자신을 구해 준 사람이 묵연이라는 사실을 알게 된 후에는 더욱 괴로웠다. 의식이 돌아와 묵연과 초만녕이 여전히 행방불명이라는 소식을 듣고는 목 놓아 통곡했다. 사람들은 그가 단지 사존 때문에 운다고 생각했겠지만 사실은 그게 아니라는 것을 설몽 자신은 잘 알고 있었다. 그날 밤, 그는 용성 패도를 품에 안고 병상에 누워 어둠을 바라보며 쉰 목소리로 말했었다.

– 형, 미안해.

어디에 있는 거야……. 너와 사존…… 무사한 거지?

묵연은 무슨 말을 해야 좋을지 몰랐다. 발걸음조차 떼지 못하고 그렇게 제자리에 굳어 버렸다.

지난날들이 눈앞에서 흐르는 물처럼 세차게 흘러갔다.

묵연은 전생의 사생지전을 떠올렸다. 혈혈단신으로 산에 올랐던 설몽은 스산한 무산전에서 눈시울을 붉히며 초만녕의 행방을 따져 물었었다.

"묵미우, 고개를 돌려 한번 봐 봐……."

묵연은 답선제군이 된 후 설몽과 매함설이 매복하여 그를 죽이려고 했던 장면을 떠올렸다. 대낮에 매함설은 그의 길을 끊어 버렸고, 설몽은 호통을 치며 흉악하게 일그러진 얼굴로 곡도를 그의 가슴에 꽂았다. 시뻘건 피가 세차게 뿜어 나왔다.

설몽이 울부짖었다.

"묵미우, 너를 구해 줄 사람은 아무도 없어. 이 세상은 네놈을 용납할 수 없어!"

원한이 하나하나 생생하게 떠올랐다. 이글이글 끓어오르던 원한들, 사악한 뱀들이 우글거리는 듯한 마음속 뜨거운 원한들이 기억났다.

이번 생에 초만녕이 죽던 날, 설몽은 포효하며 붕 날아올라 묵연을 벽에 눌러 제압하고는, 궁지에 몰린 짐승처럼 목에 핏대를 불끈 세우며 으르렁거렸다.

"네가 어떻게 사존이 널 안 구했다고 말할 수 있어! 어떻게 구하지 않았다고 말할 수 있냐고!"

문득 이런저런 생각과 함께 눈앞에 한 줄기 희미한 빛이 나타나는 것 같았다.

너무 오랫동안 그 자리에 서 있어서일까. 가장 오래되고 아득한 그 기억들이 떠올랐다.

묵연의 눈앞에 두 소년이 보였다. 깡마른 몸을 잔뜩 움츠린 채 겁에 질려 있는 한 소년의 모습은, 꼭 매를 맞는 것에 익숙해진 버려진 개 같았다. 그 소년은 제자 방의 작은 탁자 앞에 놓인 긴 걸상에 쪼그리고 앉아 안절부절못하며, 작은 손을 꽉 움켜쥐고 무릎 위에 얹은 채 꼼짝도 하지 않았다. 묵연 자신이었다.

또 다른 소년은 눈처럼 새하얗고 고운 얼굴에 어딘가 거만한 표정을 짓고 있었는데, 깃털이 산뜻하고 윤이 나는 꿩 같았다. 허리춤에 예쁜 곡도를 차고 한쪽 발을 걸상에 올려놓고 서서 동그랗고 새까만 눈으로 묵연을 흘겨보고 있었다.

"어머니가 시켜서 왔어."

어린 설몽이 웅얼거렸다.

"네가 내 사촌 형이라며? ……몰골이 그게 뭐야."

묵연은 고개를 푹 떨구고 아무 말도 하지 않았다. 남이 그를 이렇게 뚫어져라 쳐다보는 게 익숙하지 않았다.

"야, 너 이름이 뭐야? 묵…… 묵…… 뭐였더라? 기억 안 나."

묵연은 여전히 아무 소리도 내지 않았다.

"사람이 물어보면 말을 해야 할 것 아냐?"

"……."

"너 벙어리야?"

세 번이나 물었는데 아무 대꾸도 없자 어린 설몽은 홧김에 헛웃음이 나왔다.

"내 사촌 형이라더니, 쩔쩔매고 삐쩍 말라서는 바람 불면 날아갈 것 같은 꼴이라니. 나한테 너 같은 형이 있다는 게 말이 돼? 창피해서 원."

묵연은 고개를 더 깊게 숙이고 아예 그를 상대하지 않았다.

그렇게 잠시 침묵이 흐르고, 갑자기 새빨간 뭔가가 눈앞에 불쑥 나타났다. 상대는 거칠게 그것을 코앞까지 바짝 들이밀었다. 묵연이 어리둥절해서 자세히 보니, 당호로[#16]였다.

"자, 받아."

설몽이 퉁명스럽게 말했다.

"어차피 난 못 먹으니까."

그는 간식 한 통을 들고 와서 무심하게 탁자에 툭 던졌다. 묵연은 얼이 빠진 모습으로 그를 올려다보며 그가 씀씀이가 넉넉하고 통이 크다고만 생각했다. 무릎 꿇고 사정해도 묵연에게 이렇게 많은 음식을 준 사람은 그동안 없었다.

"나…… 이거……."

"뭐라고?"

설몽이 미간을 잔뜩 찌푸리고 말했다.

"나, 이거, 나, 이거, 대체 뭐라는 거야?"

"이거 꼬치 하나 다 먹어도 돼?"

"어?"

"사실 한 알이면 되는데…… 네가 다 못 먹으면 내가……."

"제정신이야? 네가 개새끼야? 먹다 남은 걸 먹게?"

설몽이 눈이 휘둥그레져선 도통 이해할 수 없다는 듯이 말했다.

"당연히 다 네 몫이지! 꼬치 하나 다! 이 한 통 다! 몽땅 네 거야!"

옻나무로 만든 간식 상자는 만듦새가 정교하고 겉면에는 금가루로 두루미와 구름이 그려져 있었다. 묵연이 난생처음 보는 화려함이었다.

#16 당호로 糖葫蘆. 산사나무 열매를 꼬챙이에 끼워 물엿을 묻혀 굳힌 간식

그는 감히 손을 내밀지 못하고 새까만 눈으로 상자를 뚫어져라 쳐다봤다. 인내심이 바닥난 설몽은 아예 그를 대신해 상자 뚜껑을 열었다. 향긋한 우유 냄새와 과일 냄새, 팥소 냄새가 뒤엉켜 그윽하게 풍겼다. 가로로 세 개, 세로로 세 개, 모두 아홉 개가 들어 있었는데 황금빛으로 바싹바싹하게 튀겨진 과자며 희고 보드라운 떡, 피가 얇고 투명해서 호 불기만 해도 톡 터질 것 같은 빵이 골고루 있었다.

소년 설몽은 거들떠보지도 않고 간식 상자를 묵연 앞으로 쭉 밀어 주며 성가시다는 듯이 말했다.

"얼른 먹어, 모자라면 나한테 더 있으니까. 난 너무 많아서 다 못 먹으니까 너한테 주면 되겠다."

녀석은 태도가 악랄하고 말투도 상당히 불친절했다. 흑백이 분명한 눈동자를 까뒤집고서 거만하고 업신여기는 꼬락서니를 하고 있었다.

그런데 그가 건넨 간식만큼은 달콤하고 쫀득쫀득했다.

씁쓸함과 피비린내, 그리고 까마득한 달콤함이 두 번의 생을 거쳐 다시 혀끝에 감도는 것 같았다. 묵연은 달빛 아래 설몽의 취기 오른 얼굴을 바라봤다. 설몽도 눈을 가늘게 뜨고 그를 바라보고 있었다. 잠시 후, 설몽은 술 취한 기색이 역력한 얼굴로 이유 없이 히죽 웃었다.

그는 부둥켜안고 있던 기둥에서 손을 떼고 다가와 묵연의 어깨를 두드리려고 했다. 그런데 비틀비틀 휘청거리다가 그만 묵연의 품에 넘어지고 말았다.

"앗…… 형……."

묵연은 얼떨떨해서 잠시 가만히 있다가 천천히 눈을 감고 손으로 설몽의 등을 토닥였다. 서늘한 밤바람이 불어와 그의 잔머리를 흐트러뜨렸다. 반쯤 가려진 준수한 얼굴이 어떤 표정을 하고 있는지 알 수 없었다. 한참 후, 술이 약한 설몽은 그의 품에 기대 쿨쿨 잠들었다. 묵연은 그제야 잠긴 목소리로 나지막이 말했다.

"설몽, 미안해. 나는 네 형 노릇 할 자격이 없는 것 같아……."

190장 사존은 나에게 목숨을 주셨다

초만녕이 관문을 나오는 날, 사생지전에 불청객이 찾아왔다.

똑똑똑.

이른 아침부터 누군가 홍련수사의 문을 다급하게 두드렸다.

묵연은 초만녕이 옷 갈아입는 것을 시중들고 있었다. 열흘 동안 명상과 마음 비우기를 반복한 끝에 막 수련을 마친 초만녕은 몽롱한 모습으로 무뚝뚝하게 말했다.

"들어오십시오."

"푸흡."

묵연이 웃음을 터뜨렸다.

"……왜 웃는 게냐?"

"사존이 문 앞에 결계를 쳤으니 저와 설몽 아니고서야 누가 들어올 수 있겠어요?"

그제야 초만녕은 손을 들어 결계를 풀었다. 밖에서 한 제자가 술 냄새를 확확 풍기며 몹시 초조한 모습으로 다급하게 소식을 전했다.

"옥형 장로님, 큰일 났어요. 단심전 문 앞에 요괴가 나타났어요."

두 사람은 서로를 한번 쳐다보고는 즉시 단심전으로 향했다.

묵연은 멀리서부터 어마어마한 조롱박이 광장에서 빙글빙글 돌고 있는 장면을 보았다. 장로들과 제자 한 무리가 옆에서 이러지도 저러지도 못하고 그 모습을 지켜보고 있었다.

"……요괴?"

통통한 조롱박이 중얼거렸다.

"꿀꺽 꿀꺽 꿀꺽 파."

초만녕과 묵연을 본 설정옹은 눈을 반짝이며 허벅지를 '탁' 쳤다.

"아! 옥형! 마침 잘 깨어났네! 이제 살았다, 살았어. 어서 오게나!"

초만녕은 아직 조금 멍했지만 워낙 차가운 얼굴이라 흐리멍덩한 모습마저 신비로워 보였다.

"네?"

"금고탑에서 또 요괴가 튀어나왔네."

부아가 치밀기도 하고 황당하기도 해서 설정옹이 씁쓸한 표정을 지었다.

"여기에 눌어붙어 저렇게 생떼를 쓰네. 저놈의 주색 조롱박!"

초만녕이 고개를 들어 보니 커다란 조롱박이 미친 듯이 광장을 질주하고 있었다. 사람 둘을 이어 붙인 만큼 키가 크고 몸통은 진주광택을 띠고 있었다. 조롱박 주둥이에서는 복숭아색 연기가 피어올랐다가 이내 술을 콸콸 뿜어냈다. 소문으로 들었던 주색 조롱박 요괴가 틀림없었다.

초만녕이 말했다.

"이 요괴는 사람을 해치지 않습니다."

"그런데 억지로 술을 먹이잖아!"

거짓말이 아니었다. 주색 조롱박은 어린 제자들을 쫓아다니며 잡힐 때마다 자기 몸통을 쓱 그어 구멍을 내서는 상대의 입을 벌려 술을 마구 들이부었다. 술을 내뿜으면서 무슨 뜻인지 모를 '꿀꺽 꿀꺽 꿀꺽 파' 소리를 냈다.

"자기보다 주량이 많은 사람에게만 굴복한다고 하던데."

설정옹이 간절한 눈으로 말했다.

"그러니 옥형 자네가……."

초만녕은 지끈거리는 관자놀이를 누르며 발 닿는 대로 광장으로 내려가 천문을 불러내 주색 조롱박 앞에 눕혀 놓고 말했다.

"그만 뛰어다녀라, 내가 같이 마셔 줄 테니."

퉁퉁한 조롱박은 온 얼굴에 기쁜 빛을 띠더니 그를 보며 몸통을 좌우로 흔들어 댔다. 그러자 갈라진 틈이 위로 들리면서 뿜어져 나온 술이 초만녕의 청초한 얼굴을 향해 날아갔다. 그때 초만녕이 냉큼 몸을 돌려 태연하게 날아오는 술을 피했다. 그러고는 금빛이 번쩍하더니, 뚱뚱한 조롱박이 그대로 천문에 꽁꽁 묶였다.

"좀 색다르게 마셔 보자. 술잔 있느냐?"

"꿀꺽 파!"

퉁퉁한 조롱박이 벌어진 틈으로 작은 표주박 하나를 툭 토해

내더니 맑고 투명한 술을 가득 담아 건넸다.
"파!"
초만녕은 모두가 지켜보는 가운데 땅바닥에 자리를 깔고 앉아 주색 조롱박과 술 대작을 시작했다.
"꿀꺽 파파파!"
"좋다, 한 잔 더."
"파!"
"이화백주는 없느냐?"
"파파파!"
설정옹이 경악하며 물었다.
"옥형, 어째 저 물건이 하는 말을 알아듣는 것 같네?"
"네."
초만녕이 대답했다.
"이런 부류의 요괴가 하는 말은 조금 알아들을 수 있습니다."
그때 주색 조롱박이 또 한 번 '파파파' 소리를 냈다.
묵연이 빙그레 웃으며 물었다.
"사존, 이번에는 뭐라고 한 겁니까?"
"나와 수다를 떨고 있다. 오랜만에 햇빛을 본다고 하는군."
주색 조롱박은 기분이 아주 좋아 보였다. 어쩐 일인지 그 역시 초만녕의 말을 알아듣고 허물없이 바짝 다가와 정성스럽게 표주박을 가득 채워 줬다.
"이번엔 이화백주냐?"
"파!"
"나는 여아홍주를 안 좋아하는데."

"파……."

주색 조롱박은 술을 바닥에 확 쏟아 버리고는 새롭게 한 잔을 채웠다.

놀란 사람들이 어리둥절하여 아무 말도 하지 못했다.

사람과 요괴가 마주 앉아 아침부터 점심까지 주거니 받거니 술을 마시는데, 사람은 취하지 않고 요괴는 즐거워하는 희한한 광경에 사람들은 어안이 벙벙해졌다. 단심전 문 앞에 점점 더 많은 구경꾼이 모여들었다.

어느새 설몽과 사매도 와 있었다.

사매를 보니 일전에 오해했던 게 떠올라 죄책감이 든 묵연은 다가가 사과해야겠다고 생각했다. 그런데 사매가 곁눈으로 그를 보자마자 홱 돌아서 자리를 피하는 것이 아닌가.

설몽이 곧바로 눈치채고 팔꿈치로 묵연을 콕콕 찌르며 말했다.

"지난번에 오해한 일 때문에 아직 화가 가시지 않은 모양이네."

묵연이 걱정스러운 목소리로 물었다.

"어쩌면 좋지?"

"가서 얘기해 봐. 너희들이 이러고 있으면 가운데 낀 내가 얼마나 난감하겠어."

설몽이 다그쳤다.

"얼른 가 봐. 어차피 여기에 남아 있어도 딱히 할 일 없잖아."

묵연은 조롱박 요괴와 술을 마시고 있는 초만녕을 흘끔 보더니 당장은 별일이 없을 것 같아 설몽에게 말했다.

"그럼 나는 사매한테 가 볼게. 다른 데 가지 말고 사존을 잘 지켜봐. 무슨 일 있으면 바로 나한테 알리고."

사매를 찾아내는 건 별로 어렵지 않았다. 묵연은 검술 훈련장에서 그를 불러 세웠다.

"사매!"

"……."

"사매!"

사매가 발걸음을 멈추고 돌아서서 그를 조용히 바라보았다.

"연아, 무슨 일이니?"

"아무것도……."

묵연이 얼굴을 찡그리며 손을 휘휘 저었다.

"지난번 일은 내가 잘못했다고 말하려고 왔어."

"무슨 일?"

묵연은 흠칫하며 눈을 살짝 크게 뜨고 되물었다.

"응?"

사매의 표정은 여전히 담담하고 부드러웠다. 그는 바람에 흩날리는 귀밑머리를 넘기며 말했다.

"홍련수사에서 내가 사존한테 무슨 나쁜 짓을 저지르려고 했다고 오해한 일 말이야? 아니면 옥량촌에서 함께 밥 먹을 때 날 내버려 두고 사존과 둘이서만 식사한 일 말이야? 그것도 아니라면, 훨씬 전에 사존이 깨어나고 내가 술을 전해 주러 갔을 때 나랑 몇 마디 하지 않은 일? 무슨 일?"

그렇게 오래전 일까지 언급할 줄은 몰랐던 묵연은 어찌할 바를 몰라 한참을 가만히 서 있었다. 이윽고 그가 조심스럽게 물었다.

"그때부터 나한테 화났던 거야?"

사매가 고개를 설레설레 저었다.

"화난 건 아니지만, 신경 쓰이긴 했어."

사매가 조용히 말을 이었다.

"연아, 사존이 환생한 후부터 일부러 나를 멀리하는 것 같아."

묵연은 말문이 턱 막혔다. 일부러 사매를 멀리한 게 사실이었다. 한때 그들은 누구보다 가까운 사이였다. 초만녕은 그런 두 사람을 다 지켜보고 있었다. 똑똑히.

다만 늘 뭔가 부족한 것 같은 생각이 들었다. 어렸을 때는 그들 사이를 가로막고 있는 그 종이 한 장을 뚫지 않았지만, 훗날 자신의 진짜 마음을 알게 된 묵연은 사매와의 관계를 어떻게 정리해야 할지 몰라 괴로웠다.

사매에게 시원하게 털어놓을까도 생각했지만 아무래도 타당치 않은 것 같았다.

한 번도 사매에게 마음을 고백한 적 없었고 사매가 어떻게 생각하는지도 모르는데, 무턱대고 찾아가서 관계를 정리하겠다고 선언하는 것은 너무 뜬금없고 오만한 행동이었다.

결국 그는 시간이 모든 걸 퇴색시켜 줄 거라고 믿기로 했다.

사매는 한참 동안 그를 빤히 바라보다가 말했다.

"네가 사생지전에 왔을 때 내가 했던 말 기억나? 나 역시 부모도 없고 친구도 별로 없다고, 앞으로 우리는 가족이라고 했던 말."

"……응."

"그런데 왜 변했어?"

묵연은 마음이 찢어지는 것 같았다. 왜 사매에게 그토록 서먹하게 대했는지 묵연 자신도 문득 그 이유가 아득하게 느껴졌다.

귀계에서 돌아온 뒤로 사매와 주고받은 말이 다 합쳐 봤자 백 마디나 되려나?

늘 그림자처럼 꼭 붙어 다니던 두 사람이었는데, 어쩌다가 이렇게까지 멀어졌을까. 내가 너무했던 걸까.

"미안해."

"……미안할 건 없어."

사매가 눈을 피하며 말했다.

"됐어, 그냥 이렇게 지내면 되는걸."

"화내지 마. 화내면 나도…… 마음이 아파. 사매는 나한테 늘 한결같이 잘해 줬는걸."

사매의 얼굴에 마침내 엷은 미소가 피어올랐다.

"사존보다 잘해 줘?"

묵연이 대답했다.

"그건 달라."

사매가 푸른색 물감을 풀어 놓은 것 같은 먼 산을 바라보며 말했다.

"전에 나한테 그랬지, 내가 너한테 따뜻함을 주었다고. 그럼 사존은?"

묵연이 대답했다.

"사존은 나한테 목숨을 주셨어."

사매는 한참을 침묵하더니 긴 한숨을 내쉬었다.

"난 부족하구나."

그런 모습을 보고 있자니 묵연은 더욱 괴로웠다.

"애초에 비교할 수 없는 일이야. 우린 모두 다른걸. 사매는……."

말을 마치기도 전에 사매가 고개를 옆으로 돌리고는 바람을 맞으며 묵연의 가슴팍을 툭 쳤다.

"됐어, 설명하지 않아도 돼. 네 마음 알겠으니까. 사실 나 그렇게 속 좁은 사람 아니야. 그런데 전에 네가 그렇게 오해한 건 정말 속상하더라."

"응……."

"없었던 일로 하자. 우리 둘 다 그만 생각하자."

묵연의 새까만 눈동자가 촉촉해졌다. 한참 후 그는 고개를 힘껏 끄덕이며 감격해서 말했다.

"좋아."

사매는 훤칠한 몸을 검술 훈련장의 옥 난간에 기대고 서서 바람에 살랑살랑 흔들리는 잔디 이파리를 바라봤다. 잠시 침묵이 흘렀다.

"이제 가자."

"그때 무슨 말을 하려고 했던 거야?"

둘은 거의 동시에 입을 열었다. 묵연이 멈칫했다.

"언제?"

"천열 때."

묵연은 그제야 채접진 천열 때 미처 하지 못했던 고백이 떠올라 몸이 굳어 버렸다.

사매가 말했다.

"그때 하지 못한 말이 뭐였는지, 무슨 말이 하고 싶었는지 지금 물어봐도 될까?"

묵연이 대답하려는 그때, 갑자기 단심전 쪽에서 굉음이 들려왔다.

둘의 얼굴빛이 순식간에 바뀌었다. 묵연이 다급하게 소리쳤다.

"사존이 계신 쪽이야!"

사매도 잡담을 나누고 있을 때가 아니라는 듯이 황급히 말했다.

"얼른 가 보자."

두 사람은 서둘러 주전으로 향했다. 단심전 문 앞에 도착해 보니, 드넓은 광장에 뚱뚱한 조롱박 하나가 더 있었다.

묵연이 당황해하며 물었다.

"이건 또 뭐예요?"

설정옹이 얼굴을 가리고 대답했다.

"주색 조롱박이다."

"모두 몇 개인 거예요?"

"두 개. 하나는 술, 하나는 색정, 쌍둥이야."

설정옹은 머리가 터져 버릴 것 같았다.

"옥형이랑 술 대결을 펼친 건 동생이고, 지금 온 게 형이야."

묵연의 미간이 파르르 떨렸다. 그는 한참 만에야 정신을 차렸다.

"술 대결을 펼치는 걸 좋아하는 건 술 조롱박이고, 저 색정 조롱박은……."

묵연은 얼굴이 새파랗게 질려서 빙빙 돌고 있는 뚱뚱한 복숭아색 조롱박을 뚫어져라 쳐다봤다.

설정옹이 잔뜩 난감해하며 말했다.

"색정 조롱박은 온갖 유혹의 기술을 모두 섭렵하고 있어, 가장 순수한 사람의 명령만 듣지."
"설몽!"
묵연이 고개를 돌렸다.
사매가 '아!' 하고 탄성을 내뱉고는 물었다.
"소주는요? 어디 갔어요?"
설정옹이 색정 조롱박을 가리키며 말했다.
"……벌써 조롱박 안에서 시험받고 있어. 옥형의 부담을 덜어 주겠다면서."
묵연은 안도의 숨을 내쉬며 말했다.
"그럼 됐어요. 이 세상에 설몽보다 순수한 사람이 또 어디 있겠어요."
말이 떨어지기 무섭게 '펑!' 하고 요란한 소리가 들려왔다.
설몽이 색정 조롱박의 주둥이에서 튀어나와 사람들 한가운데에 쿵, 하고 떨어졌다. 소리가 어찌나 큰지, 사람들이 일제히 그쪽을 쳐다봤다. 술 조롱박과 술을 마시던 초만녕도 그 소리에 고개를 돌렸다.
사매가 화들짝 놀라 말했다.
"어떻게 된 거예요?"
옆에서 누군가 경악하며 말했다.
"설마 소주마저……."
"컥컥컥."
얼굴이 시뻘겋게 달아오른 설몽이 휘청휘청하며 일어섰다. 눈에는 분노와 부끄러움이 뒤섞여 있었다. 그가 색정 조롱박에게 고래고래 소리 질렀다.

"너, 너 이 요망한 놈, 너, 너, 너, 뻔뻔한 놈!"

설몽은 언제 갈아입었는지 새빨간 길복을 입고 있었다. 묵연은 그를 위아래로 훑어보며 우습기도 하고 궁금하기도 해서 물었다.

"이게 어떻게 된 일이야?"

설정옹은 이마를 부여잡고 있을 뿐 아무 말도 하지 못했다.

사매가 설명했다.

"들어 본 적 있어. 색정 조롱박은 사실 색을 밝히는 게 아니라 오히려 너무 일편단심이라 세상에서 가장 깨끗하고 순수한 사람, 마음에 아무도 품지 않은 동반자를 찾아 혼인하고 싶어 한대. 조롱박 몸통 속으로 빨려 들어간 사람은 모두 신방에 갇히고 말아."

"……그래서?"

"색 조롱박의 원신이 신부나 신랑의 모습을 하고 나타나지. 신부든 신랑이든 모두 상대가 직접 벗길 때까지 면사포로 얼굴을 가리고 있어."

"면사포를 벗기면 색정 조롱박의 본체를 볼 수 있는 거야?"

"당연히 아니지. 면사포를 벗기면 사람마다 다른 모습을 보게 된대. 마음에 품은 사람이 있으면 그 사람을 보게 되고, 마음에 품은 사람은 없지만 색을 즐기는 사람은……."

사매는 헛기침하며 민망해했다.

"실오라기 하나 걸치지 않은 남자의 몸이나 여자의 몸을 보게 된대. 가장 순수한 사람만이 색정 조롱박을 볼 수 있어."

묵연은 믿을 수 없다는 듯이 제자리에서 씩씩거리는 설몽을 돌아봤다.

“설몽은 뭘 본 거지?”

설몽에게 사랑하는 사람이 있다는 사실을 도무지 믿을 수 없었다. 그렇다고 발가벗은 미녀나 미남을 보았다고 믿기도 어려웠다.

색정 조롱박은 분명 설몽을 밖으로 던져 버렸다. 게다가 색정 조롱박이 데굴데굴 구르며 기뻐서 어쩔 줄 몰라 하는 것으로 보아, 설몽이 그의 웃음거리가 된 게 분명했다.

사매는 안타까워하며 설몽 편을 들었다.

“색정 조롱박이 실수로…….”

사매의 말이 끝나기도 전에 설몽이 용성을 뽑아 색정 조롱박을 겨누었다.

“제기랄, 감히 내 환영으로 변해서 나를 유혹해? 게다가 내 환영에 여자 옷을 입히다니! 너, 너 이 개같은 조롱박 새끼! 어디서 감히 나를 모욕해!”

묵연을 포함한 사생지전의 숱한 제자들은 순식간에 조용해졌다. 모두 애써 참아 보려 했지만 결국 참지 못하고 박장대소를 터뜨렸다.

역시 최강 자기애 설자명다웠다. 새색시로 변장한 색정 조롱박의 면사포를 벗겨 보니 짙고 요염하게 화장한 자신의 얼굴이 있는 게 아닌가.

“어찌 보면 당연한 일이지.”

묵연은 너무 크게 웃지 않으려고 이를 악물고는 끄덕끄덕하며 말했다.

"설몽이 여자였으면 한 미모 했을걸."

묵연이 낄낄거리고 있는 그때, 설정옹이 머리를 싸쥐고 소리쳤다.

"옥형, 얼른 술 조롱박을 해치우고 이 색정 조롱박도 자네가 처리하는 게 어떤가."

191장 사존, 저에게 장가들었어요?

사생지전에는 고고하고 순결한 사람이 셋 있었다.

설몽.

탐랑 장로.

그리고 초만녕.

설몽은 이미 색정 조롱박 밖으로 내던져졌고, 탐랑 장로는 총각의 몸이 아니었다. 일찍이 혼인했지만 몸이 허약한 아내가 혼인한 후 얼마 안 되어 세상을 떠난 것이다. 탐랑 장로가 의술을 배우게 된 것도 더는 주변 사람들이 병으로 죽어 가는 모습을 보기 싫어서였다고 한다.

그러니 남은 사람은 초만녕뿐이었다.

"옥형 장로님은 해결하실 수 있을 겁니다."

"맞아요. 소주가 처리하지 못했으니 소주의 사존을 믿는 수밖에 없습니다."

묵연은 화가 치밀어 올랐지만 어찌할 방법이 없어 그저 잠자코 서 있었다.

속수무책이 되어 버린 묵연은 급한 김에 지푸라기라도 잡는 심정으로 무턱대고 설정옹에게 제안했다.

"아니면 제가 한번 해 볼까요?"

설정옹은 그를 샅샅이 훑어보며 에둘러 말했다.

"연아, 색정 조롱박을 굴복시키려면 애정사가 없어야 한다."

묵연은 할 말을 찾지 못했다.

한편, 초만녕이 강제로 술을 먹인 덕분에 술 조롱박은 어질어질해하더니 그대로 꽈당 자빠졌다. 푸른 연기가 흩어지니, 조그마한 벽옥 조롱박 하나가 조용히 바닥에 누워 있었다. 설정옹은 술 조롱박을 건곤낭에 넣으며 기뻐했다.

"하하, 역시 옥형이야. 자, 이제 색정 조롱박 차례네."

초만녕은 아무런 표정 변화가 없었다. 단지 속눈썹을 축 늘어뜨리고 설정옹의 눈을 피했다.

"싫습니다."

설정옹은 어안이 벙벙해졌다. 둘러싸고 있던 제자들이며 장로들도 모두 어리둥절해했다.

"왜, 왜 싫다는 겐가?"

"……너무 많이 마셔서 힘듭니다."

설정옹은 어리석은 사람이 아니었다. 술이라면 얼마든지 마실 수 있는 술독인 초만녕이 벌써 힘들다는 건 누가 봐도 거짓말이었다.

그는 쌀쌀맞은 흰옷 차림의 이 남자를 뚫어져라 쳐다봤다.

초만녕은 그의 시선이 성가셔서 소매를 탁 털고 돌아섰다. 설정옹은 문득 뭔가를 깨닫고 깜짝 놀라 저도 모르게 헛말을 뱉었다.

"옥형, 자네 설마……."

초만녕의 귀뿌리가 대뜸 시뻘겋게 달아올랐다. 그가 고개를 홱 돌려 봉안을 번쩍이며 말했다.

"무슨 헛소리를 하시는 겁니까?"

설정옹은 '총각의 몸이 아닌 게야?'라는 말을 내뱉기도 전에 스스로 그럴 리가 없다고 결론을 내렸다. 초만녕이 어떤 사람인데?

만야옥형, 북두선존이 아닌가. 그런 그에게 스쳐 가는 연분이 있었다니, 누가 믿겠는가?

설정옹이 허벅지를 탁탁 두드리며 다급하게 말했다.

"그럼, 그럼 한번 해 보게. 사람을 해치지 않는다지만 이놈의 조롱박이 계속 여기서 알짱거리니 얼마나 성가신가. 게다가 주색 조롱박은 껍질이 두꺼워서 석삼년을 공들여도 한 층도 벗겨내지 못할 걸세."

초만녕이 말없이 주위를 쭉 돌아보니 제자들은 하나같이 간절한 표정으로 자신을 바라보고 있고, 제 발 저린 묵연은 부끄러워 얼굴을 붉히면서도 불타오르는 마음을 감추지 못하고 자신을 뚫어져라 쳐다보고 있었다.

초만녕은 속으로 욕을 퍼부었다. 그런데 실로 진퇴양난이라 지금 이대로 자리를 피한다면 말도 많고 탈도 많을 터. 그는 잠시 생각하다가 말했다.

"그럼 한번 해 보겠습니다."

색정 조롱박은 순식간에 초만녕을 배 속으로 빨아들이고는 제자리에서 방정맞게 흔들거렸다. 사생지전의 뭇 제자들은 모두 한 치의 의심도 없었다. 그들은 초만녕이 들어가기만 하면 무조건 색정 조롱박을 굴복시킬 수 있을 것이라고 굳게 믿었다. 단 한 사람, 묵연만은 보지 않아도 그 결과를 알 수 있었다.

이 세상에서 가장 고결한 선장은 얼마 전 비 내리던 밤, 무상진의 어두컴컴한 객잔에서, 입술과 이가 맞닿고 살과 살이 맞붙은 그 침상에서 더럽혀졌다.

바로, 자신의 손에 더럽혀졌다.

초만녕이 눈을 떴다.

조롱박의 배 속에는 꿈속 같은 별천지가 펼쳐져 있었다.

듣던 대로 색정 조롱박 안에는 붉은 초가 훤히 비추고, 신방에 드리우는 붉은 장막이 쳐져 있었다. 안으로 걸어 들어가니 큼직한 장미목 침상에 도톰한 이불이 깔려 있고 그 위에는 땅콩과 대추가 널려 있었다.

딱 봐도 조롱박이 변장한 게 티 나는 노부인이 신방 앞에서 빙그레 웃으며 초만녕을 반겼다. 긴 머리카락은 청록색이고 입술 사이로 보이는 이빨마저 청록색이었다.

절대 색정 조롱박을 굴복시킬 수 없다는 것을 잘 알고 있는 초만녕은 쓸데없는 말로 시간을 낭비하고 싶지 않아 노부인에게 다가가 다짜고짜 말했다.

"할머니, 내보내 주십시오. 면사포를 벗길 필요 없습니다."

온화한 노부인이 활짝 웃으며 말했다.

"어험, 어험."

"……."

노부인은 사람 말을 못할뿐더러 술 조롱박처럼 눈치가 빠르지도 못해 초만녕의 뜻을 알아채지 못했다. 초만녕은 어쩔 수 없이 한숨을 푹 내쉬고는 침상 앞으로 다가가는 수밖에 없었다.

누군가 침상에 단정하게 앉아 그를 기다리고 있었다. 용이 수놓아진 검은색 상의에 봉황의 날개가 수놓아진 연붉은색 하의를 입고 발에는 적석[#17]을 신고 있었다. 얼굴은 면사포로 가려져 누군지 알아볼 수 없었다.

노부인은 뒤뚱뒤뚱 여유롭게 다가와 펑 하고 손에 연기를 피워 청옥 여의[#18]를 만들어 내 초만녕에게 건네고는 손으로 시작하라는 신호를 보냈다.

초만녕은 생각만 해도 속이 울렁거렸다. 신부 차림을 한 묵연의 모습을 받아들이기 힘들었지만, 그때 채접진에서 영혼결혼식을 할 때 자신이 신부로 꾸몄던 것을 생각하니 묵연이 망신당하는 꼴을 놓치긴 아쉬웠다.

그래, 좋아. 메스껍긴 하지만 볼 건 봐야지.

얼굴이 퍼렇게 질린 초만녕이 잠시 제자리에 굳어 있다가 숨을 한 번 크게 들이마시고 가까이 다가갔다.

노부인이 재촉했다.

"어험, 어험."

#17 적석 赤舃, 임금이 정복(正服)을 입을 때 신던 신
#18 여의 如意, 길상을 상징하는 장식물의 일종

"알겠습니다, 뭐가 그리 급합니까."

여의를 들어 올리자 빨간 면사포가 사르륵 흘러내렸다.

초만녕의 눈이 휘둥그레지고 말았다.

"너는……."

환한 촛불 아래, 겹겹의 장막 사이로 구류관[#19]을 쓴 남자가 천천히 눈을 떴다. 빛이 남자의 창백하고 준수한 얼굴 위에 어른거리자 조롱 섞인 새까만 눈동자가 밝게 빛났다. 남자는 턱을 살짝 들고 초만녕을 향해 히죽 웃었다.

남자를 보자마자 초만녕은 얼어붙었다.

묵연이 틀림없었다. 그러나 그 남자의 얼굴은 아픈 사람처럼 파리하고 눈빛도 나른하고 힘이 없는 게, 어딘가 많이 이상했다.

"아, 보아하니 역시 만녕은 본좌를 잊지 못한 모양이군."

초만녕이 넋을 놓고 있자 남자가 손을 뻗어 그의 팔목을 확 잡았다. 남자의 손가락은 얼음장처럼 차가웠다. 그는 매처럼 흉악하고 매서운 눈빛으로 초만녕의 두 눈을 노려봤다.

묵연은 입을 벌리고 씩 웃었다. 웃음은 조금도 따뜻하지 않았고 어딘가 오싹한 느낌을 주었다.

"본좌는 참으로 기쁘다."

……이게 다 뭐람!

초만녕은 화가 나기도 하고 우습기도 했다. 이놈의 색정 조롱박이 금고탑에 오랫동안 갇혀 있더니 변장해 낸 사람도 이상하기 짝이 없군.

"이 손 놓거라."

#19 구류관 九旒冠. 임금이 쓰는 관의 하나. 앞뒤로 아홉 줄의 장식 끈에 주옥이 달려 있음

묵연은 손을 풀지 않았다.

초만녕이 고개를 돌려 청록색 머리카락의 노부인에게 말했다.

"손 좀 놓으라고 해 주십시오."

말이 떨어지기 바쁘게 '신부' 묵연이 벌떡 일어났다. 구류관의 구슬이 찰랑찰랑 흔들렸다. 이때 뭔가가 초만녕의 허리를 조여 왔다. 하늘과 땅이 빙빙 도는 것처럼 어지러웠다. 정신을 차려 보니 새빨간 침상에 누워 있었다. 묵연은 허리를 숙여 온몸으로 그를 단단히 누르고는 그의 얼굴을 돌리려고 손을 뻗었다.

"본좌가 보여 준 맛을 그렇게 즐겼던 거지?"

남자의 뜨거운 숨결이 목가를 스쳤다.

"나를 잊고 싶어도 잊지 못할 정도로."

초만녕은 일그러진 얼굴로 이리저리 피하며 속으로 욕설을 퍼부었다. 이놈의 색정 조롱박, 하는 말조차 어이가 없군.

늘 부드럽고 예의 바르고 규칙을 잘 지키는 묵연이 이따위로 말할 리가 없지 않은가? 난감하기도 하고 우습기도 하고 화도 났지만, 초만녕은 이 남자를 피하는 것 외에 달리 방도가 없었다. 그 바람에 침상이 잔뜩 어질러졌다.

그때였다. 눈을 옆으로 돌리고 잔뜩 찡그리고 있던 초만녕은 금색과 빨간색이 어우러진 이불을 보고 문득 뭔가를 떠올렸다.

꿈.

그가 그대로 굳었다.

두 뺨이 시뻘겋게 달아올랐다.

이건…… 그 꿈이잖아.

꿈속의 묵연도 지금처럼 매몰차고 자극적인 말을 퍼부으며 그를 조금도 아끼지 않고 거칠게 대했다.

색정 조롱박이 아무렇게나 만들어 낸 환영이 아니라 마음속 깊은 곳에 꼭꼭 숨겨 두었던 남부끄러운 상상이란 말인가? 이런 생각이 들자 초만녕은 너무 수치스럽고 부끄러운 나머지 귓불까지 후끈후끈해졌다.

"내 보배……."

초만녕이 잠시 딴생각에 빠져 있던 그때, '묵연'이 뜨겁고 축축한 입김을 뿜어내며 그의 귓불에 입을 맞추고는 탐욕스럽고 사악하게 혀끝을 귓속으로 밀어 넣었다.

"아……."

너무 갑작스러워서 미처 막을 수 없었다. 초만녕은 뜻밖의 강렬한 자극에 화들짝 놀라 그만 신음을 내고 말았다. 거친 목소리에 촉촉이 김이 서려 있었다.

신음까지 내고 나니 더욱 참을 수 없는 모욕감이 몰려왔다.

그런데 왠지 눈앞에 펼쳐진 광경이 너무도 생생했다. 아주 오래전에 묵연과 지금처럼 입을 맞추고 엉겨 붙어 있었던 것만 같았다. 초만녕은 침상에 제압당해 꼼짝달싹할 수 없었다. '묵연'은 그런 그의 목에, 두 뺨에, 귓등에 가쁘고 난폭하게 입을 맞췄다.

그는 다급하고 울화가 치밀어 눈가가 시뻘게졌다. 아무리 발버둥 쳐도 벗어날 수 없었다. '묵연'의 입술이 당장이라도 그의 입술에 붙을 것 같았다.

펑!

'묵연'은 뭔가를 감지하고는 믿을 수 없다는 표정으로 초만녕을 노려봤다.

기회를 틈타 초만녕은 그를 확 밀쳐 냈다. 손에 금빛이 감돌더니 천문이 번쩍번쩍하며 환영 속의 '묵연'을 향해 날아갔다.

천문의 빛을 보자마자 '묵연'은 더욱 질겁하며 중얼거렸다.

"당신…… 당신은……."

버드나무 가지가 떨어지면서 사방에 불꽃이 일었다.

'묵연'은 고통에 허덕이면서도 저항하지 않고, 놀란 두 눈을 동그랗게 뜨고 그를 쳐다봤다. 잠시 후 옅은 연기가 피어올랐다.

청록색 머리카락 할머니도 사라지고 '묵연'도 모습을 감췄다.

그 대신 청록색 머리에 귀가 뾰족한, 빼어난 외모의 낯선 남자가 불빛이 아른거리는 신방 한가운데에 무릎을 꿇은 채 앉아 있었다.

화가 가시지 않은 초만녕은 침상에서 벌떡 일어나 자신의 활짝 열린 옷깃을 와락 움켜잡았다. 분노와 애정이 뒤섞인 눈으로 남자를 노려보고 성난 짐승처럼 낮은 소리로 으르렁거렸다.

그가 이를 부득부득 갈며 쏘아붙였다.

"망할 자식."

젊은 남자는 다름 아닌 '색정 조롱박'의 원신이었다. 색정 조롱박은 초만녕을 올려다보며 잔뜩 겁을 먹었다.

"당신은……."

화가 머리끝까지 난 초만녕은 다시금 고개를 확 돌려 그를 사납게 노려봤다.

"당신은, 뭐?"

색정 조롱박은 바들바들 떨며 털썩 꿇어앉더니 이마가 깨져라 머리를 조아렸다.

"제가 눈깔이 삐어서 알아보지 못하고 그만……."

그는 감히 초만녕의 이름조차 내뱉지 못하고 몸을 부르르 떨더니 계속해서 힘껏 머리를 조아렸다.

"선군, 용서해 주십시오. 선군, 용서해 주십시오."

전부터 초만녕은 요괴며 귀신을 많이 잡아서 굴복시켰다. 그러다 보니 '천문'은 온갖 잡귀신들 사이에서 명성이 자자했고, 한때는 그를 보고 놀라서 꼼짝도 하지 못하는 요괴도 있었다.

그런데 색정 조롱박도 같은 꼬락서니를 보일 줄이야.

초만녕은 천문을 거둬들이고 굳은 얼굴로 침상에서 일어났다. 죽어라 머리를 조아리는 젊은 남자를 보며 한참 동안 침묵을 지키다가 천천히 입을 열었다.

"나를 바깥으로 내보내라."

"네, 네!"

색정 조롱박은 감히 더 지체하지 못하고 서둘러 주문을 외웠다. '펑' 소리와 함께 연기가 피어올라 눈을 뜰 수 없었다. 연기가 흩어지고 눈앞이 뚜렷해졌을 때는 이미 단심전의 광장으로 돌아온 후였다.

사람들이 냉큼 달려와 물었다.

"사존, 괜찮으세요?"

"옥형, 정말 완벽하게 해결했네!"

"사존, 사존, 다친 데는 없습니까?"

연기에서 조롱박이 썩은 냄새가 나서 초만녕은 조금 어지러웠다. 진정한 뒤에 보니, 색정 조롱박은 사라지고 청석 바닥에 복숭아색의 작은 조롱박 하나가 얌전하게 누워 있었다.

조금 전의 환영이 떠올라 모멸감이 좀처럼 가시지 않았다. 초만녕은 길게 이야기하기 싫어서 심각한 표정을 지으며 설정옹에게 말했다.

"이 조롱박 놈들을 요괴 진압탑에 가둬 버리십시오."

설정옹이 대답했다.

"알겠네…… 음……."

그는 초만녕의 몸에서 시선을 떼지 못하며 주저주저했다.

뚫어져라 쳐다보는 눈빛에 초만녕은 조금 겁이 났다.

"왜 그러십니까?"

"……아무것도 아니네."

그런데 설정옹의 표정은 절대 '아무것도 아닌 게' 아니었다. 게다가 모여 있는 사람들도 궁금증과 비웃음이 섞인 눈으로 그를 힐끔거리는 게 아닌가. 돌아보니 묵연마저 구릿빛 얼굴을 붉히며 난감한 표정으로 그를 바라보고 있었다.

"왜 그……."

말을 끝맺기도 전에 초만녕은 이유를 알게 되었다.

고개를 숙이자 입고 있는 옷이 보였다.

언제부터였을까. 아마 색정 조롱박의 배 속에 들어간 순간부터 그 역시 설몽과 비슷한 길복이 입혀졌을 것이다. 결혼식에서 맞절을 할 때나 입을 법한 옷이었다.

초만녕은 말문이 턱 막혔다.

옥형 장로가 길복을 입고 요괴를 제압한 일은 순식간에 사생지전 전체에 퍼져 흥미진진한 화젯거리가 되었다.

제자들이 가장 열띤 토론을 벌인 건 바로 '옥형 장로는 과연 조롱박의 배 속에서 누구와 혼인했을까?'였다.

누군가는 겁도 없이 신바람이 나서 입방아를 찧었다.

"틀림없이 선녀처럼 아름다운 절세 미녀였을 거야."

누군가는 목숨이 아깝지도 않은지 눈을 찡긋하며 떠들어 댔다.

"천신처럼 멋있는 남자일지 어떻게 알아?"

목숨을 소중하게 생각하는 누군가는 정색했다.

"면사포를 쓰고 있던 건 색정 조롱박이었을 거야. 다른 무언가였다면 색정 조롱박이 곱게 보내 줬을 리가 없어. 그랬다면 그 요물을 처리하지도 못했을 거고."

목숨을 소중하게 생각하는 그 지지리도 못난 놈 때문에 흥이 깨진 사람들은 고개를 절레절레 저으며 흩어졌다.

하지만 사생지전에는 용맹하고 죽는 것을 두려워하지 않는 용사가 있었다.

이날은 날씨가 흐려서 아침 수련이 취소되었다. 그래서 묵연은 아침 일찍 간식을 챙겨서 사람들의 눈을 피해 홍련수사로 찾아갔다.

아침 식사를 마친 후, 사람들이 말하는 '선녀처럼 아름다운 절세 미녀'이자 '천신처럼 멋있는 남자'는 초만녕의 손을 잡고 빙그레 웃으며 물었다.

"사존, 색정 조롱박 안에서 저에게 장가드셨어요?"

192장 사존, 제가 사존이 사랑하는 연이 낭자 아닌가요?

안 그래도 너무 많이 먹어서 속이 느글거렸던 초만녕은 버럭 화를 냈다.

"장가는 무슨 놈의 장가. 사내놈이 어째 부끄러운 줄도 모르고 그런 말을 함부로 하느냐……."

묵연은 더 쾌활하게 웃으며 말했다.

"사존이 저에게 장가든 게 아니면, 그럼 제가 사존께 장가들었겠네요?"

초만녕은 더욱 분노했다. 화도 나고 수치스러웠다.

그는 죽는 한이 있어도 묵연에게 색정 조롱박이 전에 꿈에서 봤던, 피부가 창백한 네 모습으로 변했다고 말할 수 없었다.

꿈속에서 둘이 뒤엉켜 서로를 애무하고 땀을 뻘뻘 흘리며 격렬하게 사랑을 나눴다는 말은 더더욱 할 수 없었다.

빈대도 낯짝이 있다고, 이 세상에서 가장 중요한 것을 꼽으라면 바로 옥형 장로의 체면이었다.

그리하여 초만녕은 소매를 탁 뿌리치며 엄포를 놨다.

"계속 그렇게 허튼소리 지껄일 거면 당장 나가거라."

그제야 묵연은 고분고분해졌다. 억울하다는 듯이 입술을 몇 번 오므리더니 새까맣고 촉촉한 눈동자로 얌전하게 그를 쳐다봤다. 그러더니 코끝을 그의 볼에 대고 비비며 애교를 부렸다.

"아, 그럼 아무것도 묻지 않을게요. 착한 사존, 저를 내쫓지 마세요."

"사존이면 그냥 사존이지, '착한'은 붙이지 말거라."

묵연이 들러붙는 바람에 초만녕은 마음이 약해졌다. 그가 당황한 나머지 묵연의 머리를 밀어내며 굳은 얼굴로 말했다.

"함부로 부르지 마."

"그냥 사존이라고 부르면 친밀감이 느껴지지 않잖아요."

"뭐?"

묵연이 차근차근 설득했다.

"생각해 봐요. 사람들 앞에서도 사존이라 부르고 단둘이 있을 때도 사존이라 부르면 재미없잖아요. 안 그래요?"

초만녕이 쉽게 넘어갈 리가 없었다.

"안 그렇다."

이 방법이 먹히지 않자 묵연은 냉큼 작전을 바꿔 초만녕을 잡고 쉴 새 없이 불러 댔다.

"사존, 사존, 사존."

말투는 매번 달랐지만 얼마나 다정하고 달콤한지 초만녕은 소름이 쫙 끼쳤다. 결국 초만녕은 도저히 참을 수 없어 옆에 있는 책을 묵연의 얼굴에 집어 던졌다.

"그만해."

묵직한 책이었지만 가볍게 떨어져서 하나도 아프지 않았다.

묵연이 빙그레 웃으며 책을 걷어 내고는 준수한 얼굴을 드러냈다.

"이렇게 부르다가 입에 배서 사람들 앞에서도 엉겁결에 이렇게 부를까 봐 걱정이에요. 그러니 애칭을 짓는 게 좋겠어요."

초만녕이 눈썹을 확 추켜세우며 말했다.

"애칭으로 바꾸면 입에 안 배게? 아예 사람들 앞에서도 애칭을 부르지 그러느냐?"

묵연이 한숨을 뱉었다.

"좀처럼 미끼를 물지 않으시네요."

미끼를 문다는 표현에 더 언짢아진 초만녕은 고개를 숙이고 책들을 정리할 뿐, 탁자에 엎드려 눈앞에 드리워진 잔머리를 후후 부는 제자를 거들떠보지도 않았다.

그렇게 잠깐의 평화로운 시간이 지나고, 묵연이 무척이나 낙담하며 중얼거렸다.

"사존한테 잘 보이려고 그러는 건데."

"뭐?"

"사매도 설몽도 사존이라고 부르잖아요. 저도 사존이라고 부르면 그들과 다를 게 없잖아요. 제, 제가 많은 걸 바란 게 아니라 그저 조금 다른…… 저만 부를 수 있는 호칭을 원할 뿐인데……."

초만녕은 하던 일을 멈추고 고개를 들어 그를 쳐다봤다.

"자주 부르지 않을게요."

묵연의 촘촘하고 긴 속눈썹이 축 늘어지며 콧방울에 아른아른한 그림자를 만들어 냈다.

"그냥 어쩌다 한 번씩……. 안 돼요?"

초만녕이 아무런 대답이 없자 묵연은 축 처졌다.

"정 안 되면 됐어요."

묵연이 시무룩해하며 말했다.

"안 부르면 되죠, 뭐."

결국 초만녕이 양보했다.

묵연보다 열 살이나 많은데 나이를 헛먹었나 보다. 어린 사람이 어르고 달래고, 어리광을 부리며 애원하니 도통 당해 낼 수가 없었다.

초만녕이 고개를 끄덕이자 준수한 남자는 눈부시게 환한 미소를 지었다. 그 미소를 보니 초만녕은 문득 그의 속임수에 넘어갔다는 생각이 들었다.

항상 매몰차고 살벌하게 굴다가도, 결국엔 항상 자신이 한 걸음 물러서서 묵연의 뜻대로 하는 것 같았다.

초만녕은 자신이 내내 주위를 뱅뱅 맴돌다가 결국엔 충동적으로 묵연이라는 미끼를 덥석 물어 버린 물고기처럼 느껴졌다.

"뭐라고 부르면 좋을까요?"

미끼가 물었다.

초만녕은 무심하게 말했다.

"아무거나."

"어떻게 아무거나 해요. 중요한 일이라고요."

묵연은 한참이나 골똘히 생각했지만 머릿속에 든 게 별로 없었고, 심지어 성격이 거칠기까지 한지라 겨우 한다는 말이 이랬다.

"보배?"

초만녕은 그 꿈이 떠올라 조금 괴로웠다.

"싫다."

"초 낭군?"

초만녕은 징그럽고 역겨워서 얼굴을 확 굳혔다.

"……그럼 나는 연이 낭자라고 부르리?"

"하하하, 별로긴 하네요."

묵연은 머리를 긁적이며 껄껄거리더니 이내 다시 미간을 찌푸리고 골똘히 생각하기 시작했다. 그런데 그가 생각해 낸 것들은 하나같이 어딘가 과하고 형편없었다.

"초 낭군 보배?"

묵연은 자신도 듣기 힘들었는지, 절망스런 표정을 지으며 이마를 부여잡았다.

그 모습에 초만녕은 참지 못하고 웃음을 터뜨렸다.

"그만하거라. 그렇게 머리를 쥐어짜는 게 무슨 의미가 있느냐? 오히려 더 거북해."

묵연은 그의 말에 일리가 있다고 생각하면서도 미련이 남아 웃으며 말했다.

"그럼 사존께 어울릴 만한 걸로 좀 더 고민해 볼게요."

묵연은 잠시 가만히 있더니 옆에서 책을 정리하는 초만녕을 끌어당겼다. 그리고 목덜미를 살짝 눌러 그를 자신의 무릎에 앉히고는 한참이나 물끄러미 바라봤다.

초만녕이 안절부절못하며 물었다.

"뭐 하는 거냐……."

묵연이 한숨을 쉬며 중얼거렸다.

"보고 또 봐도 참을 수 없어요."

"허튼소…… 읍……."

말을 마치기도 전에 묵연이 그의 입술을 확 물었다. 따뜻하고 촉촉한 입술이 달콤하고 향기로웠다. 묵연은 다리 위에 앉은 사람을 와락 끌어안았다. 둘은 그렇게 의자에 앉은 채 격렬하게 입을 맞췄다. 보슬보슬 내리는 빗소리에 입술과 혀가 서로 휘감으며 나는 끈적끈적하고 수줍은 소리가 덮였다.

입술을 뗐을 때, 초만녕은 촉촉해진 눈을 서서히 떴다. 묵연을 보고 싶었지만 용기가 나지 않았다.

묵연은 쑥스러워하는 그의 모습을 보며 미소 지었다. 그러면서 저도 모르게 그를 품에 꼭 끌어안고 부드럽게 어루만졌다. 심장이 쿵쾅쿵쾅 요동쳤다.

"사실 뭐라고 부르든 다 좋아요."

"응?"

"아니에요."

묵연이 히죽 웃더니 말했다.

"사존이 제일 좋아요."

초만녕은 잠시 묵연의 어깨에 기대어 가만히 있었다. 너무나 달콤한 느낌에 그는 어찌할 바 몰랐다.

묵연의 다리에 앉아 있어서 뜨겁고 딴딴한 그것의 촉감이 고스란히 전해졌다. 그는 머리가 펑 하고 터져 버릴 것만 같았다.

한참 만에야 초만녕이 낮은 소리로 말문을 열었다.

"너 또……."
"아, 괜찮아요."
"……내가 도와주마……."
엉겁결에 이 말을 내뱉고는, 초만녕은 얼굴이 불타올랐다.
묵연이 재빨리 말렸다.
"그럴 거 없어요, 사존. 곧 장로 집회에 가셔야 하잖아요."
초만녕이 물시계를 힐끔 보더니 말했다.
"아직 시간이 좀 남았으니까……."
묵연이 계면쩍어하며 말했다.
"모자라요."
"응?"
"……못 빼요."
초만녕은 잠시 어리둥절해하다, 뒤늦게 반응하며 얼굴을 더 붉게 물들였다.
그가 벌떡 일어나 묵연에게서 한 걸음 물러섰다.
물러서자마자 얼굴에는 괴로워하는 기색이 역력했다. 너무 나약한 행동이었다는 생각이 들었는지 다시 한 걸음 다가섰다.
묵연은 그 모습이 우스웠다. 그는 자리에 앉은 채 굳이 감추려고 하지 않았다. 옷가지에 가려져 있지만 욕망으로 부풀어 오른 그것은 여전히 목숨이라도 앗아 갈 것처럼 성이 나 있었다.
"장난 그만할게요."
묵연이 다시 그의 손목을 잡았다. 확 잡아당겨 다시 한번 입술을 훔치고 싶었지만, 그 맛이 너무도 매혹적이라 한 번 닿으면 멈추지 못하고 고삐가 풀려 버릴까 봐 그저 손만 잡고 있을 뿐이었다.

그는 잡은 손을 입술 옆에 갖다 대고 초만녕을 잠시 지그시 바라보았다. 그러더니 눈을 떨구며 살며시 손에 입을 맞췄다. 경건하고 정성스럽게.

마지막으로는 혀끝으로 손등을 한 번 천천히 핥았다.

"사존, 당신은 너무 달아요."

촉 땅에는 보름째 비가 질금거리다가, 마침내 날이 개고 해가 모습을 드러냈다.

묵연은 깊이가 고르지 않은 물웅덩이를 밟으며 대숲을 걸어가고 있었다. 아침 수련을 재개한 날이었지만 초만녕은 오지 않았다. 선기 장로의 몇몇 우둔한 제자들에게 매화 표창 던지는 법을 가르쳐 주기 위해 뒷산에 갔다고 했다.

훈련장에 도착하기도 전에 초만녕의 매서운 목소리가 들려왔다.

"손에서 힘 빼고 매화 표창을 검지와 약지 사이에 끼운 다음, 영력을 손가락 끝으로 모아서 내보내거라. 테두리에 금빛이 나면 목표를 향해 던지는 것이다."

쇄—.

소리만 듣고도 묵연은 제자들이 목표를 맞히지 못했다는 것을 알 수 있었다. 아니나 다를까 탄식이 여기저기서 터져 나왔다.

"아, 너무 어렵습니다."

"장로님, 한 번만 더 시범을 보여 주세요."

"금빛이 뿜어 나올 때 매화 표창이 살짝 뜨거워진다. 눈으로 보지 말고 그 열기를 온전히 느껴 보거라."

"보지 않고도 정확하게 던질 수 있단 말씀입니까?"

초만녕이 미처 대답하기도 전에 등 뒤에서 웃음 섞인 목소리가 들려왔다.

"당연하지."

초만녕이 돌아보며 물었다.

"네가 어쩐 일로 왔느냐?"

신입 제자들이 입을 모아 인사했다.

"묵 사형."

간드러지고 귀여운 여제자 한 명이 묵연을 보더니 대뜸 얼굴이 발그레해서 허둥지둥 인사를 올렸다.

묵연은 선기의 제자들을 아랑곳하지 않고 곧장 초만녕 앞으로 다가가 말했다.

"사존, 눈을 가리고 던지는 걸 한번 보여 주시는 게 어떻습니까?"

"……그래."

허락이 떨어지자 묵연은 머리에 두르고 있던 손가락 세 개 폭의 보라색 머리끈을 풀어 초만녕의 눈을 가렸다. 팽팽하게 묶었는데도 전혀 조이지 않는 천이었다. 비단의 촉감은 물처럼 부드러웠고 묶고 남은 부분은 바람에 힘 있게 펄럭였다.

"매화 표창."

초만녕이 엄숙하게 말했다.

선기 장로의 제자 한 명이 쥐고 있던 매화 표창을 초만녕에게 건넸다.

"세 개."
"네?"
제자는 의심스러운 표정으로 무기 주머니에서 두 개를 더 꺼냈다. 초만녕은 가늘고 긴 손가락으로 매화 표창을 매만지며, 얼음처럼 차가운 금속 질감을 온전히 느끼려는 듯 입술을 오므리고 아무 말도 하지 않았다. 그리고 잠시 후, 손가락을 탁 펴자 불빛이 튀면서 표창이 순식간에 손에서 빠져나와 매섭게 날아갔다.
팅! 탕!
청아한 소리가 울려 퍼졌다.
"어머, 명중했어요! 과녁 한가운데에 정확히 꽂혔어요! 그런데 표창이 하나밖에 없습니다."
묵묵부답인 초만녕을 대신해 묵연이 담담하게 말했다.
"나머지 두 개는 너희들 뒤에 있는 과녁에 있다."
새로 입문한 제자들은 그의 말을 믿을 수 없다는 듯이 너도나도 고개를 돌렸다. 아니나 다를까 두 개의 표창은 완전히 반대 방향에 있는 두 과녁의 한가운데에 깊숙이 박혀 있었다. 제자들은 그 기이한 광경에 등골이 오싹했다.
바람이 솔솔 불고 아침 햇살이 대나무 숲을 따스하게 비췄다. 선기의 제자들은 너무 놀란 나머지 말문이 턱 막혔다. 초만녕은 아무 일도 없었다는 듯이 눈을 가렸던 보라색 비단 끈을 풀었다.
그는 머리끈을 묵연에게 돌려주며 말했다.
"좀 전의 소리는 세 개의 표창이 공중에서 서로 부딪치면서 나는 소리다. 영력을 잘만 통제하면 세 개 중 두 개를 반대 방향으로 날아가게 할 수 있다. 실전에서 잘 활용하면 상대의 허를 찔러 기선을 제압할 수 있지."

제자들은 서로 시선만 주고받을 뿐 어찌할 바를 몰랐다. 그때 갑자기 어린 제자가 눈을 반짝이며 호들갑을 떨었다.

"장로님, 그, 그거 어떻게 하면 됩니까? 비결이 뭡니까?"

"묵연, 저 아이들에게 네 손을 보여 줘라."

묵연이 빙긋 웃으며 손을 내밀었다. 그러자 어린 제자들이 그의 손에 무슨 비밀이 숨겨져 있는지 알아내려고 앞다퉈 모여들었다. 한참을 샅샅이 훑어봤지만 별다른 성과를 얻지 못했다. 그 여제자는 가슴이 콩닥콩닥 뛰고 맑은 눈에 잔잔한 물결이 일렁였다.

그녀를 포함한 몇몇 여제자는 입문한 지 얼마 되지 않았다. 마음이 들떠서 종종 하산해서 이런저런 잡다한 책을 사서 읽곤 했는데, 일전에 초만녕이 읽었던 '아무거나 순위'를 그들도 몰래 돌려 봤다. 크기 순위를 보고 부끄럽기도 하고 놀랍기도 한 소녀들은 저들끼리 깔깔거리며 서로를 한바탕 놀려 준 후 제자 방에서 소곤소곤 열띤 토론을 펼쳤다.

– 남자는 손가락이 길면 거기가 크고 단단하대.

배짱이 크고 대담한 사저가 털털하게 말했다.

– 맹파당에서 밥 먹을 기회가 생기면 묵 사형 뒤에서 어디 한번 봐야겠어. 손이 얼마나 큰지.

나중에 그 사저는 정말로 기회를 잡았다. 그런데 묵연 뒤를 종종걸음으로 쫓아가다가 그만 국그릇을 묵연의 몸에 반쯤 엎어 버리고 말았다.

소녀가 입을 하 벌리고 서서 멍청하고 난감한 표정으로 어찌할 바를 모르던 그때, 매끈하고 균형 잡힌 큰 손이 그녀의 손에 들려 있는 그릇을 낚아챘다. 그 손은 뜨거운 국물이 줄줄 흘러내리는 국그릇을 탁자에 올려놓고 새로 한 그릇 받아서 그녀에게 건넸다.

– 이번엔 쏟지 마, 낭비하면 못써.

매력적인 중저음 목소리에 사저는 대뜸 귀밑까지 벌게져서는 고개도 들지 못했다. 머리통에서 당장이라도 그릇에 담긴 국처럼 뜨거운 연기가 뿜어져 나올 것 같았다.

그녀는 결국 끝까지 묵연을 당당하게 쳐다보지 못하고 힐끔힐끔 훔쳐봤다. 잘록하고 힘 있는 허리와 떡 벌어지고 탄탄한 가슴을 힐끔거렸다. 물론 가장 많이 훔쳐본 건 그의 두 손이었다…….

– 최상품이야.

방으로 돌아온 그녀는 적당한 말을 찾지 못하고 '최상품'이라는 세 글자로 온갖 찬양의 말을 대신했다.

함께 있던 여제자들은 모두 아무 말도 하지 못하고, 입술을 오므리고 들끓는 가슴을 달래며 제멋대로 상상의 나래를 펼쳤다.

갑자기 차갑고 엄숙한 목소리가 그녀를 현실 세계로 끄집어냈다.

"다들 뭘 좀 발견했느냐?"

한 제자가 의기소침해서 말했다.

"장로님, 저희는 너무 어리석어서 아무것도 찾아내지 못했습니다. 용서해 주세요."

"묵 사형의 손은 힘이 아주 세 보입니다."

제각각 의견을 떠들어 대는 와중에 그녀의 차례가 왔다. 그녀는 얼굴이 발그레해서 바짝 긴장하더니 무심코 한마디를 툭 내뱉었다.

"손가락이 아주 깁니다."

"?"

묵연이 흠칫했다. 대체 뭘 관찰하는 거야? 그는 아예 손을 거둬들이고 머리를 긁적이며 초만녕을 돌아봤다.

손가락이 길다는 것이 뭘 의미하는지는 몰랐지만, 그렇다고 초만녕이 눈치 없는 사람은 아니었다. 수줍어서 몸을 배배 꼬는 여제자를 힐끔 보자, 썩 좋은 의미는 아니라는 확신이 들어 낯빛이 확 어두워졌다. 그가 엄숙하게 말했다.

"다들 무슨 쓸데없는 것만 보고 있는 게냐."

초만녕의 얼굴에 언짢은 기색이 돌자 겁먹는 제자들은 하나 둘 황급히 고개를 숙였다.

분위기가 험악해지자, 묵연은 사람들이 뒤에서 초만녕이 인정머리 없다고 말할까 봐 활짝 웃으며 답을 공개했다.

"굳은살이야."

그러고는 초만녕의 눈치를 한번 살피고 말을 이었다.

"손끝이 닳아서 찢어지고 굳은살이 생기고 또 닳아서 찢어지고, 그렇게 100번 가까이 반복하다 보면 영력을 정확하게 통제할 수 있지. 지름길은 없어."

그 후, 점심까지 이어진 맹훈련에 대부분의 제자는 어느 정도 요령을 익혔고, 초만녕은 더 머물지 않고 자리를 떠났다. 어찌 됐든 남의 제자들이니 한번 일깨워 주는 것 정도야 문제될 것이 없지만, 마음을 다해 가르치다가는 선기 장로의 심기를 건드릴 수도 있었다. 그는 갓 입문한 열대여섯 살짜리 소년이 아니었다. 이런 처세술 정도는 이젠 익숙했다.

그는 묵연과 함께 대나무 숲에서 나와 내하교 옆으로 걸어갔다.

그들은 바짝 붙어서 나란히 걸었다. 길게 드리워진 옷소매 밑에서 손등이 살짝살짝 스쳤다. 막 움튼 새싹처럼 마음이 저릿저릿하고 따뜻해졌다.

주위에 사람이 없는 것을 확인한 묵연은 몰래 손을 뻗어 초만녕과 깍지를 꼈다. 재빨리 다시 풀었지만 두 사람의 귀는 이미 붉어졌고, 목은 바짝바짝 말랐다.

그러고 보니 지난번 비 내리던 날, 무상진에서 함께 보낸 밤 이후로는 둘만 있을 기회가 거의 없었다.

가끔 홍련수사에서 문을 닫고 엉겨 붙어 있을 때도 설정옹이 갑자기 찾아오지는 않을까, 마음 졸여야 했다.

지금 손이 잠깐 맞닿은 것만으로도 묵연의 가슴은 활활 타올랐다.

"사존, 오늘 밤에 혹시 저랑……."

그때 저 멀리서 누군가가 다급하게 뛰어왔다. 묵연은 냉큼 허리를 꼿꼿하게 펴고 입술을 오므리곤 한쪽에 물러서서 아무 말도 하지 않았다. 수상한 점을 눈치채지 못한 상대는 앞으로 달려와 예를 갖추었다.

"옥형 장로님, 존주께서 서둘러 단심전으로 모셔 오라고 하셨습니다."

"무슨 일이냐?"

"서상림과 관련된 중요한 정보를 들고 온 손님이 있습니다. 설 장문께서 혼자 결정하기 어려워 아침 일찍 장로님들을 모두 불러 모으셨습니다. 장로님만 가시면 됩니다."

서상림, 세 글자를 듣자마자 초만녕은 애틋함을 접어 두고 곧장 단심전으로 뛰어갔다.

묵연이 뒤쫓아 가며 말했다.

"잠깐만요, 서상림과 겨뤄 본 적 있으니 제가 도움이 될지도 몰라요."

두 사람은 경공으로 휙휙 내달려 순식간에 단심전 앞에 도착했다.

문을 밀고 들어가니, 안에는 적막이 흘렀다. 설정옹과 여러 장로 외에 피투성이가 된 두 사람이 서 있었다.

묵연의 시선은 그들 중 한 사람의 등에 있는 검갑에 멈췄다. 눈에 익은 물건이었다. 잠시 후 묵연의 눈이 휘둥그레지며 얼굴빛이 확 바뀌었다.

"엽망석?"

二哈和他的白猫師尊

바보 허스키와 그의 흰 고양이 사존 7

초판 1쇄 발행 2021년 11월 30일
지은이 육포부흘육 **옮긴이** 어썸스토리 **감수** 치치
펴낸이 신현호
편집장 김승신 **편집** 원현선
본문조판 양우연 **마케팅** 김민원 **관리** 조인희
펴낸곳 (주)디앤씨미디어 **출판등록** 2002년 4월 25일 제20-260호
주소 서울시 구로구 디지털로 26길 111 제이앤케이디지털타워 503호
전화번호 02.333.2513
B-Lab 공식 트위터 twitter.com/B_lab_BL/

ISBN 979-11-278-6159-9 04820
ISBN 979-11-278-6152-0 (세트)

정가 13,000원